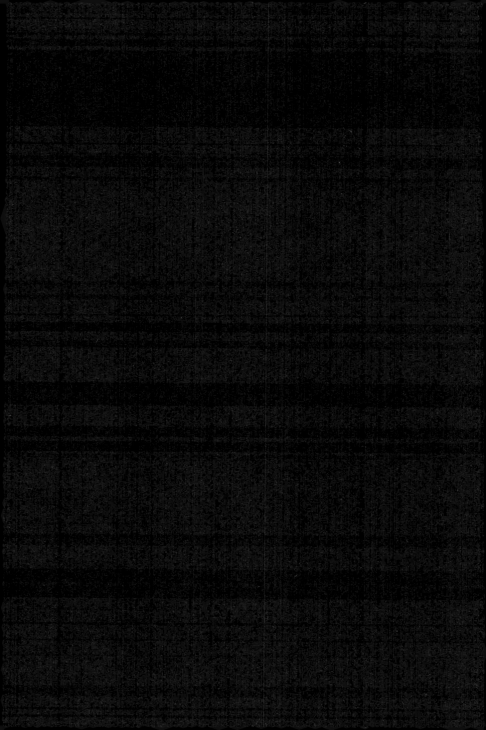

언니의
실종에 관한
48 단서들

언니의
실종에 관한
48 단서들

—

조이스 캐럴 오츠

박현주 옮김

위즈덤하우스

오토 펜즐러를 위해

1부

1

실크 재질의 하얀 천, 육체는 없는. 침실 바닥 위에 나른하게 액체처럼 주름져 고인 실크 웅덩이. (보는 이/관음하는 이들이 열심히 추정하듯이) 그녀는 바닥에 서서 어깨를 털어 자신의 나신을 이 슬립 드레스에서 빼내고, 옷이 마치 뱀처럼 스르륵 미끄러지도록 떨구었으리라. 속이 비칠 만큼 완전히 하얀, 순수하게 하얀, 동백처럼 하얀 비단 뱀은 그녀의 엉덩이, 허벅지를 지나 카펫 깔린 바닥까지, 식식거리는 소리를 내며 떨어진다.

그렇지만 육체도 없고, 뼈대도 없이, 그저 희미하게 (여성의) 육체의 향기를 풍기며.

§

그게 단서*일까*? 흐늘거리는 하얀 실크 디올 '슬립 드레스', 내 언니 M의 물건으로 침실 바닥에서 발견된 옷.

1991년 4월 11일, 그녀가 실종된 이후에.

혹은 이건 아무런 중요성이 없는 옷가지일 뿐일까? 관계없고 돌발적인 순수한 우연일 뿐, 단서는 *아닌* 것일까?

(역사의 훗날, 확실히 21세기라면, M의 하얀색 실크 슬립 드레스는 분명 유전자 검사를 했어야 할 것이었다. 특히 *정액*이라고 하

는 지저분한 더께 낀 단서가 있는지 알아내기 위해. 하지만 1991년, 뉴욕 북부의 작은 마을 오로라온카유가에 뉴욕 법의학은 거의 알려지지 않았기에, 가는 어깨끈이 달린 세련된 실크 디올 드레스는 M의 벽장 속 옷걸이에 나, 보호적인 여동생이 깔끔히 걸어둔 그 모습 그대로 그 세월 내내 더럽혀지지 않고 M의 귀환을 기다렸다.)

§

(그렇지만, 맞다, 아마도 M의 침실 바닥에 떨어져 있던 실크 드레스는 '단서'였다. 이 드레스가 M이 뉴욕시에 3년 동안 체재했던 때에 직접 구매한 건지, 아니면 연인이 준 선물인 것인지, 그렇다면 어느 연인이 준 건지 알기만 했더라면.)

(또한, M이 서두르다가 혹은 소홀히 떨어뜨린 채로 놔두었다는 면에서 단서였다. M은 정리 정돈 면에서 무척이나 꼼꼼했기에 옷가지가 바닥에 그저 널브러지도록 놔둘 리가 없었다. 바로 집어 들어서 옷장에 걸어두거나, 깔끔하게 개서 서랍 속에 넣어뒀을 것이었다. 마그리트 풀머는 *냉철하고, 차분하고, 자제력이 있으니까. 자칭 조각가. 형상을 빚지, 형상으로 빚어지지는 않는 사람.*)

(옷가지를 방바닥에 떨어뜨려두고, 며칠, 몇 주 동안 모아둔 채로 가정부가 방 안에 들어오지도 못하게 하는 건 M의 '까다로운' 여동생 G의 성격에 더 가까웠다. 하지만 G는 오로라온카유가에서

실종된 적이 없기에 G의 방 상태에 대해선 그 누구도 눈곱만큼도 신경 쓰지 않았고, 22년 동안 시간을 들여 그 방을 수색하려 하지도 않았다.)

§

실크 재질의 하얀 천, 육체는 없는. 뱀처럼 *식식거리는* 소리를 내며 여자의 엉덩이, 상아처럼 창백한 (벗은) 몸을 어른어른 스르르 통과하여 그 육체를 드러낸다. 응시하면서도 응시하고 싶지 않다, 응시한다는 건 품위가 없으니까, 응시하기엔 자존심과 자긍심이 너무 높으니까, *실로 응시하고 싶지 않다.* 그러나 너는 (속절없이) 흐늘거리는 슬립 드레스가 바닥에 떨어져, 여자의 상아처럼 창백한 (맨)발 앞에 웅덩이로 고이는 것을 주시한다.

2

이중 거울. 내 언니가 우리의 삶에서 '증발'할 그날 아침에 내가 언니를 본 수단.

즉, 내가 어쩌다 거울에 비친 M의 반사상을 보게 된 수단이라는 말이다. (사실상) 나는 마그리트 본인을 본 게 아니라 반사상만을 보았을 뿐이니까.

(이런 말이 흔하기는 해도 [반사된] 이미지가 그 사람이라고 말하는 것은 부정확하다. 그러나, 이 경우에는, M의 반사상은 [알 수 없는, 불가해한] M의 반사상일 뿐, 기실, *반사상의 반사상*이었다.)

우리 집의 아침은 일찍 시작된다. 겨울이면 우리는 옷까지 완전히 갖춰 입지는 않더라도, 동이 트기 전에 깨어 있는 일이 많다.

하지만 그때는 4월이었다. 아직 쌀쌀한 겨울 기운이 도는 새벽은 천천히—마지못해— 뜨여 납빛 하늘을 채우는 천계의 눈과 같았다.

아래층으로 내려가기 위해 M의 방 앞을 지나다 언니의 방문이 외풍이라도 불어온 듯 열려 있어 놀랐다. 보통 M의 방문은 원치 않는 침입과 명랑한 아침 인사를 막기 위해서 굳게 닫혀 있었기 때문이다. 나는 안을 들여다보고 싶은 충동을 억누르지 못했고 그리하여 내 언니의 벽장, 내 자리에서부터 대략 1.8미터 정도 거리에 있는 그 벽장의 살짝 열린 문 안쪽에 붙은 세로 거울에서 방 저편에 있는 M의 반사상을 보았다. 자신의 화장대 거울을 들여다보는 모습, 그리하여 사전 계획이라고는 전혀 없이, 돌연한 그 순간, 화장대 거울 속 내 언니의 생령 같은 얼굴이 벽장 문에 비쳤던 것이다. —즉, *이중 거울*에 비친 이미지가 되었다.

이 모든 것을, (이제) 22년이 지난 후에 어지럽게 회상해본다. 마치 그간의 세월 동안 전혀 밝혀지지 않고 오히려 깊어지기만 한 완전한 수수께끼의 꿈을 회상하듯이.

(아마도, 내 시야의 가장자리에서, 나는 바닥에 떨어진 디올 드레스를 '보았으리라'. 하지만 그러한 '봄'은 당시에는 의식적이지 않았고, 돌이켜보면 의식적이었다고 해도, 그건 정신이 자기 자신에게 짓궂고 뻬딱한 농간을 부린 것이다.)

(아니, 나는 흐늘거리는 하얀 드레스가 내 언니의 나신 위로 흘러내려 언니의 발치에 하얗게 어른거리는 웅덩이처럼 떨어지는 것은 *보지 못했다*. 내가 이를 선명하게 기억하는 것 같아도 이를 *보지는 못했다는* 것은 확신한다.)

내가 선명하게 기억하는 것, 나의 (아름다운) (운이 다한) 언니는 방 저편에서 나를 등지고 서서 길고 곧은 은금발을 빗고 있었다. 그 모습이 세로 거울에 비쳤고 나는 일종의 놀라움 서린 매혹을 느끼며 그 모습에 시선을 고정했다. 그때도 생각했다. *안 돼, 이건 금지된 거야!* 두려움을 품고서, 20대 중반의 성인 여성, 확고한, *지워지지 않게* 확실히 굳은 개성을 가졌다고 할 만한 여성이 아니라 사춘기 아이처럼 내 언니를 바라보았다. 수년 동안 나보다 여섯 살 연상의 (초연하고, 우아한) 언니에 대한 경외심 속에서 살아왔으니까.

문으로 다른 사람의 삶의 내부를 들여다본다. 우리가 그 상대, 언니가 원치 않게 친밀한 상태, 나신으로 있는 모습을 흘끔 보게 될까 우려하며.

M은 벽장 문에 비친 화장대 거울 앞에 서서 벌거벗고 있었나? 창백하고 곧은 등, 완벽한 형태의 허리, 엉덩이, 허벅지, 다리.

그늘진 등골, 날씬한 손목, 발목.

(물론) 이렇게 (순식간에/비자발적으로) M의 방 안을 흘끗 들여다보았다고 형사들에게 보고할 때는 M이 무슨 옷을 입었는지는 아무 말도 하지 않으려 했다. 그들 중 한 명이 내게 물어볼 생각을 했다면—(아무도 그렇게 한 적 없지만)—나는 얼굴을 찡그리며 말했을 것이었다. *아, 모르겠네요. 목욕 가운이 아니었을까, 형사님은 뭐라고 생각하세요?*

해충들이 내 사생활에 참견하는 게 제일 성가시다.

내 아버지의 사생활, 그리고 내 사생활. 망할, 멀리 떨어져!

의심의 여지 없이 이때쯤엔 M은 구식의, 편리하지 않은 샤워실에서 샤워를 하고 천천히 길고 화사한 머리카락을 감고 나왔을 것이었다. (그렇게 생각하는 이유가 있는데) 언니는 일주일에 몇 번씩이나 허영심으로, 자기 자신과 자신의 아름다움에 대한 자긍심으로 그렇게 했기 때문이다. 스스로 의식하지 못하는 척하는 '고전적'인 유의 아름다움이었다.

나와는 대조적이었다. 자기 외모를 의식하지 않기를 바랄 합당한 이유가 있는 여동생 G, 종종 몇 주씩이나 머리 감는 수고를 하지 않는 나와는.

M은 한때 우리 엄마의 물건이었던 금도금을 한 솔빗을 휘두르며, 정전기를 일으키도록 길고 느릿하게 머리카락을 빗어 내렸다.

그렇다, 나는 그것을 눈치챘다. 내 팔의 털마저 일어서게 만드는 정전기의 떨림.

M이 나의 존재를 까맣게 잊고 있었다는 건 이상하다. *미래에서부터 검은 깃털 날개를 한껏 펼치고 돌진하는 무언가를 까맣게 몰랐다는 건,*

하마터면, 나는 언니를 부르고 싶어질 뻔했다. "거기! 안녕!"

하마터면, 나는 언니에게 경고를 했을지도 몰랐다. "마그리트! 조심해!"

내가 불렀다면 M은 나를 거울 속에서 들여다보았을까, 아니면 놀란 얼굴을 내게로 돌렸을까?

나로선 절대 알 수 없을 것이다. 나는 말할 엄두를 내지 못했으니까.

오늘날까지, *이중 거울* 현상은 수수께끼로 남아 있다. 그 긴급한 순간 속에서 *의미도 거의 없고, 순수하게 우연인*, 그러나 *본질적인* 사건. 내가, 마지막으로, 언니의 모습을 보기 위해서는 아주 순간적이긴 해도 거울의 배치가 그렇게 될 필요가 있었다. 그 *이중 거울*이 내가 언니를 볼 수 있는 유일한 수단이었으니까. 평범한 상황에서는 언니 방으로 향하는 문이 내 시야를 가려 화장대 앞에 선 언니를 볼 수 없었을 것이었다.

그때 우연히도, 찬 공기가 밖에서 2층 복도로 들어와 문이 열렸던 것임이 분명하다. 우리의 오래되고 외풍이 들기 쉬운 집에서는 드문 일은 아니었다.

(나는 방 안에 있을 때 이 성가신 상황을 막고 문을 안전하게 닫는 법을 깨쳤다. 문 아래쪽에 책을 무겁게 쌓아서 밀어두는 식으로.)

M의 '방'은 —(그렇게 불러보자면)— 방 한 칸이 아니라 집의 동편 가로 길이를 차지하는 인접한 방 세 개로, 거기에서는 30미터 거리에 있는 카유가호수, '풍경 좋은' 핑거레이크 (뉴욕주에 있는 열한 개의 길고 좁은 형태의 호수군을 일컫는 말. —옮긴이 주) 중 가장 큰 호수에 일렁이는 파도가 내려다보였다.

내가 쓰는 방은 방 하나짜리로, 복도 반대편에 있었고, 2층 남은 면적을 차지하는 커다란 스위트룸인 주主 침실과 인접 하긴 했지만 (물론) 연결되어 있지는 않았다.

(아버지의 방이었다, 여기는. 내가 절대로, 혹은 거의 들어가지 않았던 방. 들어간다고 해도 오직 부름을 받았을 때만. 한때는 우리 어머니가 아름답게 꾸몄었지만, 그사이 세월이 흘러 아버지만 거 주하게 되면서 약간 낡고 초라해졌기에, 아버지는 마지못해 대부 분의 시간을 오로라 시내에 있는 사무실이나 여기 이 집의 1층 뒤 편에 있는 자택 사무실에서 보내게 되었다.)

나는 이날이 우리 가족의 인생에 있어서 격변의 날이 아 니라, 어쩌면 (회상해보면) 운명을 결정하는 날조차 아니고, 완전히 평범한 날이었던 것처럼, 복도를 따라 나아가면서도 M의 (조금 열린) 방문 앞에서도 거의 머뭇거리지 않고, 단단 한 난간이 있고, 낡은 밤색 플러시천 카펫이 깔렸으며 디딤 판이 넓은 계단으로 향한다. 카유가애비뉴에 있는 침실 일곱 개에 욕실이 다섯 개 딸린, 거대하고 오래된 영국 튜더식 저 택의 좁고 얇은 카펫이 깔린 뒷계단과는 전혀 다른 앞계단 으로. 나는 그 후 수십 년 동안 줄곧 따라다니게 될 *이중 거 울*의 주술에 걸린 몽유병자처럼 (아직 알 수가 없었을 일이니) 나아간다. 불길하다기보다는 중립적이었을 뿐, 유리판은 우 리가 그것을 통해서 무엇을 보게 되든지 상관없이 중립적이니까, M의 거울들은 아주 우연적으로, 아주 순식간에 그렇게 배열되었다는 바로 그 이유로, 비현실적인 것, 확증되지 않은 것, 심지어 주마등처럼 환상적인 것들이 지니는 경고적인 오라를 내게 넌지시 암시했던 것인지 모른다. 그게 아니라면 일상적이었을 가정 내 장면의 틈을 타고 들어와서. 1991년 4월, 딱히 주목할 만한 점 없는 평범한 날들의 연속선상에 있어야 했을 어느 하루가 시작하는 아침 7시 20분경, 그 집 식구 하나가 아침 식사를 하러 아래층으로 내려가는 길에 언니의 문 앞을 지나간 사건일 뿐.

거기에는 약간 애매모호한 문제가 남게 된다. 그 *이중 거울*은 내가 심오하고 설명하기 어려운 수수께끼 속을 '들여다보았던' 수단이었을까, 아니면 *이중 거울* 자체가 심오하고 설명하기 어려운 수수께끼였을까?

3

없어진 실종자. M은 "지구상의 표면에서 내려가버렸다"—"허공으로 스러졌다"—"흔적도 없이 사라졌다"라는 주장이 나오게 된다.

이건 사실이었을까? 사실일까?

아무도 완전히 *없어지진* 않기 때문이다. 모두 어딘가 있다. 우리가 어디인지 모를 순 있어도.

심지어 죽은 사람들도—그들의 유해도. *어딘가*에 있다.

오로라에서 아버지가 아직도 희망을 품고 있다는 사실은 잘 알려져 있었다. 그리고 나, 여동생, *미모도 떨어지고 재능도 떨어지는* 여동생은 질문을 받는다면 '희망'을 표현할 것이다.

"그럼요! 매일 매시간 낙담, 좌절, 원한, 분노에 빠져서 이를 갈죠. *내 언니는 '없어진' 게 아니야. 내 언니는 어딘가에 있어.*"

그리고, 나는 진지하게 이렇게 말했다고 알려져 있다. "어쩌면 숨어 있을지도요. 아니면 변장을 하고. 그저 우리에게 심술을 부리려고. *나에게 심술을 부리려고.*"

잠시 후 덧붙인다. "설사 마그리트가 더 이상 살아 있지 않다고 해도 *어딘가에* 있기는 해야 하잖아요."

가는 뼈만이라도. 언니의 어깨 아래로 유혹적으로 떨어졌던 연한 은금발 뭉텅이라도.

진주처럼 완벽한 치아의 잔해라도. 단단히 다져진 검은 흙
밖으로 승리처럼 내민 마지막으로 찡그린 그 표정이라도.

4

이른 봄. 뉴욕주 북부 지역에서 봄은 뻥 뚫린 입에서 나오는 입김처럼 느릿느릿하게 겨울을 빠져나와 모습을 드러낸다.

정확히 언제 M이 집을 떠났는지는 알려지지 않았다. 나는 언니가 집을 나가는 것을 보지 못했고 아버지도 마찬가지였다. (우리가 형사들에게 전한 그대로이다.) 우리 가정부 레나는 언니를 보지 못했다. 추정해보면 오전 7시 20분 후지만, 아마도 오전 8시를 넘지는 않았을 것이다. 대학까지 걸어가는/하이킹해서 가는 것이 M의 보통 습관이었고 언니가 거기 갔다면 오전 9시 이후에 도착하는 일은 드물기 때문이었다.

옅게 구름이 드리운 아침. 목요일, *아무 일도 일어나지 않는 날의 아주 좋은 본보기.*

우리 집의 처마에 매달려 물을 뚝뚝 흘리는 고드름, 발밑 얼음이 이빨을 드러내는 진창, 천천히 녹아가는 서리로 뾰족뾰족한 주목의 북측. 이게 M이 인식했던 것일까? 아니면 M은 아주 다른 걸 생각하고 있었을까?

M은 *꺼림칙하게* 아주 다른 걸 생각하고 있었을까?

오로라온카유가는 호수를 내려다보는 여섯 개 정도 되는 언덕 위에 선 마을이고, 그래서 늘 '호수 효과'에 휘둘렸다. 빠르게 바뀌는 날씨, 구름을 뚫고 나오는 햇빛, 간간이 흩뿌리는 비가 내릴 확률.

이것은 확정적인 것 같다. M은 낮지만 확실히 굽이 있는

진한 마호가니색 페라가모 가죽 앵클부츠를 신었다. 그녀의 발자국은 우리 집 뒤의 주목 덤불을 통과해 좁은 아스팔트 도로 방향으로 이어진다. 여기서부터 1킬로미터도 떨어지지 않은 곳에서 길은 두 개로 갈라지며 가파른 언덕 위에 있는 오로라여자대학의 '역사적인' 캠퍼스로 향한다. 1878년에 건립된 캠퍼스는 건물 전면이 비바람에 찌들어 음울한, 근엄하고 낡은 빨간 벽돌 건물 단지이다. 사우스홀, 마이너홀, 풀머홀이 새로 지은 카유가미술학교와 인접해 있고, 여기서 M은 '신진 상주 작가'로서 조각 강의를 한다.

M의 부츠 발자국은 우리 집 뒷문에서부터 1에이커 정도 뻗은 뒷마당의 짓밟힌 잔디밭을 지나서 우리 부지를 빠져나간 후 냉해에 찌든 낙엽수들이 있는 무주 지대와 카유가군 소유의 삼림을 지난 다음 곧 숲을 돌아 드럼린로드로 향하는 오솔길 위, 수많은 발자국과 동물들이 지나간 흔적 속에서 사라져버렸다.

우리가 알기만 했더라면. 우리가 그녀가 결코 돌아오지 않으리라는 것을 알기만 했더라면. 페라가모 부츠의 발자국을 사진 찍는다. 그 발자국이 드럼린로드의 끝에서 이어지는지, 아니면 거기서 사라지는지 측정해본다. 거기서 사라졌다면 그건 (미지의) 누군가가 길에서 M 때문에 차를 세우고 그녀를 억지로 차에 밀어 넣었든가, 아니면 (어쩌면) M이 자기 자

신의 의지로 운전자에게 부드럽게 "나 여기 왔어"라고 말하며 차에 올라탔다는 뜻일 수밖에 없으니까.

5

마지막 모습. 얼마나 여러 번 질문을 받았는지. *언니를 마지막으로 본 건 언젭니까? 그리고 두 사람은 무슨 말을 나누었죠?*

그러면 나는 아주 조심스럽게 언니가 '사라졌던' 당일 아침 7시 30분경에 마지막으로 언니를 보았지만, 우리는 대화를 나누지는 않았다고 설명하곤 했다.

나는 언니를 보았다. 그러나 언니는 나를 보지 못했다.

그러면 그 바보들은 내가 마지막으로 언니와 이야기를 나눈 게 언제였는지, 그리고 언니가 무슨 얘기를 했는지 끈질기게 캐묻곤 했다. 그러면 나는 모든 노력을 다해서 기억해내고 솔직하게 대답하려고 했다.

이렇게 말한다. *마그리트는 자기가 불행하다거나 불안하다거나 걱정이 있다는 뜻을 내비치는 말은 아무것도 하지 않았어요.* 그렇지만 이런 말은 하지 않는다. *우리는 그런 관계가 아니었어요! 우리는 서로에게 비밀을 털어놓는 자매 사이가 아니에요. 특히 마그리트는 내게 자기 연인에 대한 비밀은 털어놓지 않았죠. 그렇게 생각하다니 참 순진하시네요.*

또 나는 정확하게는 내가 본 건 내 언니가 아니라 이중 거울에 비친 언니의 반사상이라는 말도 하지 않았다.

그리고 M의 얼굴을 그다지 선명하게 본 것도 아니라는 말도. M의 얼굴은 화장대 거울 속에 갇혀 있었으니까. 마치 부분적으로 지워진 듯 흐려진 타원형 틀 안에. 내가 언니라는 사실을 알지 못했더라면 거의 알아보지도 못할 정도였다. 그 아름다움, 아름다움 속의 오점.

거울은 거리감을 두 배로 늘리고, 익숙한 것을 낯설게 만드니까.

6

복수. 유명한 예술 작품 중에, 1953년 로버트 라우션버그가 '지워버린' 빌럼 더코닝의 드로잉이 있다. 이를 실력이 못한 미술가가 더 위대한 미술가의 작품을 지워버림으로써 복수한 것이라고 할 수 있을지 모른다. 일시적 변덕으로 실수를 저지른 일종의 장난스러운 파괴 행위라고.

더 위대한 미술가의 작품을 지워버리는 것 말고 실력이 못한 미술가가 할 수 있는 복수가 달리 무엇이 있겠는가?

나는 미술가가 아니었다. M은 내가 자기 작품을 지울까봐 두려워하지 않았다.

나는 시인*이었다*. 하지만 나의 시는 내 책상 서랍 속으로 기어 들어가 뒤적거리는 쥐들에게 암호를 끄적여놓은 것뿐인 비밀이었다.

M은 그녀를 아는 모든 사람들에게 마법을 부렸다. 누구보다도 우리 부모님들에게.

언니의 아름다움, 그건 부당했다. 모든 아름다움은 부당하니까. 언니의 친절함, (내게는) 허영의 표현처럼 보일 뿐이었다. 언니가 갑옷을 벗었을 때 보이는 부드러운 마음. 언니의 (겉보기에는) *나*에 대한 사랑, 혹은 나를 향한 애정.

마치 내가 M의 라이벌, 진지하게 여겨야 할 사람이 못 되고 그저 어색한 여동생일 뿐인 것처럼. 약간 지저분한 양치기 개인 양. 우람하고, 서툴고, 축축한 눈은 튀어나오고 촉촉

한 코는 크고, 계단에서 뛰어 내려오면 쉽게 숨이 차서 분홍 혀를 헐떡이는 그런 개.

심지어 내 이름조차도, G.—'조진'이다. '마그리트'에 비하면 얼마나 아름답지 못한 이름인지.

내 어머니 쪽 유명하지 않은 친척 아주머니의 이름을 땄다. 결혼 후 오로라의 부유한 동네에서 집안 살림을 하며, 하인을 두고, 애들을 낳아 기르다, 망각 속으로 사라진 사람. 완전히 시시한 사람. 모욕이다!

사람들 말로는—사람들 주장으로는—M은 어머니의 사망 이후 나를 위해 뉴욕시에서 고향으로 돌아온 것이었다. M이 자신의 "구겐하임 시절을 포기"했다고. 마치 언니가 오로라로 돌아오면 돈을 돌려줘야 했던 것처럼. (나는 M이 *구겐하임 기금을 반환하지 않았다*는 사실을 안다.)

친척들 사이에서도, 특히 우리의 소문 퍼뜨리기 좋아하는 고양이 같은 풋내기 여자 사촌들 사이에서는, 내가 *자살 충동에 시달리*(는 것처럼 보이)자 언니가 나를 "구하기" 위해 오로라로 돌아왔다는 말이 돌았다.

(이건 황당한 말이다. 나는 '자살'을 믿지 않기 때문이다. 가령, 우리 아버지가 자살을 믿지 않듯이. 아버지에게는, 아버지의 튜튼족 볼크마르 선조들에게 그랬듯이 자살은 *적들에게 망할 위안을 주는 행위*나 다름없었다.)

그게 내가 M을 싫어한 이유였다. 내가 언니를 싫어했다면 말이지만. 나는 언니를 싫어하지 않았다(그렇게 확신한다).

어째서 내가 나를 동정한 언니를 싫어하겠는가? 언니가 나의 존재를 알아차려 주었을 때, 언니가 내게 시간을 내어 주었을 때. 대체 *어째서* 나를 돌봐줄 만큼 그나마 내게 신경을 써준 유일한 사람(다른 사람들 말로는)이었던 언니를 싫어하겠는가, 망할. (내) 기억 속에 접근도 할 수 없을 만큼 부옇게 안개가 끼고 더럽고 냄새나는 늪과 같은 시간이었던 내어머니의 사망 직후에.

재미있었던 시절! 불쌍한 레나를 1년 동안이나 얼씬도 못하게 내쫓아 우리 집안의 제우스와 같은 아버지조차도 들어와볼 용기나 기운을 내지 못할 만큼 돼지우리가 된 내 방을 진공청소기로 밀고, 쓸고, 닦고, 바람이 통하도록 환기를 하면서.

나를 자기가 가지고 온 근사한 프랑스제 라벤더 비누로 박박 문질러 닦으면서. 그건 내가 좀 더 자주 샤워하게 하기 위한 '뇌물'이었다.

나의 굵고, 언니의 표현대로라면 "고집스러운" 머리카락을 땋아주면서. 생일에 나이아가라폭포로 소풍을 가자는 약속도 했다. "우리 둘만 가는 거야, 지지……."

지지! 아무도 모르게 M이 나를 부르는 비밀 이름.

지지! 마치 섬망 같은 감각이 내 안에서 솟아오른다. 소리
지르고 싶고, 미친 듯 웃고 싶고, 비명을 지르고 싶은 충동이
다, 너무 싫다. 수많은 세월이 흐르고 그러한 어리석은 욕망
이 이제 잠잠해져야 할 시점인데. 누군가 나의 입을 막기 위
해 입속에 흙을 처넣기라도 해야 할 것이었다.

물론 M이 내게 물려준 물건 중 몇몇은 자기에게는 그렇
게 잘 어울리고 그 날씬한 몸에 딱 맞는 것이었지만 내게는
너무 작거나 어떤 면에서는 부적절했다. 그 사실을 (분명히)
M은 알았으리라.

라벤더색 스웨이드 핸드백, 처음 들고 나간 날 비를 맞아
망가져버렸다. (하지만 G가 그 사실을 *알았을까*? 비를 맞으면 비
싼 스웨이드가 망가진다는 것을? 몰랐을까? 알았을까?)

별로 *그럴듯하진* 않지만 내 언니가 뉴욕시에서 사온 페라
가모 부츠를 내게 물려주었을 수도 있었을까? 그렇다면 잔
인한 농담이었을 것이었다. 발이 10사이즈인 지지가 그 우
아한 7사이즈의 부츠를 신을 수 있을 리가 없었을 테니까.

그래, 하지만 그래도 *어쩌면* 계산적인 지지가 문제의 부츠
를 꺼내 와서 교활하게 발자국을 찍으며 집 뒷문으로 나가
무주 지대를 지나 다른 발자국들이 얽힌 아수라장 속에서
'사라지게' 하는 악마적인 시나리오가 있을지도 모른다.

(하지만 언제 지지가 이런 짓을 할 수 있단 말인가? 1991년 4월

11일 아침은 확실히 아니다.)

어쩌면 그 전날 밤에 했을지도. 남에게 들키지 않고.

(여동생 말고는) 그날 아침 M을 보았다고 보고한 사람이 없으니까.

그렇다면, 어쩌면 M이 그날 아침 그 페라가모 부츠를 신었다고 말하는 건 정확하지 않고, 차라리 형사들이 적절하게 지적하였듯이 부츠 자국을 *선명하게 구분할 수 있다*고 말하는 게 더 맞지 않을까. 뒷문으로 나가 집의 뒷계단을 내려가 겨울로 황폐해진 잔디밭을 지나 인접한 군유지로 향한 후 다른 발자국과 뒤섞여 사라진 자국이 있다고 말하는 편이 더 맞지 않을까.

*어쩌면*이 너무 많다! 그래도 (이게 바로 단서들의 감질나는 전망이긴 하다!) 그중 하나의 *어쩌면*은 아무리 불가능해 보이고 개연성이 없어 보여도 진실일 수도 있다.

7

1991년 4월 11일. 달력 이 날짜에 M은 연필로 두 개의 일 상적 일정을 적어두었다. 오후 2시 (수업), 오후 5시 (위원회 회의).

그리고 다음 날에는 오전 9시에 치과의사 예약.

다음 주도 대체로 비슷했다. 일상적 약속, 회의, 학생들과 의 상담 일정. 진부하고 안전한 매일의 삶. 수사관들이 *단서* 로 해독할 만큼 중요한 일은 없다.

4월 달력이 M 본인에 의해서 세심하게 계획된 것이 아니 라면. 아주 일상적으로 보이게 속이려고.

주중에는 아침 일찍 미술학교에 가서 아침 내내 아무 방 해도 받지 않은 채 스튜디오에서 작업하는 것이 M의 습관 이었다. 그래서 M이 정오까지 도착하지 않았을 때야 미술과 에서는 M의 (겉보기에는) 결근을 알아챘지만 그래도 (아직까 지는) 딱히 별말이 없다가 오후 2시에 학생들이 조각 수업에 왔을 때에야 M의 결근이 확실해졌고 M이 전화를 받지 않 게 되자 의문이 일기 시작했다. —*오늘 마그리트 봤어? 오늘 마그리트와 얘기를 나누었어?*

그래도 아직 경보까지는 아니었다. 사근사근하게 의문을 제기할 뿐이었다. *누구 오늘 아침에 마그리트 본 사람 있나? 없다고?*

주목할 점, "마그리트"라는 이름은 어떤 존중의 마음으로 불렀다. 존경하는 마음이지 비난하는 투가 아니었다.

마―그―리―트, 충만하고 선율이 있는 이름, 천박하게 음절이 서둘러 달려들지 않는다.

한 시간 후, M이 어디 있는지, 어째서 M이 전화를 하거나 쪽지를 남기지 않는지에 대한 호기심이 커져갔다. 확실히 스튜디오에도 없고, 미술학교 건물 어디에도 없고, 아무런 전갈도 없다.

그래도 여전히 (아직까지는) 경보는 아니었다. M이 어떤 사고를 당했을지도, 아플지도, 긴급 상황으로 계획이 틀어졌을지도, 어떤 고난 상황에 빠져 있을지도 모른다고 실제로 걱정하는 사람은 없었다.

가능성이 높은 건 풀머가에 '가족의 위기'가 있을지도 모른다는 것이었다. 일반적으로 널리까지는 아니지만, 몇몇 사람들에게는 M의 여동생 G에게 '약간의 이력'이 있다는 사실이 알려져 있었으니까…….

무슨 이력? 정신병?

……입원했었다고? 버펄로에서?

그런 가능성은 오로지 조심스럽게만 언급되었다. M은 *사생활을 아주 중요하게 여기는 사람*으로 가정 생활에 대해서 대수롭지 않게 언급하는 사람은 아닌 걸로 알려져 있기 때문이었다. 부끄러움도 모르고 가십을 나누고 자신들의 까다로운/우스운 가족들에 대한 이야기를 게시판의 만화처럼 다른 사람들이 상스럽게 소비하도록 공공연하고 잔인하게 농담 삼아 하는 다른 동료 예술가들과는 달랐다.

자기 삶에서 만나는 남자들에 대한 이야기도 사생활로 언급하지 않았다. 실로 실종 당시 M의 삶에 남자가 있었는지조차도 확실하지 않았다.

다만 그 실크 디올 슬립이 단서가 아니라면. (혹여나) '향기'가 나지 않고, 확실히 남자의 것이 분명한 '냄새'가 났다면…….

하지만 아무도 알 수 없는 일이었다. 어떤 이방인도 M의 사적인 영역에 침범해 실종자가 뒤에 남긴 '증거'를 무례하거나 의심스럽게 바라보는 일은 없을 것이었다. M이 설명할수 없이 바닥에 놔두고 간 이 드레스, 란제리처럼 가벼운 이 옷을 내가 신중하게 주워 들 것이고 옷걸이에 걸어서 M의 옷장 맨 뒤에 (눈에 띄지 않게) 걸어둘 것이니까. 그곳이라면 캐묻기 좋아하는 형사들도 그것을 찾아낼 리가 없다.

왜냐하면 내게는 완전히 비밀에 부쳐진 M의 (그럴지도 모르는, 아마도 그럴 수도 있는) 난잡한 성생활에 대해서 찬성하진 않았어도, 풀머 가족의 명망에 대해서는 아주 많이 신경을 썼으니까. 1789년 뉴욕주의 이 지역에 초기 정착자들이 온 시기로 거슬러 올라갈 만큼 *유서* 깊은 집안의 이름.

실로, 이 지역의 동쪽, 알바니 근처에는 풀머군이라고 첫
번째 풀머가 사람들이 정착했던 지역이 있다. 오래전에 우리
집안의 분파에서 떨어져 나와 우리하고는 이제 이해관계가
없는 사람들이다.

§

4월 11일 오후 내내 우리 집의 M의 개인 전화선, M의 방
에서만 울리고 M의 요청으로 레나는 받지 않는 그 전화가
울리기 시작했다. M의 미술학교 동료들과 친구들이 M의 행
방을 궁금해하는 전화였다.

메시지가 남겨졌다. 모두 다 해서 "걱정하는" 친구들이 남
긴 여덟 통의 메시지와 대학의 선임 상주 작가라는 (남성) 동
료가 남긴 거슬리게 "긴급한" 메시지였다.

사실상, 두 번째 "긴급" 메시지도 이 사람에게서 왔다. 특
히 자기과시가 강한 준―미술 작가로 자기 이름을 '엘크'라
고 소개했는데, 그의 M에 대한 관심은 소유적이고도 공격적
이었다(이 참기 어려운 '엘크'라는 사람에 대해서는 후에 더 설명
하기로 한다).

(그리고 이 시간 동안 내가 어디 있었는지에 대해서 나중에 형사
들에게 질문을 받곤 했는데, 그러면 기쁘게 나는 *내 직장에 있었지,*

내가 어디 있었다고 생각하는 건지?라고 그 바보들에게 일러주었다. 밀스트리트의 우체국에서, 접수대를 맡은 동료 두 명과 우리 관리자와 함께 꾸준히 밀려드는 고객을 맞으면서. 모두가 그날 나의 *행적*에 대해서 증언해줄 수 있었고 실제로 그렇게 해주었다.)

(참으로 우스꽝스럽다! *행적, 알리바이—단서들*. 낡아빠진 오래된 양탄자의 실만큼이나 진부하고 너덜너덜한 경찰 수사의 진부한 표현들. 그래도 눈은 똑바로 앞에 두고 입을 꼭 다물고 아무것도 모르는 순진하고 무표정한 얼굴로 그 위를 걸어가야 하는 법이다.)

M의 행방을 두고 걱정 소동이 돌풍처럼 일어난 것을 까맣게 모르는 채 나는 밀스트리트 우체국에서 오후 5시까지 계속 일했다. 불길한 예언이나 예감 때문에 몸이 떨리는 일도 없었다! —전혀.

그다음에는 평소처럼 우체국을 나서 집으로 걸어왔다. 혹은 터벅터벅 걸었다고 표현할지도 모르겠다. —시선은 동료 행인들을 피해서 아래로 향하고, 얼굴을 찡그린 채로 박쥐가 레이더를 내보내듯 신호를 발산했다. *명랑하게 인사를 하거나 어떻게 지내냐느니 미리 고맙다느니 하는 말은 걸지 마요.*

또한, M과는 다르게 나는 차가 없었다. 나는 뉴욕주가 몇몇에게는 허가해주고 다른 사람들에게서는 임의적으로 보류해버리는 운전면허를 갖고 있지 않았다.

집에 도착해서 위층으로 오르는 길에 딱 M의 방에서 울

리는 전화 소리를 들었다. 몇몇이 전화를 걸었든지 아니면
같은 사람이 끈질기게 거는지는 몰라도 내게는 아주 신경에
거슬렸다. 종일 우체국에서 대충 테이프를 붙인 꾸러미를 들
고 와서 소포로 부치겠다고 하는 멍청이들 시중을 들다 보
니 신경이 쉽게 날카로워졌기에 나는 감히 (추정하건대) M이
비운 방 안으로 들어가 예의를 차릴 노력조차 하지 않는 목
소리로 그 망할 전화를 받았다.

　"네? 여보세요? 내가 생각하는 그 사람을 찾는다면, 미안
한데 그 사람 여기 없어요."

　그 멍청한 여자의 목소리엔 어째서 그런 근심이 서려 있
었을까? 이 사람은 누구길래 *내* 언니를 걱정하는 척하는 걸
까? 나는 무뚝뚝하게 헛소리 말라는 투로 이 여자의 말을 끊
을 수밖에 없었고 이 멍청한 샐리인지 뭔지 하는 여자는 충
격을 받아서 더듬더듬 말했다. "하지만—마그리트는 *지금*
어디 있는 거죠? 여동생인가요? 걱정 안 돼요? 이건 마그리
트답지 않아요. 아무런 연락도 없이 조각 수업을 빼먹는다
는……."

　"당신이 내 언니'다운' 게 뭔지 어떻게 알죠?" 나는 억누를
수가 없었다. 전화 건 사람은 내가 아는 사람이 아니었다. 머
리가 잘리고도 잘린 머리로 계속 재잘재잘거리는 암탉처럼
히스테리가 솟았다. "언니는 지금 팀북투에 가 있을 수도 있

죠. 그게 *당신*과 무슨 상관이죠?"

그다음에 전화를 끊으며 웃음을 터뜨렸다. 몇 분 후 전화가 다시, 또다시 울렸고, 나는 그 전화를 받았다. "미이이안합니다만 잘못 거신 전화예요. 안녕*히이*."

내 목소리에 중국어 억양을 약간 실었다. 웃음이 날 수밖에 없었다.

그들은 모두 그렇게나 멍청했으니까. 두려워할 이유는 없고, *비상 상황이 전혀 아니었다.*

M의 구역을 재빨리 살펴보았다. 침실(침대는 깔끔하게 정돈되어 있고 이불도 네 귀퉁이 모두 맞춰 제자리에 접혀 있다)과 욕실(수건은 깔끔하게 수건걸이에 걸렸다)까지 포함해서 다 살폈다.

후에 나는 좀 더 자세히 조사하러 돌아올 것이었다. 필요한 상황이 되었을 때.

문을 닫았다. 아주 꽉. M이 돌아왔을 때 누군가 자신의 소중한 사생활을 침범했으리라 생각할 만한 이유가 없도록.

이때쯤 되었을 때 대학의 참견꾼들은 우리 아버지에게 전화를 걸어 마그리트가 그날 대학에 오지 않았으며 약속을 빼먹었다는 사실을 알리면서 "이건 마그리트답지 않았어요"라고 말하고, 마그리트가 집에 있는 건지, 괜찮은 건지 궁금해했다. 그러자 아버지는 레나에게 M의 방을 확인해보라고 말했고, 그 방은 (물론 내가 아는 대로) 비어 있었다. 그러자 아버지는 친히 가서 차고를 확인해보았고, M의 연노란색 볼보는 아버지의 장중한 검은 링컨 세단 옆에 주차된 그대로였다. 그래도 일상에서 벗어난 일은 아무것도 없었다. M이 운전해서 대학에 가는 일은 드물었기 때문이었다.

하지만 그렇다면 하루 중 이런 때에 M은 어디에 있을 수 있을까? 차도 없이 갔다면 걸어서 갔으리라고 추리할 수밖에 없었다.

사실상, M은 종종 이런 좋지 않은 날씨에도 혼자서 길게 산책을 하거나 하이킹을 하러 나가곤 했다. 드럼린로드 너머 언덕 많은 시골길, 야생의 개척되지 않은 카유가호수 길을 쭉 따라 나가면 호변이 탁 트여 있고 사유지 소유자들이 울타리를 치지 않은 곳이 있다.

언니는 혼자 걷는 쪽을 선호했다. 하지만 가끔은 알지 못할 이유로 내가 외로워 보이거나 아쉬워 보인다고 (잘못) 생각할 때는 나한테 함께 가자고 권하곤 했다.

어색하고 짜증스러운 일이었다. M은 마치 (순수하게도) 나를 잊어버린 사람처럼 길을 따라 성큼성큼 걷다가 우뚝 멈춰서서 내가 헐떡거리고 땀을 흘리면서 자기를 따라잡기를 기다리곤 했다.

인내의 화신 그 자체. 눈 흘기는 법도 없이, 오, 절대로.

그런 후에는 내가 왜 같이 가자는 제안을 보통 거절하는
지 궁금해했다. 마치 전혀 모르는 사람처럼.

"조진?" 아버지는 우연히 계단참에서 나를 마주치자 다초
점 안경 너머로 눈을 내리깔고 쳐다보았다. 나는 우연히도
계단참에 서서 창 너머로 이상하게 생긴 구름들이 머리 위
에서 마치 들쑥날쑥 늘어선 함선 함대처럼 흘러가는 걸 바
라보고 있었고, 내 마음은 마치 싹 씻어 내린 벽처럼 완전히
텅 비어 있었다.

하루 중 이때면 보통 아버지는 한창 일에 빠져 있었다. 오
로라 시내에 있는 사무실이나 집 뒤편에 있는 자택 사무실
에서 뉴욕시에 있는 투자 상담가들과 전화로 회의를 하면서
상벌을 배분하거나 전사처럼 열렬하게 매수할 주식, 매도할
주식을 지시했다. 어린 시절부터 우리는 그러한 때에는 아버
지를 방해하지 말아야 한다는 것을 알고 있었다. (언제는 아
버지를 방해해도 되는 이유란 게 있었던 것처럼!) 하지만 여기 갑
자기 아버지는 마치 갈 길을 잃은 사람처럼 방향감각을 놓
친 모습으로, 기분이 동요되고 정신이 딴 데 팔린 채 나타나
서는 (다행스럽게도 내가 꺼림칙하게 손에 든 것을 숨기는 모습을
알아차리지 못했다. M의 방에서 가져온 저렴한 장신구로서 없어
져도 M이 아쉬워할 일 없는 물건이었다. [쓰다 만] 미드나이트 로
즈 색깔의 립스틱 통을 찾지 않는다면. 본질적으로 얼굴에 뭔가 바

르는 화장을 하지 않는 내게는 아무 쓸모가 없는 물건이었다. 발라 봤자 모종삽으로 얼굴에 퍼티를 문지르거나 '통통한' 뺨에 빨간 광대 점을 만드는 거나 다름이 없었다) 내가 그날 언제든 마그리트를 보았는지 물었고, 내가 귓속에서 피가 쿵쿵 뛰는 소리 때문에 이 질문을 듣지 못하자 아버지는 그 질문을 반복했다. 내 입에서 튀어나온 비명 소리 때문에 우리 둘 다 깜짝 놀랐다.

"*몰라요! 마그리트 못 봤어요, 오늘 아침 이후로는요. 어째서 모두가 나한테 언니 애기를 묻는 거예요!*"

§

그 직후, 친척들이 전화를 걸기 시작했다. 오로라온카유가에서는 소식이 빨리 퍼진다.

마그리트는 어디 있어? 마그리트에게서 소식 들었어? 마그리트를 본 사람을 본 적이 있니?

M이 여덟 시간 이상 행방이 확실하지 않은 경우는 드물었기에, 벌써부터 말이 퍼져나갔다.

M에게 무슨 일이 일어난 것이 분명해. 이건 M답지 않아.

그래, 이건 황당했다! 다만 오직 나만 아는 듯했지만.

아버지는 이런 전화들을 받겠다고 고집을 부렸다. 레나가 전화를 받도록 허락하지 않았다.

'명령'을 내리는 아버지다운 목소리. 남이 자기 말을 귀 기울여 듣는 데 익숙한 남자의 커다란 목소리. 귀가 어두운 사람의 커다란 목소리. M에 대해서 물으려고 친척들이 전화를 해왔지만, 아버지는 공을 맞받아치는 성미 급한 탁구 선수처럼 그들에게 도로 질문을 내쏘았다.

그의 딸에 대한 소식이 있는지? 마그리트가 그들 중 누구에게 전화라도 했는지? 마그리트가 그들에게 말하지 않고 시내를 나갔는지? 마그리트는 이타카에 친구들이 있었다. 마그리트가 (어쩌면) 이타카에 있는지?

(하지만 그렇다면 어째서 마그리트의 차는 차고에 있는가?)

(이 사실은 M이 자의로 떠난 게 아니라는 증거로 인용되었다. 차고의 볼보! 마치 그게 무엇이라도 증명하는 것처럼.)

다시 한번, 성미 급한 대학의 *선임 상주 작가*라는 사람이 전화를 걸어 마그리트와 "엄밀히 개인적 문제로" 연락할 수 있는 "개인 전화선"이 있는지 아버지에게 감히 물었다. 아버지는 냉정하게 말했다. "선생, 당신이 누구든 간에, 당신이 내 딸의 '동료'인지 아닌지 신경 쓰지도 않고, '엘크'라는 이름은 내가 아는 바도 없고, 그런 정보는 당신이 상관할 바가 아니오. 안녕히!"

(당시에 우리는 '엘크'가 마치 정말로 그와 M 사이에 특별한 관

계가 있기라도 한 것처럼 그런 민폐를 끼치는 것을 이상하다 여기지 않았다. 그 관계에 대해서 우리는 아는 바가 없었으니까.)

너무 안절부절못하다 실내에 있을 수 없던 아버지는 장엄한 검정 링컨 차를 타고 마을을 돌아보자고 우겼다. 메인스트리트를 천천히 따라가며 어두워진 상점가 전면을 지나 (이 부동산 중 몇몇은 사실 우리 아버지 소유였다), 레이크뷰애비뉴로 접어들어 풀머가의 친척들, 숙모들과 삼촌들이 사는 불 밝힌 커다란 집들 앞을 지나갔다. 그들 중 몇몇은 다른 사람들보다는 M과 내게 아주 약간은 더 견딜 만했지만, M이 우리에게 알리지 않고 불쑥 방문할 정도로 M과 가까운 사람은 아무도 없었다. 아버지가 코를 킁킁거리며 이런 집들 중 첫 번째 집 앞에서 차로로 올라가려는 듯 쳐다보자, 나는 날카롭게 말했다. "아버지, 안 돼요. 이 사람들이 고소해할 일을 만들지 마세요."

그러자 아버지는 한숨 지었다. 그래, 물론. 마그리트가 절대 바라지 않을 일은, 시기심 많은 사촌들이 그녀가 *행방불명이 된* 일에 대해서 수다 떠는 일일 것이었다.

처치스트리트를 천천히 계속 나아가며 '역사 깊은' 어두운 공동묘지를 지나갔다. 그곳에서는 비바람에 찌든 묘비들이 방사선처럼 괴괴한 빛을 이빨처럼 발하며 우리의 어리석고 헛된 탐험을 비웃었다.

오로라대학 캠퍼스로 오르는 날카로운 언덕, 내해의 정점으로 향하는 프리깃함처럼 외로워 보이는 강렬한 빨간 벽돌건물들. 시계탑, 예배당. 저녁 9시를 알리는 둔탁한 종소리, 인간의 표정이 결여된 백치의 얼굴 그 자체로 빛나는 하얀시계판.

M은 오로라온카유가로 돌아오고 싶어 하지 않았다. 그녀의 귀향은 '일시적'이었다.

*나*를 위해 뉴욕시에서 집으로 돌아오다니 신경 거슬리고 오만한 행동이었다. 어쩌면 *나*를 줄곧 질투했는지도 모른다.

어머니의 죽음 이후였다. 내가 꽤 힘들게 (내 생각이다. 정확히는 기억나지 않는다) 받아들였던 일이다.

내가 어머니를 사랑한 것은 아닌데도. —*그렇게 많이는*.

하지만 나는 그 누구도 사랑하지 않는다. —*그렇게 많이는*.

M은 자신의 (소박한) 월급이 장학금 기금으로 돌려진다는 사실을 이해하고서 대학의 자리를 받아들였다. 하지만 이 사실은 일급비밀에 부쳐졌다. M은 어떤 부류든 '자선가'로 알려지고 싶은 마음이 없었기 때문이었다. 자신의 예술가 동료들이 (대부분은 그녀보다도 나이가 많았다) 자신의 존재를 불편해하기를 원치 않았다.

물론 그들은 마그리트 풀머보다 열등했다. 그리고 그 사실을 알 수밖에 없었다.

그들 중 누구라도 그녀에게 나쁜 일이 일어나길 바랄 수
있었다.

우리 집안은 오로라와 그 근방에서 저명했다. 아버지의 아
버지와 할아버지는 지금 아버지가 그러하듯 여자대학의 이
사였다. 은행가, 투자자, 부동산 개발자, 자선가의 가문이었
다. M에게는 창피하게도 대학 캠퍼스에서 가장 오래되고 위
엄 있는 빨간 벽돌 건물이 풀머홀이었다.

어머니 또한 '좋은 집안 출신'이었다. 물론! 의심의 여지도
없다.

그 가문에서 여자들은 어떤 종류의 암에 취약한 경향이
있다는 사실이 드러나게 되었다. 그리고 이 암으로 죽는 경
향이 있다는 것도.

내가 드러내고 싶지 않다고 생각하는 특성.

아버지가 그런 음울한 생각을 하고 있었는지 궁금했다. 아
버지가 견고해 보였던 우리 가정을 둘로 갈라놓은 것 같은,
어머니의 상실에 대해서 생각이라도 했는지.

얼굴을 찡그리고 엄격하게 앞을 쏘아보며 구불구불한 캠
퍼스의 도로를 따라 천천히 운전하다가 건물 사이의 어둠과
그림자 속을 응시하기 위해 멈췄다. 헤드라이트 불빛에 드러
난 그곳은 마분지 상자의 내부처럼 단조롭고 흔해빠졌다.

아버지의 옆, 링컨 세단의 조수석에 앉은 나는 몸이 떨리

고 움찔거리는 것을 막기 위해 주먹을 꽉 쥐어 무릎 사이에 놓았다. 나는 그런 때에는 너무 불안해서 소리쳐야 할 말도 입 밖에 낼 엄두도 내지 못하기 때문이었다. *정말로 마그리트가 여기 그림자 속에서 살금살금 걸어다닐 거라고 생각하는 거예요, 아버지? 정말로 언니를 여기서 찾을 수 있을 것 같아요?*

공주가 발견되길 원치 않는다면, 공주는 발견되지 않는다.

대학 도서관 바깥 보도에서 여자 한 명이 홀로 있는 모습을 보고 아버지는 브레이크를 밟아 차를 세우더니 더듬더듬 창문을 내리려 했다. "마그리트? 너니?"

아버지의 목소리는 갈라졌다. 나는 웃고 싶었지만, 갑자기 아버지가 정말로 심란해하고 있다는 것을 알아차렸다.

다행스럽게도 여자는 듣지 못했다. 책을 가슴에 꼭 끌어안고 뒤 한 번 돌아보지 않은 채로 우리 앞을 서둘러 지나갔다.

8

끝나지 않는 날. 그날 밤 10시가 되자 이슬비가 내리기 시작했다. 나는 위층 창가에 서서 밤 한중간을 내다보며 생각했다. *언니가 이젠 비에 젖어서 추울 텐데! 이제 공주는 꼬리를 다리 사이에 말아 넣은 개처럼 온순하게 집으로 돌아오겠지.*

여전히, 11시가 되었는데도 M은 아직 집에 돌아오지 않았다. 어디 있다고 설명하는 전화를 걸지도 않았다. 다른 사람이 언니를 대신해 전화하지도 않았다.

나는 점점 겁을 먹었을까? 그래, 나는 겁을 먹기 시작했다. 우리의 집은 마을 위쪽에 있는 언덕에 있었지만, 더러운 물의 거대한 파도가 우리를 향해 밀려오고 있었기 때문이다. 그리고 *나는 동요하는 것을 좋아하지 않는다.*

나는 동요하는 것을 좋아하지 않는다. (내가 스스로 일으킨 동요가 아니라면.) 나는 일상의 습관이 어겨지는 것을 좋아하지 않는다. 나는 가정의 일상적 습관이 어겨지는 것만큼 심란한 일은 없다고 믿는다. 나는 일주일에 닷새, 하루 여덟 시간씩 밀스트리트의 우체국 접수대에서 근무하고 우체국의 내 자리에 있지 않을 때는 내 아버지의 집에 있는 내 방에서 안전하고 고요하다. 거기서 나는 우리 집의 가정적 일상이 어겨지는 것을 좋아하지 않는다. 저녁 식사가 몇 시간 미뤄져서 레나가 따뜻한 오븐 속에 넣어둔 동안 지난주 먹다 남긴 음식처럼 맛이 없어진다거나 하는 일. 무엇보다도 나는 그 망할 전화가 따르릉따르릉 울리는 것을 좋아하지 않는다. *내게* 걸려오는 전화는 하나도 없고 언제나 *그녀를* 찾는 전화뿐이다.

그날 밤 우리 집에서 누구도 잠들지 못하리라는 것은 분명했다. 내가 아침에 맑은 정신으로 일어나 우체국에서 하루 여덟 시간 똑바로 앉아 '고객에게 친절하게' 대할 수 있는 활력으로 충만하려면 아홉 시간은 자야 하는데, 나에 대한 배려는 전혀 없었다. 물론 그런 배려가 없다는 게 그렇게 놀랄 만한 일도 아니었지만.

마침내 아버지는 911에 전화를 걸었다. 다른 사람들이 그렇게 하라고 부추겼다. 레이크뷰애비뉴에서 한 블록 떨어진 곳에 사는 성미 급한 친척들, 그리고 (물론) 언니에 대한 걱정으로 손을 쥐어짜는 레나. 그래서 아버지는 전화를 걸었다. 말할 때 목소리는 머뭇거렸고, 흔들렸고, 불확실해서 노년에 접어들기 직전의 남자임이 드러났다.

그래, 위급 상황이다! ―"내 딸 마그리트가 심각한 위험에 빠졌다고 생각할 이유가 있소."

아버지는 우리 집에 온 (두 명의 정복) 경찰관에게 M에게 무슨 일이 생겼다고 말했다. 종일 보이지 않았고, 원래대로라면 가야 할 대학에도 모습을 드러내지 않았다. *그렇게 무*

책임하게 행동하는 건 그의 딸답지 않았다. 무언가 잘못되었
다는 것을 알았어야 했는데. 그날 아침 식사 때 M을 보지 못
했다. (마치 우리 셋이 일상적으로 아침 식사를 함께하기라도 했
던 것처럼! 가끔 그러긴 했지만, 그저 우연일 뿐이었다. 어머니가
병에 걸리고 죽은 이후에 우리의 식사 시간은 정식 행사가 아니었
다. 마그리트는 종종 아침 식사를 거르기도 했다. 혹은 아침 식사를
할 때도 대학 구내식당에서였다. 내 아침 식사는 내가 알아서 챙겼
다. 집에서 치리오스를 바나나와 우유와 함께 먹고 두 번째 더 거한
아침 식사로는 우체국 건너편에 있는 식당에서 스크램블드에그와
베이컨, 호밀 빵 토스트와 포도 젤리를 먹었다. 아버지는 기분이 좋
지 않은 아침이면 오전 11시쯤 느지막이 레나가 준비한 블랙커피
와 오트밀만으로 아침 식사를 때우기도 했다.)

*무책임하게 행동하다니 내 딸답지 않다*는 말이 몇 번이고
반복되었다. 마치 이 진술이 그 자체로 심오하고, 아버지에
게 깊은 인상을 주는 것만큼 경찰들에게도 깊은 인상을 줄
것처럼.

경찰관 중 한 명은 눈에 띄게 다른 쪽보다 젊었다. 역겹게
도 나와 같은 고등학교에 다녔지만 이제 살집이 붙고 턱이
거무스름한 남자아이의 미숙하고 돼지 같은 얼굴을 알아보
았다. 그는 눈을 꿈벅꿈벅거리며 이런 일이 아니라면 그와
같은 부류의 인간들은 절대 초대받을 일이 없는 카유가애비

뉴의 영국 튜더식 저택의 천장 높은 실내를 곁눈질했다.

그러고 놀라서 나를 쳐다보았다. 나를 알아보지 못한 척했지만 알아보았고, 그래도 내가 멸시하여 그를 아는 척하지 않으니 감히 나를 아는 척할 수 없었다.

'조진 풀머'는 고등학교 시절 이후 많이 변했으니까, 라고 나는 생각한다.

내 얼굴과 내 신체 둘 다. 한때 나는 약했지만 이제는 순무처럼 튼튼하다.

한때의 나는 바보들이나 아이들을 괴롭히는 일진들 앞에서 연약했지만 이제 나는 연체동물처럼 아무렇지도 않게 견딘다. 들여다보아도 보이는 건 가는 홈이 새겨진 단단한 껍데기뿐, 분홍빛 살은 조금도 드러나 보이지 않는 것처럼.

연상의 경찰관은 할 말을 끌어모으는 하마처럼 육중하고 느리게 말했다. *어쩌면 따님은 오늘 밤에 어딘가 가버렸을 수는 있겠지요, 풀머 씨. 하지만 아침엔 돌아올 수도 있습니다, 저희는 그런 일을 여러 번 보거든요. 그렇다고 따님이 가출자라는 뜻은 아닙니다만.*

가출자라니! 너무나 황당해서 나는 조소를 터뜨렸다.

경찰관 둘 다 놀라 나를 바라보았다. 아버지는 못마땅하게 나를 쳐다보았다. 연상의 경찰관은 내게 뭐가 그렇게 웃기냐고 물었고 나는 그 바보에게 내 언니 마그리트는 10대가 아니고 서른 살이며 오로라대학에 상주 작가로 있는 성공한 조각가이기 때문에 *가출자* 같은 건 아니라고 딱 잘라 말했다.

내가 너무 심하게 웃자 아버지는 나를 진정시키기 위해 내 팔 위에 손을 올렸다. 그런 후에 나는 기침을 했고, 두 명의 경찰관들은 너무 가까운 거리에서 나를 빤히 보았다.

저런 바보들! 나는 그들을 포기하고 그 방을 나와 무거운 발로 계단을 올라서는 내 방문을 쾅 닫아버렸다.

그러면서 생각했다. —*이제 M의 방을 수색하겠지. 이제 온 집 안을 수색할 거야.*

다락방에서 지하실까지. 세 층을 전부. 지금 마감된 '새' 지하실 안과 흙바닥 위에서 퀴퀴하고 축축하며 썩은 냄새를 풍겨서 아무도 발 들인 적 없는 '옛' 지하실 안까지.

하지만 아니었다. 그들은 그날 밤 온 집 안은커녕 M의 방도 수색하지 않았다.

§

이날! 이날! 이 망할 날!

너무 길어서 한쪽 끝에서는 호수 위에 피어올라 내륙으로 떠오르는 물안개처럼 뿌연 안개에 가려 그 시작이 보이지 않았다. 좋은 의도를 가진 누군가가 집 안의 불을 모두 켜서 집은 핼러윈 호박처럼 활활 타오르며 오로라 전체에 카유가애 비뉴 188번지에 무슨 일이 일어났다는 사실을 공표했다. 하지만 무슨 일이기에?

그리고 이 모든 일이 M의 잘못이었다. 자기 자신에게 그렇게 사람들의 관심을 모았다, 언제나 관심의 중심이었던 것처럼. *나는 그녀를 싫어했고, 절대로 그녀를 용서하지 않을 것이었다.*

9

수색. 오로라와 그 주변 전원 지역의 역사상 성인이 실종 신고 되는 일은 거의 없었다. 그보다는 집에서 사라진 10대 소녀들에게 *가출자*라는 딱지가 붙는 일이 흔했다. 여기서 중 범죄가 일어난 적도 드물었다. 80년 동안 살인 한 건뿐이었 고, 그건 현대라면 *가정* 폭력이라고 이름 붙일 만한 사건이 었다.

납치도 없고, 유괴도 없었다. 강간, 성폭행, 폭행이라면 경 찰에 신고되지 않았고 결과적으로 기록에 남지 않았다.

오로라와 그 근방에서 가장 흔한 범죄는 (10대의) 기물 파 손이었다. 낙서, 우편함 파손, 쓰레기 투기, 핼러윈 때 들에서 하는 불장난이었다.

그리고 이제 1991년 4월, 지역 내 *상속녀*의 기이한 실종 사건에 맞닥뜨리게 된 오로라경찰서의 네 사람은 카유가군 보안관 사무실에 지원을 요청했다.

법 집행 담당 부서에서 보기에 24시간은 성인이 공식적으 로 실종되었다고 선언하기에는 일반적으로 너무 짧은 시간 이라고 여겨졌지만 상황도 상황이고 아버지의 고집도 있었 고 오로라에서 아버지의 사회적 지위도 있었기에 마그리트 풀머의 실종은 심각하게 다뤄야 한다는 의견이 제기되었다. 지역 언론에 경보가 발령되었고 TV와 라디오 속보가 흥분 과 놀람, 위엄과 자제 사이 중간 지점의 어조를 애써 유지하

며 방송되었다. TV를 켰다가 *오로라 거주 여성 밤새 실종,
가족에 의해 신고*라는 자막 위에서 우리를 바라보는 M의 얼
굴을 보고 깜짝 놀랐다.

4월 12일 아침, 이제 24시간이 지났기에 실종으로 인정되
어 내 언니를 찾는 수색대가 조직되었다. 경찰관들과 카유가
군의 자원 소방단, 이런 활동을 위해 수업에서 풀려난 고등
학생, 오로라대학의 건장한 젊은 여자 선수들, 지역 공동체
에서 나온 시민 자원봉사단. 그날 나중에는 가족이 5만 달러
포상금을 걸었다고 하는 *실종 여성*에 대한 속보를 들은 코
넬대학 학생들이 이타카에서부터 차를 줄줄이 끌고 와서 호
수 주변을 한 시간 동안 돌았다.

아버지는 10만 달러를 내걸고 싶었지만, 액수가 너무 높
으면 오히려 *비생산적인* 관심을 너무 많이 끌 수도 있다고
걱정한 형사들이 이 의지를 꺾었다.

벌써 경찰들은 그럴 것 같지 않은 곳에서 "의심스러운 사
람" "목격" 전화를 받고 있었다. TV와 라디오 방송국에서도
전화를 받기 시작했고, 이후 며칠 동안 그 수가 놀랍도록 폭
증했다.

모든 단서는 추적될 것이다, 우리는 경찰에게 그렇게 확증
받았다. 앞으로 10년 동안, 그리고 그 이후까지 계속 쭉 뻗어
갈 거짓말의 연쇄 속 수많은 거짓말 중 하나였다.

M의 옷장에서 없어진 여행 가방은 없는 것 같다고 레나와 내가 판단을 내렸다(실상 레나는 내가, 나의 확정적인 방식으로, 하는 말은 모두 동의하긴 했다. 레나는 반박할 수 있는 사람이 아니었다). M의 손목시계는 흐릿한 검은색 시계판에 오로지 찬 사람만 볼 수 있도록 작은 은색 숫자가 달린 은제 론진 팔찌시계였다. M이 이 눈에 띄는 장신구 없이 다니는 일은 별로 없었다. 뉴욕에서 사온 또 다른 물건으로, 그날 아침에도 분명히 찼을 것이었다. M은 스튜디오에서 일할 때는 반지를 끼지 않았다. 그래도 나는 그날 아침 M의 손에 한때 우리 할머니의 물건이었던 자수정 반지가 있는 걸 본 기억이 있다고 생각했다(이 반지는 나중에 내 화장대 서랍에서 발견된다. 그게 어떻게 거기 들어갔는지는 전혀 모르겠지만!).

레나와 나는 M이 평소 습관적으로 쓰는 헴프백을 들고 간 게 분명하다는 데 뜻을 모았다. 그대로 방 안에 남아 있는 더 비싼 가죽 가방들이 아니었다. 언니의 (프라다) 지갑과 다른 물품이 담긴 건 그 가방일 것이었다.

4월 12일 한낮까지도 M의 계좌에서 신용카드를 사용한 흔적은 보이지 않았다. 카유가은행의 저축 계좌에서 돈을 인출하지도 않았다.

M의 계좌에서 어떤 '활동'이라고는 전혀 없었다. 이것이 좋은 소식이든, 그렇게 좋지 않은 소식이든, 혹은 중립적이

든 그건 추측의 문제였다.

그렇다! 나는 수색팀에 참가할 마음이 있었다. 오로라대학의 여자 선수들 팀에.

다만 나는 그날 밤 제대로 자지 못했다. 다리가 이상하게 무거웠고, 둔탁한 통증이 눈 뒤에서 쿵쿵 뛰었다. 아래층에 내려갈 수조차 없었다. 아침 식사를 할 입맛도 없어서 레나가 좌절했다. 레나는 내가 아침 식사를 거르면 얼마나 머리가 어지러운지를 알았기 때문이었다. 내가 숨을 헐떡이고 욕을 하면서 발을 (모직 양말을 신은 채) (고무) 장화에 끼어 넣으려고 할 때 레나가 부축해줘야만 했다. 하지만 내가 오로라대학까지 걸어갔을 때쯤 수색 팀은 나없이 이미 출발했고, 내가 따라잡을 수 있으리라는 합리적인 가망은 없었다.

좌절, 실망 때문에 울음이 나올 것만 같았다! 여자 선수 팀은 내 언니를 찾겠다는 공동 목표로 똘똘 뭉쳐 들판을 가로질러 가는데, 나는 그들 틈에 끼지 못하다니.

다른 수색 팀은 내게 관심이 없었다. 풀머 친척들, 그날 밤 TV 뉴스에 자기 모습이 나오리라는 희망을 품고 들판을 뛰어다니는 사촌들과 조카들은 특히 내게 관심이 없었다.

시내에서 전단지와 포스터를 나눠주는 일은 영원히 끝나지 않는 것만 같았다. 물론 나는 걱정이 되었지만 주된 감정은 지루함이었다. 사람들은 나를 보고 입을 벌리고 멍청하기

짝이 없는 질문을 해댔다. *당신이 그 사람 여동생이에요? 언제 마지막으로 봤어요? 어떻게 보였나요?*

공공 도서관 게시판, 주민 회관, 우체국. *마그리트 풀머가 FBI 수배 전단과 나란히 붙은 모습을* 보니 웃음밖에 안 나왔다.

M의 얼굴을 오로라 전역에서, 그것도 실종: 마그리트 풀머라는 표제 아래서 보고 있노라니 기분이 이상했다.

잔인해 보였다. M은 사진 속에서는 웃고 있었다. 행복하고 자신감이 넘쳐 보였다. 그녀에게 무슨 일이 닥쳐올지 전혀 모르는 채로.

사진이 찍힐 때 절대 웃지 않아야 할 아주 좋은 이유 아닐까, 그렇지?

M의 왼쪽 뺨, 왼쪽 눈 바로 아래에 있는 반짝이는 작은 화살표 모양의 흉터는 사진 속에서 보이지 않았다. 내가 아무리 들여다보고 또 보면서 포스터를 더 잘 보이도록 빛에 갖다 댔지만 찾을 수 없었다.

10

상속녀. 처음 (지역) 언론의 헤드라인은 *오로라 지역의 실종 여성*이었고, 다음 날이 되자 *오로라 지역의 실종 상속녀*로 바뀌어 뉴욕주 전체에 퍼지면서 《연합뉴스》에 기사로 제공되었으며 1991년 4월 17에는 권위 있는 《뉴욕 타임스》까지 진출했다.

일단 M은 실종 상속녀로 신원이 정해지자, 다시는 단순히 실종 여성의 신원으로 돌아갈 수 없었다. 또, 피상적 언론의 전통에 충실하게도 조각가로서의 이력도 과거 *구겐하임 기금 수여자*라는 신분으로 불리는 것 외에는 별로 언급되지 않았다.

실로, M의 예술에 대해서는 거의 얘기되지 않았다. M의 작품은 '추상적' '비구상적'으로 우아한 칸딘스키나 브랑쿠시, 무어의 작품과 유사하게 여겨졌지 더 인기 있는 페미니스트인 마리솔, 부르주아, 칼로의 작품 같지는 않았다. 언론이 *여류 조각가*와 실종되는 운명 사이에 어떤 연관성이 있을지도 모른다는 암시를 할 수 있게 제시할 만한 은유적인 작품이나 성난 이미지는 없었다.

그래, 안타까운 일이다! 모욕이다!

한 여성 예술가를 그저 *상속녀*로 축소해버린다. M의 삶에 있었던 그 무엇도 *상속녀*라는 신분보다 관심을 끌지 못했다. 그리고 M의 삶에 있었던 그 무엇도 *예술가*라는 정체성만큼 그녀가 관심을 두었던 건 없었다.

§

하지만 나도 이 생각을 하면 갈비뼈에 가벼운 펀치를 맞은 기분이다. *너도 상속녀잖아.*

아버지의 재산은 언젠가 *내게* 떨어질 것이다. 그리고 이 집도, 이 부지도. 마그리트가 돌아오지 않는 한. 그렇게 되면 우리는 공평하게 나눌 것이다.

11

예술가 M. M의 조각에 단서가 있을까? 당연하게도 사람들은 궁금해했다.

M에게 일어난 일, M이 어디 *있을지*에 대한 단서가 그녀의 예술에서 발견될 수 있을 것처럼. 대학의 스튜디오 내 예닐곱 개의 미완성 조각에서.

프로 예술가로서 M은 자신의 작품을 전시할 때는 수줍은 듯이 남녀 양성으로 쓸 수 있는 "M. 풀머"라는 이름을 썼다. M의 조각은 '추상'이라고 불리는 계열이었다. 진백색, 회백색, 청백색, 황백색. 대부분은 자연석이나 바위를 끌로 깎고, 정으로 쪼고, 사포로 문지르거나 손으로 윤을 내어 만들기 때문에 조각가가 수백 시간 노동해서 만들어졌다. 그래도 내 눈에는 당혹스럽고 거슬리는 작품들이었다.

나는 M의 예술의 팬은 아니었다. 나는 전문 미술 작가 M의 팬은 아니었다. M이 예술 때문에 오로라를 떠나서 상이나 기금(확실히 M의 미숙하고 어린 나이에는 상응하지 않는 '저명한' 구겐하임 재단 기금처럼)을 주며 아부하던 (가령) 뉴욕시를 중심으로 하는 다른 곳과 연결되었기 때문이 아니라, M의 예술이 새침하고, 자기중심적이며, 인간미가 없기 때문이었다. *너무 완벽해서.*

난卵형, 직사각형, 기하학적 형체는 오로지 간접적으로만 인간 형체나 인간의 특징을 암시할 뿐이었다. 단 위나 바닥 위에 놓인, 대략 150센티미터 높이의 조각들의 둘레를 따라 돌면서 바라보고 또 바라봐도 구름 속이나 진흙탕 속에서 사람 얼굴을 찾아내려는 노력처럼 분간해낼 수 있는 게 없 었다. *하지만 어째서 내가 이걸 바라보고 있는 거지? 나는 뭘 봐야 하는 거지?* 하고 생각해봐도 아무런 대답은 없었다.

아름답지만 밋밋했다. '눈길을 끌지만' 잊히기 쉬웠다. 불 가해하지만 가식적이었다.

미칠 듯 화가 났다! 소위 *예술 작품*을 깨부수고 싶게 했다.

(내가 그랬던 적이 있는 건 아니다. 기회는 있었지만. 기껏해야 내가 한 짓은 내 스위스아미 칼로 오로라대학에 전시된 M의 조각 작품 중 하나, M이 절대로 보지 못할, 봤다고 해도 말 한마디 안 하 리라는 걸 아는 아래쪽을 살짝 긁어놓은 것뿐이었다. 그리고 한두 번, 내가 더 어렸고 M이 집에서 일할 당시에는 머리를 닮은 태초적 흰색의 타원형에 내 더러운 손으로 얼룩을 묻혀놓았을 뿐이었다.)

경찰 조서를 위해 미술학교의 조각 사진들을 가져가서 '법의학 미술 전문가들'이 조사하도록 하겠다는 엄중한 말을 들었다. (놀고 있네!) 이런 사진 중 몇 장은 우리의 허락 없이 기사화되었다. TV에까지 나왔다.

M이 안다면 창피해할 일이었다. M은 절대로 완성되기 전 의 자기 작품이 사진 찍히도록 허락하지 않았을 것이었다. (하지만 M의 작품이 *완성되었는지* 어떻게 판단한단 말인가? 많은

작품들이 내게는 똑같이 보이던데.)

그래도 (수상한 몇몇 작품들 포함하여) M의 초기 작품들은 새로운 작품과 크게 달라 보이지 않았다. M은 자기를 "형식주의자"—"고전주의자"—"미니멀리스트"로 묘사하기를 좋아했다. 문외한들이 히죽거리면서 "나도 저런 건 하겠네"라고 말하게 하는 그런 유의 조각들이었다.

(음, 그게 사실일까? 나는 언니의 널리 칭송받는 작품들을 볼 때마다 실로 *나*도 저런 건 할 수 있겠네라는 생각을 종종 하곤 했었다. 내가 그걸 미리 생각해낼 수만 있었다면.)

(나는 M이 존경한다고 고백한, 소위 추상 표현주의자들의 작품을 볼 때도 정확히 똑같이 생각했다. 폴록, 로스코, 더코닝—나도 저런 생각을 해내기만 했더라면, 그들의 허술한 그림들을 그릴 수 있었겠다고. 드로잉을 하는 데는 레오나르도 다빈치나 메인주 작가 그 사람 이름이 뭐더라—앤드루 와이어스 같은 재능이 필요 없을 것이었다.)

〈난형 90〉은 M의 가장 유명한 조각으로 언니의 죽음 이후에 자주 재생산될 대표작이었다. 매끈한 회백색 돌은 거대한 알 같기도 했고 상형문자 같은 기발한 작은 홈들과 미발달된 덩굴손 같은 소형 돌출 돌기가 달린 괴상한 모양의 묘비석처럼 생겼고, 120센티미터 높이에 둘레가 150센티미터가량으로 거추장스러운 크기와 무게이지만 불규칙적이어서

윗부분보다 아랫부분이 살짝 눈치챌 정도로만 넓었다. 그리고 너무 무거워서 쉽게 옮길 수가 없었다.

조각가가 〈난형 90〉이라는 작품에 1000시간 가까운 시간을 썼다는 주장이 있었다. (G처럼) 별로 깊은 인상을 받지 않은 관람객은 회의적으로 물을지 모른다. *왜?*

그렇다고 해도 M은 사라질 당시에 〈난형 90〉을 완전히 마무리 짓지 못했다.

(그렇다고 그 구형 물체가 미완성이라고 말할 수 있는 사람이 있었다는 건 아니다! 나는 그런 말은 하지 않았다.)

실로, 아버지와 나는 〈난형 90〉을 오로라대학에 기증했고, 거기에서 대학 총장, 미술학교 학장, 그리고 슬픔에 등이 굽기는 했어도 영웅상처럼 백발에 엄숙하게 잘생긴 아버지까지 참석한 의식을 치른 후에, 조각은 도서관 너머 풍경이 아름다운 언덕 위에 영원히 자리 잡게 되었다.

지루한 알, 이라고 나는 부른다(남몰래!).

(우리가 자라던 때 가족 내에서 쓸데없이 오지랖 부리던 참견꾼들은 이렇게 짐작하고는 했다. 불쌍한 조진! 마그리트를 얼마나 부러워할까. 하지만 나는 그 누구도 부러워하지 않는 것으로 그들의 의견을 전적으로 반박했다, 절대로.)

"진행중인 작업물"이라고 하는 것들에 더해 M의 스튜디오에 있던 작업계획서, 스케치, 공책 등등은 1991년 오로라

대학 봄 학기가 끝날 때 아버지와 내게로 돌아왔다. 소위 법의학 전문가들이라고 하는 사람들을 포함해서 경찰 수사관들이 이 작업물들이 무엇에도 "결정적인 단서가 되지 못했기" 때문에, 그걸로 "결론을 내릴 수 없어서" 조사를 마친 후였다.

특히, 그 바보들은 뭐가 없어진 건지를 깨닫지 못했다. 어떻게 그들이 뭐가 없어졌는지 알 수 있겠는가?

가령, M의 물건 사이에 예술가의 일지가 있었더라면, 개인적 일지나 일기 같은 게 있었더라면, 당연하게도 1991년 4월 12일 오후, 내 눈에 띄자마자 내가 치워버렸을 것이었다. 천박한 이방인들이 내 언니의 비밀을 훑어보지 못하게.

풀머 양, 언니분에게 해코지할 만한 사람을 떠올릴 수 있습니까? 언니분에게 적이 있었나요? 언니분과 관련 있는 어떤 남자라도?

아니요, 아뇨, 아니에요.

격렬하게, 도전적으로. —아니에요.

13

(분명히 그 여동생은 수사를 자기 쪽에서 딴 방향으로 돌리려고 노력하지는 않습니다. 그녀는 우리에게 이름 하나 대지 않더군요.)

14

질투. 질투 없는 복수는 없다. 그어버린 성냥.

가장 수수께끼 같은 감정. 가장 수치스러운 감정.

내 본성에서 분명한 게 하나 있다면, 나는 *질투, 시기, 심술, 복수심* 같은 사춘기적 감정에 면역이 있다는 것이다. 나는 모든 것에 내재된 약함을 경멸했지만, 내 안에 있는 약함을 제일 경멸했다.

M을 사랑했던 남자들 모두는 각각 그녀를 '소유하기를' 바랐다.

(이 단어에 따옴표를 친 것은 그래, 내가 이 말이 어리석은 단어라고 생각한다는 사실을 가리키기 위해서이다. 하지만 나는 '소유'하고자 하는 희망은 그들의 손에 들어오지 않는 여자들에게 당황해 어쩔 줄 모르는 많은 남자들의 소망이라는 것을 안다.)

M이 내게 자기의 사생활에 대해 많은 이야기를 했다는 건 아니다. *그녀의* 인생은 본인에게는 소중했다. 풋내기 여동생과 나눌 수 있는 게 아니었다.

하지만 나는 'W'는 알았다. 그는 실제로 언니를 찾으러 집까지 온 사람이다. 그리고 내가 결코 만난 적은 없지만 우회적으로 아는 다른 사람들, 'D', 'Y', 'T'도 있었다. 그리고 다른 사람들도 있었음이 밝혀질 것이었다.

M과 (아마도) 관련이 있었을 모든 남자들. (아마도) 성적으로 관련이 있을 남자들. 수년 동안 이타카에서, 뉴욕시에서,

그리고 오로라에서까지.

*나*는 이들의 이름을 대지는 않을 것이다. 나는 저속하고 외설적인 가십을 반복함으로써 나 자신의 가치를 떨어뜨리지 않을 것이다.

사실상, 한 번의 예외를 빼고는 나는 그들의 이름을 알지 못했다. 성까지 포함한 이름 전체는. 가문의 다른 사람들, 우리 사촌들, M의 흩어져 있는 친구들이나 이전 고등학교 친구들은 경찰 수사를 돕는다는 가면 아래 가십을 되풀이하는 수준을 벗어나지 못하고, 'M의 인생 속 남자들'의 이름을 댔고, 그 남자들은 정당하게 불려와 '요주의 인물'로 심문을 받았다.

*이름을 대*는 일의 악의적 기쁨. 젊은 여자의 실종 수사에서 그의 '이름을 대는 것'만으로 다른 사람의 삶을 복잡하게 만들고, 심지어 망쳐버리는 건 얼마나 쉬운 일인지.

남성적 관심, 욕망을 자극한 M에 대한 복수. 그리고 그런 욕망을 가진 *요주의 인물*에 대한 복수.

이윽고 경찰 수사는 확대되어 더 많은 이름을 포함했다. 깊이로는 아니지만, 너비 면에서 (헛된) 수사가 뻗어갔다. '미해결' 범죄의 경찰 수사는 경계가 없고, 이론적으로는, 끝도 없기 때문이다.

숲속을 관통하는 오솔길들이 부질없이 낯선 사람들의 발

자국, 심지어 사슴들의 발굽 자국과 엇갈려 아무 데로도 이끌지 못하는 뒤엉킨 '단서 타래'가 된 것처럼.

'아직 종결되지 않은', '계류 중인' 경찰 수사라는 건 관련자 누구에게도 자비란 없다는 뜻이다.

경찰 수사에 끝이 없다는 건 슬픔이 분노를 낳고, 분노가 슬픔을 낳는다는 뜻이다.

요주의 인물은 어떻게 용의자가 될까?

경찰은 바로 여기서 실패했다. 특정한 *용의자*가 없기 때문이다.

물안개에서 뿜어져 나오듯 집단적 이야기가 출현했다. 그는 그녀를 드럼린로드에서 태웠다. 그게 누구든, M을 멀리 데려갔다.

그녀를 억지로 자기 차에 태웠다. 어쩌면 트렁크에. 그녀를 묶고 입에 재갈을 물리고, 산 채로 불확실한 운명으로 끌고 가버렸다.

그게 아니라면 드럼린로드에서 그녀는 계획대로 차에 올라탔다. 숨이 차고 간절하게, 실질적으로 개인 소지품이란 없이 (아마도) 지갑에 있는 100달러도 안 되는 돈만 들고. 이 액수는 카유가은행에 있는 M의 저축 계좌에서 최근 출금한 돈으로 판단한 것이었다. 그건 500달러도 되지 않았고, 실제로 최근도 아니었다.

어느 경우든, 누가 그 차를 운전했단 말인가? 그리고 그 차는 드럼린로드를 빠져나가 어디로 갔다는 말인가?

§

질투! 나는 M의 인생에 있었다고 (주장되는) 남자들을 질투하지 않았다. 나는 M을 질투하지 않기 때문에. 여동생이 성취를 이룬 아름다운 언니를 질투한다는 건 개연성이 없다. 동생은 언니를 경외하고, 공주님이 관심을 보여주는 것에 감사할 수 있을 뿐이다. 스치듯 보이는 미소, 이따금 동전처럼 던져주는 인정의 말.

언니분과 사이가 가까웠나요? 어머님의 사망 이후에 더 가까워졌나요?

언니분이 동생에게 비밀을 털어놓았나요?

아뇨, 아뇨, 전혀요.

15

납치. 결국에는 M의 증발에 대한 (개연성 있는) 설명은 납치라는 게 가장 그럴듯하다고들 했다.

즉, 경찰, 언론인들, 지역 당국, 가족, 친척들, 오로라 주민들, 그리고 이윽고 모여든 아마추어 (미제) 미스터리 애호가들의 합의가 그러했다는 뜻이다. 이런 애호가들 중 몇몇은 실로 아주 무지하고, 짜증스럽고, 공격적인 사람들이었다.

M의 증발 이후 곧바로 따라온 광적인 나날들, 내 언니를 보았다는 '목격담'은 뉴욕주의 핑거레이크 전체와 그 너머에서 제보되었고, 불청객들(인증받지 않은 언론인들, TV 제작진들, 자원봉사단들, 온갖 종류의 민병대들)로부터 우리 집을 보호하기 위해 오로라 경찰관들이 카유가애비뉴 188번지에 24시간 배치되었던 때에는 *몸값을 노린 범죄*도 (또한) 하나의 가능성이었다.

물론 *실종 여성/상속녀*의 저명한 사회적 위치를 고려하면 그쪽이 가장 개연성이 있었다.

카유가군 전체에서 '풀머'라는 이름은 부, 지위, 특권이라는 인식을 불러일으켰다.

(물론 과장되었다! 그저 다른 주민들보다 약간 더 돈이 많으면 '부자'가 되는 미국의 소도시에서 모든 것이 과장되듯이.)

형사들은 아버지에게 범인들이 연락을 해오면 누구와도 협상하지 말고, 몸값도 절대 주지 말고 즉시 자기들에게 연락하라고 했고, 아버지도 이에 동의했다. 아버지는 평소 즐겨 자랑하듯이 '바보'가 아니었기 때문이었다. 하지만 나는 범인들이 전화를 걸고 M이 전화로 아버지에게 살려달라고 말한다면, 순식간에 아버지가 뜻을 꺾으리라는 것을 확신했다.

하지만 그 어떤 납치범도 아버지에게 연락하지 않았다. 몸값 요구도 (한 번도) 없었다.

그 당시 전화는 미칠 듯이 많이 왔다. 형사들이 우리에게 전화를 항상 꽂아두고 받으라고 했기 때문이었다. 그래도 그 전화는 결코 오지 않았다.

전화 소리 한 번에, 심장이 한 번 뛰었다. 실망스러운 전화 한 번에, 심장이 한 번 가라앉았다.

그래서, 돈을 노린 게 아니라면, 점점 더 M은 납치된 것처럼 보였다.

이런 경우에는 전화는 결코 오지 않을 테지만, (잔인하게도) 결코 오지 않을 전화를 기다리는 날들만 확산될 뿐이었다. 만약 납치라면, 경찰들이 우리에게 알렸듯이 M이 살아 있지 않을 가능성이 높고, 행방도 알려지지 않을 가능성이 높았다. 젊은 여성, 소녀, 아이 들 납치 사건은 사망이나 성적 훼손, 끔찍한 죽음으로 끝났다. 많은/대부분의 희생자들의 시체는 결코 발견되지 않고, 다만 살인자가 어느 날 (예를 들면) 동료 수감자에게 고백하거나 자기 인생 마지막 날에 갑자기 신의 자비를 구하면서 밝혀질 (드문) 확률이 있을 뿐이었다.

이런 가능성들을 곰곰이 생각하면서 아버지는 고개를 저으며 엄숙히 스카치 위스키를 마셨다.

"절대 아니야. 안 돼. 우리는 다시 마그리트를 보게 될 거야. *난 느낌이 와.*"

16

실종자를 정의하는 법률 규칙 & 절차 (뉴욕주)

23.0 실종자는 거주지에서 "실종" 신고가 이루어진 사람
을 말하며 다음을 포함한다:

　a. 18세 미만, 혹은

　b. 18세 이상이고 다음 조건에 해당할 때:

　1. 입원이 필요할 만큼 신체적, 정신적인 질병에 걸
렸거나,

　2. 기억상실, 익사, 혹은 비슷한 사고의 피해자일 가
능성이 있거나,

　3. 자살 의사를 보였거나,

　4. 비자발적으로 사라졌다는 것을 가리키는 상황에
서 어떤 명확한 이유 없이 부재하는 사람

23.1 "실종자"라는 용어에는 다음 사람은 포함되지 않는
다:

　a. 영장이 발부된 사람

　b. 범죄를 저지르고 수배 중인 사람

　c. 18세 이상으로, 가정적, 경제적, 그와 유사한 이유
로 자발적으로 집을 떠난 사람

　d. "자발적 부재자"라는 지정에 적합한 사람

17

지갑. 비에 홀딱 젖고 우그러졌고 진흙이 묻긴 했어도, 검은 가죽 지갑은 오래됐거나 낡지 않았다. 그 안에는 현금도 남아 있지 않고 신용카드나 신분증도 없었다. 지갑은 납작했으며 슬프게도 중요성이라곤 하나 없었다. 다만 브랜드의 반짝이는 금속 라벨이 없었다면. —*프라다.*

M이 실종된 지 거의 한 달이 지난 후, 시골길 (오로라로부터 동쪽으로 13킬로미터가량 떨어진 곳, 뉴욕 스루웨이의 진입로에서 400미터 떨어진 자리) 옆에서 자전거를 타고 가던 10대가 발견했다. 마치 지나가던 차에서 내던진 쓰레기처럼 "똑똑히 눈에 띄는 자리에" 놓여 있는 걸 보았다고 했다.

이때는 이미 몇 주가 흘렀지만, M의 신용카드 사용 흔적은 없었다. 아버지는 모든 계좌를 닫도록 조치해놓았다.

이 낡은 지갑이 M의 것이었을까? M이 몇 년 전 뉴욕시에서 산 프라다 지갑을 가지고 있었다는 건 사실이었다. M이 뉴욕에 살던 (3년의) 시절 중 언젠가 거기서 샀던 하얀 디올 실크 드레스를 포함해서 다른 고급 물건을 가지고 있었던 것처럼.

여기서부터는 많은 부분이 가설일 뿐임을 주목하자. G가 M에게 *정확히 무슨 일이 일어났는지* 알고 있었다고 해도, G는 '단서들'이 순차적으로 나타나도록 신경을 써서 제시하고 있다.

풀머가의 친척들은 낡은 지갑이 M의 것이라고 확신했다. 아버지는 그래, 그렇다고 생각해야만 했다. 심지어 실제로 M의 지갑을 본 적이 없거나 M의 지갑이 어떤 형태일지 전혀 모르는 사람들도 확신했다. *이건 개의 지갑이야!*

그리고 그게 M의 지갑이라면 이건 M이 오로라에서 강제로 납치되었으며 자기 의지로 오로라를 떠난 게 아니라는 증거였다. "실종자, 중범죄가 의심됨"으로 분류되지, "자발적 부재자"가 아니었다.

다만 G, 여동생만이 이러한 (속기 쉬운) 사람들에 속하지 않았다.

늘 회의적이고, 남이 아무런 질문 없이 믿어버리는 것을 '믿기'를 거부했다.

한 번 흘끗 보고 그렇게 편리하게도 길가에서 발견된 지갑은 내 언니의 지갑이 아니라고 확신했다.

하지만 이게 '증거'가 아닐까? '단서'가?

너무나 명백한 '증거', '단서'였다. 너무 명백해서 진짜 같지 않았다.

그들은 분개하며 내게 어째서 그런 말을 하느냐고 묻고 확실히 그 지갑은 M의 것이라고 말했다. 맙소사, 카유가군에 *프라다* 지갑이 몇 개나 되겠니! 특히 M이 실종된 직후에 길가에 버려질 지갑이.

나에게는 나만의 이유가 있었기 때문이다. 나는 누가 심어 놓은, 혹은 그랬을지도 모르는 지갑을 액면 그대로 받아들이는 바보가 아니었다.

길가에, 눈에 잘 띄는 장소에 던져졌다. 길게 자란 잡초 속이나, 도랑 속, 카유가호수 같은 곳에 불편하게 던져놓은 게 아니었다.

M 본인이 쓰레기처럼 던져버렸을 수도. 아마도.

자기를 사랑했던 (우리 같은) 사람들이나 자기를 반대했던 (우리 같은) 사람들에 대한 배려도 없이 쓰레기처럼 자신의 오로라 생활을 던져버렸듯이.

"조진, 너 참 어이없게 군다. 너는 경찰이 마그리트를 찾기를 *바라지* 않는 거니?"

우리 사촌 데니즈는 M과 또래로, 고등학교 때는 M과 가까웠지만 이제는 잘난 체하며 아내/엄마로서의 삶에 푹 빠져 살고 있었는데, *나*를 감히 이렇게 비웃었다.

데니즈의 밀가루 반죽같이 화장한 얼굴을 똑바로 바라보며, 얼마나 그 뺨을 날리고 싶었는지.

내 얼굴에 피와 열이 몰려오는 게 느껴졌다. 분노의 눈물이 차올랐다.

그리고 다음 순간, 아주 위엄 있게, 데니즈의 뺨을 때리지 않고 그저 몸을 돌려 등을 꼿꼿이 세우고 분개한 채로 걸어

나왔다. 내 뒷모습을 빤히 보는 데니즈를 그대로 두고 그 자리를 떴다.

절대로, 나는 결코 그러지 않을 거야. 결코 내 마음을 바꾸지 않을 거야. 내가 아는 걸 나는 알아. 너희들은 결코 모를 것을.

§

낡은 프라다 지갑은 '잠정적으로' 마그리트 풀머의 소지품으로 취급되어 오늘날까지도 경찰 파일에 그 자리 그대로 남아 있을 것이다, 나는 그렇게 짐작해본다.

18

혼돈/단서들. 우리의 차가운 기후대에서는 4월의 눈보라
는 무척 흔하다. 눈송이들이 미스터리의 궤적에 남은 단서들
처럼 혼돈 속에서 소용돌이친다.

세계는 단서들의 혼돈이라는 사실을 보는 것은, 깨닫는 것
은 끔찍하다.

시체가 없는 자리엔 오로지 *실종된 육체*만이 남는다. *실종
된 육체*가 살아 있다는 확증이 없는 자리.

어째서 그 프라다 지갑이 단서가 아니라 반-단서임을 알
아챈 유일한 사람이 나였을까? 즉, M의 증발이라는 지그소
퍼즐 같은 미스터리 속에 '단서'라고 자칭하는 그 물건은 사
실상 '반-단서'일 뿐, 깨우쳐주려는 게 아니라 혼란시키려
는 전략이었다.

형사들로 하여금 M이 납치되었고 그녀의 지갑이 스루웨
이로 향하는 차창 밖으로 던져졌다고 생각하도록 이끄는 덫.
아마도.

회의적인 G는 그보다는 똑똑하다. 스루웨이 진입로로 향
하면서 속도를 내는 차창 밖으로 납치한 여자의 지갑을 던
진다는 데는 논리가 없다. *왜?*

분명히, 일부러 꾸민 것이다. 하지만 *왜 꾸몄을까?* 다른 데
로 이끌려고.

형사들로 하여금 *실종자*는 오로라가 아닌 다른 데 있다고

생각하게 하려고. 형사들로 하여금 범죄가 저질러진 것이지 겉보기에 실종된 사람의 '자발적' 부재는 아니라고 생각하게 하려고.

형사들이 놓쳤을지 모르는 다른 단서들이 있다. 하지만 G는 1991년 시작부터 M의 달력을 쭉 훑다가 알아차렸다.

종종 연필로 달력에 표시해두었다. 다른 사람의 달력처럼.

별로 관심 없는 표시들이 범벅되어 있는 한가운데, 4월 8일의 표시가 내 눈을 끌었다. "MAM: 오전 9시."

그리고 3월 29일에도. "MAM: 오전 11시."

물론 나는 이를 그 누구에게도 언급하지 않았다. 나와 형사들과의 소통은 의심을 불러일으키지 않을 수 있을 만큼만 띄엄띄엄 유지되었다.

§

또 다른 반-단서. M의 점성술 차트.

1961년 3월 23일에 태어난 M은 소위 '양자리'였다.

(1967년 8월 18일에 태어난 G는 소위 '사자자리'였다.)

나는 대학을 졸업하지는 않았지만, 너무나 강한 회의론자였기 때문에 점성술을 신봉하지는 않는다. 물론. '신'은 어리석지만, '별'보다는 훨씬 합리적이다.

인간의 뇌는 단서들의 혼란에 푹 가라앉아 불가해한 것을 이해하려고 애쓴다. 심지어 아인슈타인도 도전적으로 외쳤다. "신은 우주를 가지고 주사위놀이를 하지 않는다!"

하지만 아마도 그럴지 모른다. 그래, 신도 우주와 주사위놀이를 *하고말고*.

충분히 호들갑을 떤다면, 그리하여 고등학교 수준 수학처럼 유용한 것을 배우는 데 시간을 쓰듯이 '출생 차트'를 익히는 데 기꺼이 그만큼의 시간을 쓴다면, M은 3월 23일에 태어났고 그리고/혹은 나는 8월 18일에서 태어났다는 사실, 양자리와 사자자리는 반드시 *불화, 라이벌 의식, 투쟁, 정복*을 일으키는 고정된 방식으로 상호작용한다는 진부한 사실로부터 한 가지, 아니면 두세 가지 결론을 낼 수 있을지도 모른다. 양자리의 개성은 "창조적"이고 "상상력이 풍부하고", "생각이 깊고", "친절하고", "훈육이 잘 되어 있고, 잘 조직되어 있다"고 할 수 있지만, 또한 "다른 사람들에게 둔감"하고 "참을성이 떨어지고", "고집이 세다"는 걸 알게 될지도 모른다. 사자자리의 개성은 "충성심이 깊고", "진실을 사랑하며" "독립적인 정신을 가졌지만", 또한 "깊은 헌신을 요구"하며, "시기와 소유욕에 사로잡히기 쉽다"고 한다.

황당하다! 근거라고는 전혀 없다.

별이 아니라 유전, 태교, 환경적인 조건들이 한 인간 개성

의 근원적 본성을 결정한다. 점성술은 오랫동인 신뢰받지 못
한 가치 없는 유사 과학이다.

　하지만 우리가 환멸을 느끼고 역겨워할 만한 일로, 밀드러
드 파이퍼라는 오로라 주민, 풀머가에 대해서는 물론이고 마
그리트에 대해서는 확실히 아무것도 모르는 사람이 감히 *점
성술 영적 항해자*라고 자칭하며 스스로 나서 내 언니의 출
생 차트와 실종일에 기반한 점성술 차트를 그리고 자기의
계산이 "수수께끼를 풀었다"고 뽐낸 사건이 있었다.

　먼저, 이 부끄러움을 모르고 대중의 관심을 끌고 싶어 하
는 여자는 아버지를 만나려고 했지만, 우리 가정부에게 호되
게 쫓겨났다. 그다음에는 나를 만나려고 했지만, 나한테 호
되게 쫓겨났다.

　다음으로 밀드러드 파이퍼는 더 뻔뻔하게 오로라 경찰서
를 찾아가 사건을 수사하는 형사님과 얘기하고 싶다고 요구
했다가 세 번째로 쫓겨났다.

　하지만 그러고도 파이퍼는 개의치 않고 레이크뷰애비뉴
에 사는 풀머 친척들의 대문을 두드리고 다녔다. 순진하거나
악의가 넘쳐서 자칭 *점성술 영적 항해자*를 안으로 초대해
미친 수다에 귀를 기울일 만한 친척들.

　다음 날 사촌 데니즈가 보고하려고 내게 전화를 걸었다.

　하지만 재빨리 나는 말을 끊었다. "그냥 그만둬, 데니즈.

전화 끊을게."

"조진, 기다려! 이 여자의 통찰은 좀 흥미로운 데가 있어."

"*그렇지 않아. 그 여자에게 '흥미로운 통찰' 같은 게 있을
리가 없어.* 점성술은 순전한 미신이야. '점술사'는 사기꾼들
이지. 이젠 전화 끊어야겠다."

내 목소리가 떨리고 있었다. 생각이 파도처럼 밀려들었다.
내가 이 여자 사촌, 그래도 여자 사촌 중에서는 고등학교 시
절 M과 가장 가까웠던 친구를 얼마나 싫어했는지.

데니즈가 항의했다. "아니야, 조진, 기다려! 이 사람이 자
기는 '볼 수 있다'고 하는데……."

"그 여자는 *못 봐.* 바보들이나 믿을 헛소리를 지어낸 거고,
우리가 *지금* 그 여자를 막지 않는다면 결국 그 얘기가 신문
에까지 나겠지."

격노해서 덧붙였다. "마그리트는 '징조'를 믿지 않았어. 아
버지와 나는 '징조'를 믿지 않고. 이건 모욕적이야."

"조진, 소리치지 마! 네 목소리 잘 들리니까. 밀드러드 파
이퍼가 한 말은 자기 계산에 따르면 마그리트는 아직도 여
기 있다는 거야. 오로라에. 그 여자가 말하길, 자기는 마그리
트의 눈을 통해 '볼 수 있다'(그 여자는 영매 같은 거기도 하니
까)는 거야. 하지만 시야가 '어둡고 구름이 자욱하다'고 해.
그 여자는 마그리트에게 접선하려고 했지만, 마그리트는 '말

이 없다'는 거야. 대답을 하지 않는다고……."

"데니즈, 이건 완전히 황당하다. 너 내 부아를 돋우려는 거지. 우리 아버지한텐 연락할 생각 하지 마. 하지 말라고. 이 여자는 수치심도 모르는 강매꾼이고 우리한테도 돈을 받아내려는 거야. 아버지한테서 그 5만 달러를 받아내려는 거라고! 너 그 여자랑 연락 되면 *감히 마그리트의 인생에 끼어들 생각 말라고 해.* 그래도 끈질기게 굴면, 내가 그 여잘 죽일 거라고 하고."

"조진, 무슨 말을 하는 거야? 죽일 거라니?"

"그 여자를 고소할 거야. 내 말은, 고소라고. 이제 전화 끊어야겠다. 이 황당한 대화를 질릴 만큼 오래 했어."

수화기를 어찌나 세게 내려놓았는지, 전화는 덜그럭거리며 바닥으로 떨어졌다.

19

'*영적 항해자*'. 그건 나의 실수였다. 이젠 안다. 밀드러드 파이퍼를 진지하게 받아들이지 않은 것.

우리는 12세기가 아니라 20세기에 살았기에 누구도 이런 말도 안 되는 헛소리에 불과한 점성술을 진지하게 받아들일 수 없었다는 걸 감안해도. '영매'의 말도 안 되는 헛소리는 말할 것도 없고.

그래서 친척들에게 심란해지는 보고를 계속 듣고, 파이퍼가 또 한 번 아버지와 나에게 연락하려고 한 후에, 나는 이런 식으로 답장을 했다.

1991년 5월 8일

밀드러드 파이퍼 씨에게

제 언니 마그리트를 걱정해주셔서 감사합니다.

안타깝지만 저는 성공회파의 신실한 기독교인으로서 저와 제 아버지는 우리 교회의 교리에 기꺼이 따르고자 하므로 점성술에는 아무런 신뢰도 없다는 사실을 고백해야만 할 것 같습니다.

이것은 파이퍼 씨의 소명을 비난하거나 폄훼하려는 게 아닙니다. 다만 귀하의 '발견'에 관련되고 싶지 않다는 우리의 소망을 설명드리기 위함이고, 귀하께서 마그리트의 영혼에 '접촉'하여 어떤 방식으로든 대신 말을 전할 수 있다고 공상하며, 이 문제에 관해서 직접 말할 수 없는 상황에 있는 제 언니를 끌어들이는 일을 중지하고 그만두어주십사 하는 진심 어린 간청을 드리고자 할 뿐입니다.

미리 감사드립니다, 불쌍한 사기꾼 인간—.

조진 풀머.

§

(아니, 나는 실제로 "불쌍한 사기꾼 인간"이라는 말을 하진 않았다. 그저 농담이다!)

하지만 편지의 나머지 부분은 그대로 파이퍼 씨에게 우편으로 전달되었다. 놀랍지 않게도, 나는 답장을 받지 못했다.

20

시작의 끝. 형사들에게 전달된 *요주의 인물* 중 한 명의 이름은 'W'였다. ─'월터 랭'.

M과 관련된 운 나쁜 남자들 중 한 명인 월터 랭은 내가 1991년 4월 11일 이전의 몇 년 동안 눈길을 준 유일한 사람이었다.

아니, 나는 경찰들에게 월터 랭의 이름을 대지 않았다. 월터 랭이 나를 대한 방식에 깊은 원한을 품고 있기는 해도 이 불운한 남자에게 해를 끼칠 마음은 없었다. 나는 그가 허술한 경찰 수사에 연루되기를 바라지 않았다.

불쌍한 월터는 어느 날 우리 집에 (불청객으로) 나타났다. 면도도 하지 않고, 단정치 못한 모습으로, 불안한 얼굴을 하고 한 번도 만나보지 못한 밀턴 풀머 씨와 이야기를 하고 싶다고 사과 조로 말했다. 어째서 M이 그렇게 불쑥, 알 수 없는 이유로 자기와 헤어진 건지, 달랑 전화 메시지로 잘 있으라는 인사만 남기고 뉴욕시를 떠난 것인지 묻고 싶다고 했다. M의 동기가 뭔지 아버지가 알기라도 하는 것처럼. 혹은 그런 문제를 의논할 만큼 인내심이 많기라도 한 것처럼.

하지만 아버지는 예기치 않게도 이 월터를 가엾게 여겼다. 내 예상처럼 그를 멀리 쫓아 보내는 대신에 이 당황해서 정신없는 젊은이를 집 안으로 초대했다. 한참 동안 그의 얘기를 동정적으로 들어주었다. 당신의 딸이 그렇게 자기를 깊이 사랑하는 (듯 보이는) 남자에게 변덕스럽게 행동했다는 사실에 당황했다.

이 월터라는 사람을 나는 몰랐다. 개인적으로는. 나중에 코넬대학의 연구생물학자로, M과는 공통의 지인을 통해 만나게 되었다는 사실이 밝혀졌다. 하버드 출신의 '아주 유망한' 박사 후 과정생이었는데, M과는 몇 달 동안 만났지만, 가족에게 소개할 만큼은 관계가 진전되지 않았다.

용기 내어 아버지의 사무실 바깥에서 엿들었다. 심장이 쿵쿵 뛰었다.

나는 '월터'를 안타깝게 여겼던가? 그렇지 않았다.

내 언니의 연인이 되고자 했던 사람. 남편이 되고자 했던 사람. 공주님의 (흔해빠진, 예측 가능한) 섹스의 마법에 빠진 의지박약한 사람.

아버지 사무실의 닫힌 문을 통해 월터의 절망에 빠진 젊은 목소리가 진지하게, 간청하듯 울렸다.

아버지에게 어째서 M이 자기와 헤어졌는지 아시느냐고, 어떤 생각이라도 있으신지를 물었다. 왜 전화를 받지 않으려는 건지?

어째서 M은 월터의 이야기를 우리에게 단 한 번도 한 적이 없을까? 어째서 그를 집에 한 번도 초대하지 않았을까?

아버지는 월터 랭, 전혀 몰랐던 이 사람을 만나고서 꽤 충격을 받은 것이 분명했다.

(하지만 M이 하는 일은 늘 그러했다. 비밀스럽게. 속마음을 털어놓지 않았다.)

남자들은 아버지의 사무실 안에서 40분이나 진지한 목소리로 이야기를 나누었다. 내게는 두 가지 이유로 놀라웠다. 첫 번째로, 아버지는 괴로워하는 젊은이를 놀리는 대신에 참아주고 있는 듯 보였다. 두 번째로 나와는 무엇에 대해서도 한 번에 그렇게 오랜 시간 이야기한 적이 없는 아버지가 낯선 사람과 무슨 주제가 되었든 이토록 오래 이야기한다는 점이었다. 실로 나와는 한 번에 4분 이상도 이야기한 적이 없었다.

그렇게 많은 일들을 *말하지 않고* 놔두어야 할 때, *할 말이* 뭐가 있었겠는가?

그리고 두 남자가 40분이든, 4분이든 내 언니의 변덕스러운 마음의 향방에 대해서 그렇게 진지하게 논의를 한다는 사실이 내게는 너무도 쓰라렸다. 역겨울 정도였다. 절대로, 하지만 절대로 그 어떤 남자들도 나에 대해서 그렇게 논의를 할 일은 없을 것이라는 분노 섞인 깨달음이.

이 특징 없는 월터라는 사람이 내 소리를 들을 수 있도록 소리 내어 무례하게 웃고 싶었다. 두 남자가 다 내 소리를 들을 수 있게.

바보 바보 바보. —무엇을 기대했기에?

마침내 대화가 끝이 날 때까지. 아버지의 사무실 문이 열리고, 아버지는 불행한 젊은이를 앞문까지 배웅했다.

나는 계단참에 서서 아래 현관 입구에 선 두 사람을 지켜보았다. 내가 겪은 바로 바보를 그렇게 *친절하게* 대하는 건 아버지답지 않았다. '아주 유망한' 연구과학자든 아니든 간에. 자기 딸에게 성적인 관심을 가진 낯선 사람을 그렇게 친근하게 대하는 건 아버지답지 않았다.

더듬거리는 말들이 위의 계단참에 선 내게까지 떠돌아 올라왔다. "다시 만날 수 있길 바랍니다, 풀머 씨."

그리고 아버지의 간결한 대답. "음, 다시 볼 걸세, 아들."

*아들*이라니! 그 이상하고 예상하지 않은 말이 (내) 갈빗대를 쿡 찌르는 것 같았다.

아버지는 한 손을 뻗어 무뚝뚝하게 악수를 나누었다. 방문은 끝났다.

앞쪽 보도에서 월터는 자신의 소지품을 확인했다. 자기가 어디 있는지, 왜 왔는지 잊어버린 사람처럼 방향감각을 잃고 머뭇거렸다.

그러한 슬픔, 그러한 갈망이 담긴 표정으로 우리 집과 2층 창문을 힐끔힐끔 돌아보는 걸 보면, 이 불쌍한 바보가 M이 그 창문 중 하나에서 자기를 바라보고 있기를 반쯤 기대하고 있다는 사실이 누가 봐도 분명했다.

하지만 아니었다. 2층 창문에서는 그 누구도 바라보고 있지 않았다.

2층 창문에서는 그 누구도 거절당한 구혼자에게 손을 흔들지 않을 것이었다.

월터 랭의 차, 낡은 포드가 우리의 길게 뻗은 자갈길 차로 끝 연석 위에 주차되어 있었다. 참으로 월터에게 어울리는 차였다. 어깨가 비스듬하고 머리가 큰 곰 같은 젊은 남자. 어리둥절해 보이기는 해도 친절한 눈, 잘생겼다고 하긴 어렵지만 못생기진 않은 외모. *케리 그랜트나 클라크 게이블은 아니래도 프레드 맥머리 정도는 되지, 튼튼하고 쉽게 당황하는 사람.*

그리고 갑자기 내가 도로 연석 위에 나타났다. 영화라면 이 인물은 젊은 캐서린 헵번일 것이었다. 원래 인물만큼 '매혹적이진' 않대도 짧은 머리에 바지를 입고 절대 허튼짓을 용납하지 않는 사람. (집의 옆문에서부터 나와) 커다란 오크 나무들과 주목들 아래 차로를 따라 연석 위 선명한 녹색 잔디밭 길까지 뛰어오느라 살짝 숨을 헐떡이고 있었다.

내 얼굴의 반쪽은 미소를, 다른 반쪽은 조소를 띠었다.

"내 조언을 원해요, 월터? 걔 잊어요."

월터. 낯선 사람이 그의 이름을 스스럼없이 부르는 소리가

그에게는 놀랄 일이었으리라.

"1번, 언니는 당신에게 어울리는 사람이 못 돼요."

나야말로 당신에게 어울리죠.

"2번, 그녀는 모든 사람을 이렇게 대해요. 그러니까 혼자 뽑힌 것 같은 기분은 느끼지 마요."

나, 또한 그녀에게서 퇴짜를 맞았으니까.

나, 또한 복수를 할 것이니까.

홍조가 월터의 얼굴에서 피어올랐다. 이런 *우연한 만남*에 놀랐다.

혼미한 한 순간, 내게는 (내가 억지로 웃으며 서서 숨도 쉬지 못하고 있을 때) 월터가 갑자기 긴장을 풀며 내 말에 웃는 것, *나*를 보며 웃는 것처럼 보였다. 이건 내가 (보통은) 경멸해서, 실제로는 거의 본 적도 없는 유의 심야 TV 로맨틱 코미디의 한 장면이었기 때문이다.

우리는 마치 오랜 친구처럼, 적어도 공통의 상처로 묶였다는 것을 아는 오랜 지인처럼 함께 웃으며, 말을 나누기 시작할 것이었다.

"마그리트의 여동생입니까?"

"'마그리트의 여동생'은 나를 표현하는 수많은 것 중 하나지만, 주요한 건 아니죠."

진정으로, 월터는 내게 황홀해하는 것 같았다! 그저 바라만 보았다.

"이름이…… 조지아? 조진?"

"G로 충분해요."

"그래요, 안녕하세요, G."

하지만 이건 안녕히라는 인사였지, 안녕하세요는 아니었
다. 재치 넘치는 대화는 터지지 않은 중고 색종이 풍선처럼
시시해졌다.

내가 (철저하게 예기치 않은, 즐거운) 로맨스의 시작이 되리
라고 희망했던 건 끝이 되고 말았다. 정확히는 *시작의 끝*.

그건 내가 젊은 캐서린 헵번을 닮지 않았고, *지금도 닮지
않았기* 때문이었다. W가 프레드 맥머리를 닮은 정도보다 더
나을 게 없었으니까.

이미 차 문을 열고 고개를 수그리고 안으로 들어간다. 나
와 맞대면하고 다른 사람이 몰랐으면 좋았을 일을 내가 안
다는 사실을 알고서는 부끄러워하면서. 자기가 사랑한다고
믿었던 여자에게서 거절당한 굴욕, 충격, 수치 그리고 *아니*,
이건 우리를 정의해주거나 이 짧은 순간을 넘어 살아남을
우리 사이의 연결 고리가 아니었다. W가 나의 번득이는 시
선을 피하면서 예의를 차리고 고개를 끄덕인 후 미소를 지
으려고 애쓰면서도 탈출하고 싶어서 안달이 나서 더듬거리
며 차에 시동을 거는 이 짧은 순간 동안조차도.

이런 식으로 심야 고전 영화 TV 채널에서 방영하는 로맨틱 코미디였다면 다른 결말이 되었을지도 모르는 *우연한 만남*은 끊어졌다.

차를 몰고, 왔던 길을 도로 따라 카유가애비뉴를 내려갔다. 호수를 돌아 이타카로 가는 길로 도로 향했다. 뒤 한 번 돌아보지 않고서.

그리고 여동생 G는 연석 위에 서서 떠나가는 차를 바라보고/쏘아보고 있었다.

자기는 놀라지 않았다고 혼잣말하면서. 놀라지 않았다!

하지만 그래도 격분했다. 활석에 장식 없이 새겨진 이누이트인 조각처럼 튼튼한 턱과 무감한 얼굴을 하고.

나야말로 당신에게 어울릴 만한 사람이야. 바보 같으니! 두고 보자고.

지하 창고. (오래된 돌) 지하실 벽 안으로 비아냥거리는 목소리들이 들어왔다. 1991년의 긴 겨울과 물방울이 뚝뚝 천천히 떨어지는 봄 내내.

몇 년 동안 천천히 모였다. 화산 안에 압력이 쌓여 마침내 뜨겁고 미친 용암이 폭발한다. 내 머리를 아프도록 벽에 갖다댔다. 귀를 벽에 댔다. 안에서 들리는 중얼거리는 목소리, 조소하는 웃음.

내가 통통한 무릎을 가슴에 끌어안고 그들로부터 숨어 있던 곳.

조─진! 조─진! 어디 숨어 있니!

타일 바닥이 깔리고 새 화덕과 온수 히터, 노출 파이프, 때낀 녹색 빛을 발산하는 창문이 있는 '새' 지하실이 아니라, 원래 집의 기초가 되었던 '옛' 지하실. 타일이 아니라 단단히 다진 흙바닥, 거미줄로 장식된 낮은 천장이 있고, 썩고 부패한 냄새가 나는 곳. 물론 창문도 없다. 그리고 여기엔 폭우로 지하실이 침수되고 집수 펌프 하나가 고장 나면 운 없는 인부들이 기어가도록 땅 속에 '기어갈 공간'을 파놓았다.

거기선 회중전등이 필요할 것이었다. 스위치로 켜고 끄는 천장 등은 없었다.

구부정하게 허리를 숙여야 할 것이었다. 똑바로 설 수가 없었다.

　수십 년 동안 쓰지 않은 돌로 만든 오래된 물 저장 통. 작은 동물들이 죽고 그들의 뼈가 서로 분리되어 흙 속으로 사라질 때 나는 눅눅한 냄새.

　비아냥거리는 목소리, 웃음. 얼음이 녹아 창밖에 물방울이 뚝뚝 떨어지기 시작하는 4월의 해동기에 점점 커져간다.

　그녀의 창문은 호수를 향하고 있다. 집의 그쪽이 1도나 2도 정도 더 춥기 때문에 얼음은 늘 내 창문에서 먼저 녹기 시작한다. 그런 후에 점점 더 빠르게 물방울이 떨어지면, 나는 밤에 침대에 누워 이를 갈고 있다.

　먼저, 물방울이 뚝뚝 떨어진다. 그다음에는 아래로부터 비아냥거리는 목소리가 들려온다.

　못생긴 쪽! 남겨진 쪽! 조—진.

　처음에는 희미한 라디오 방송처럼 거의 들리지 않지만, 소리는 점점 커져서 2층 위에 있는 내 방 안에서 그 소리를 듣지 않을 수 없는 정도가 되고 나는 끝없는 밤 내내 뜬눈으로 누워 있다. 벽을 통해 나는 그 소리를 듣고, 망할 화덕 환풍구를 통해 그 소리를 듣는다. 경재 바닥을 맨발로 걸으며 나는 심장을 더 빠르게 뛰게 하는 쿵쿵 떨리는 진동을 느낀다.

　그다음에는 곧, 고음의 울음소리가 바닥 널을 타고 전해지며 참을 수 없이 팽팽하게 당겨진 전선 같은 내 신경을 찢어놓는다.

전등 하나가 타오르는 내 방 안의 영속적인 어스름 속에서 (내 나이에도 나는 유치하게 어둠에 대한 두려움을 여전히 품고 있어서, 오늘까지도 밤에 '야간 등불'이 필요하다) 그것의 눈을 볼 수 있을 것 같고, 내 콧구멍 속에서 신선한 피 냄새처럼 그 괴물의 공포가 풍기는 악취를 맡을 것만 같아 잠들 수 없었다. 그들이 내가 잠들도록 놔두기만 했다면! 그리하여 마침내 밤에 맨발로 떨면서 뒷계단을 내려가 (빛이 없는) 복도를 따라 가정부 방의 닫힌 문을 지나서 고요 속에서 옛 저택의 뒤편 지하실 문으로 향했다. 몽유병자처럼 틀림없이, 잠의 환각에 씌어 있는 한 자기는 다칠 수도 없고 위대하고 끔찍한 힘으로 충만하다는 것을 잘 아는 몽유병자처럼 대담하고 무모하게 나아갔다. 레나의 방문이 닫혀 있다는 게 얼마나 다행인지, 레나는 죽음의 천사가 그렇게 가까이 옆에서 지나간다는 것도 까맣게 모르고 자기 침대에서 잠들어 있었다. 만약 가정부가 나를 놀래기라도 한다면, 저 어리석은 늙은 여자가 나를 막으려고 하기라도 한다면, 레나에게 무슨 일이 생길지, 무엇이 다가와 레나의 머리를 깨부수고 그녀의 두개골을 깨부수려 한다고 해도 나는 막지 못했을 것이기 때문이었다. *감사합니다 주님, 레나를 구해주셔서 감사합니다 주님*이라고 속삭이며 지하실 계단을 내려갈 때는 전등 스위치를 켤 필요가 없었다. *벽에 있는 무시무시한 것, 그 괴*

물, 낚아 올리는 발톱, 고음의 비아냥거리는 웃음소리가 틀림없이 나를 그것 쪽으로 이끌었기 때문이었다.

계단 발치에서 등을 구부리고 웅크렸다. 그렇게 *그녀*는 나를 갑작스러운 불빛 속에서 발견했다.

지지 도대체 무슨? 너니?

지지 너는 참. 어리석기는.

웃음, 그건 실수였다. G를 비웃는 건 언제나 실수이다.

그녀에게 설명하려 했다. 목소리, 웃음, 옛 지하실, 기는 공간, 거기 웅크린 것. 흙바닥에 떨어진 그 괴물의 배설물 냄새. 무시무시한 것, 그 얼굴을 볼 수는 없었다. 그리고 그녀는 말한다. *어리석기는, 아무것도 없어. 아무것도 없다는 것을 보여줄게.*

내 손에 들린 삽, 수십 년 동안 써서 매끈하게 닳은 나무 손잡이가 달린 무거운 철제 삽을 나는 나 자신을 지키기 위해 내리쳤다. 눈을 감고 그 괴물의 겁에 질린 얼굴을 향해 쳤다. 삽의 평평한 면으로 그것의 머리를 다시, 또다시 내리쳤다. 머리카락이 피로 뭉치고, 비명 소리가 낑낑대는 울음소리가 되었다 멈출 때까지.

마지막 경련. 용기 내 눈을 떠 보았지만 그것은 알아볼 수 없고, 움직이지도 않았다.

흙바닥에 무릎을 꿇었다. 몇 년 동안 이렇게 운 적이 없었다. 그렇게 안도감이 밀려왔다.

　그런 중압감이 벗겨졌다! 뜨겁고 미친 용암의 압력이 마침내 화산에서 폭발했다.

　감사합니다 주님. 내 적들로부터 구원받았습니다. 아멘.

　끙끙대며 나는 그것을 옛 지하 창고 쪽으로 끌고 가려 한다. 그리고 기어가는 공간으로. 몇 시간이 걸린다. 몇 시간, 며칠. 몇 주, 몇 년. 피에 젖은 머리카락이 묻은 삽으로 이 비좁은 공간 속에서 내가 할 수 있는 최대로 얕은 무덤을 판다. 그리고 똑바로 설 수가 없었기에 그 위에 구부정하게 서야만 한다. 기쁨의 어두운 면인 슬픔. 부러져 피를 흘리는 *그것*을 숨기기 위해서 필요한 만큼의 무덤.

해동. 그와 함께 벌떡 깨어난다. 창문 바깥에서 속사포처럼 물방울이 떨어진다.

비틀거리는 혼란 속, 처음에는 내가 어디 있는지도 모르는 *잠 깬 직후의 불쾌감.*

손바닥이 아프고, 껄끄럽다. 이마, 머리카락이 엉클어진 목덜미에 맺힌 마른 땀. 굵은 팔다리에 감각이 없어져 뒤집어진 채로 누워 몸을 바로 일으켜 세울 수 없는 돼지처럼 숨을 쉬려고 애쓰며 똑바로 누워 있는 동안 옆구리에서 줄줄 흘러내리는 땀방울.

그리고 집은 얼마나 고요한지. 뚝뚝 떨어지는 고드름 소리 외에는. 동트기 전 어스름한 시각이기 때문에. 다른 사람들은 잠들어 있기 때문에. 분명히 *그녀도* 잠들어 있을 것이다. *그 일은 아직 일어나지 않았기* 때문이다.

(일어났을까?)

23

흉터에 관한 이야기. 누가 나한테 해준 적 없는 이야기지만, 그래도 나는 마음으로 알았다. 나는 그게 나 자신의 이야기인 것처럼 알았다. M의 침묵, 화난 침묵으로부터 알았다. 나는 M의 얼굴에 있는 반짝이는 작은 흉터로부터 알았다. 너무 오래 쳐다보고 있노라면 마치 몰래 뜬 눈처럼 윙크하며 흘겨보는 흉터. 나는 그 일이 내게 일어난 것이 *아니었기* 때문에 알았다. 나는 알았다. 남자가 내가 열일곱 살 때 방과 후 피아노 수업에 가는 길에 나를 따라온 적이 없었고, 남자가 재빨리 내 뒤에 붙어 내 뒤통수를 주먹으로 세게 쳐서 내가 비명도 못 지르고 놀라 희미하게 *아 왜……* 라는 신음소리만 내며 쓰러지는 일도 없었기 때문에. 그리고 남자가 내 발목을 잡고 엎드린 나를 땅 위로 질질 끌고 가는 바람에 내 얼굴이 더러운 콘크리트 바닥에 그대로 쓸리는 일도 당하지 않았다. 그렇게 멀지 않은 곳에 번잡한 도로가 있었고, 차들이 천둥 같은 소리를 내며 지나가고 있는데도 무력하게 비명조차 지를 수 없었던 적도 없었다. 그리고 그 어떤 남자도 내게 욕을 하고 벌컥 화를 내며 내게 두 손을 대고 내 옷을 찢었던 적은 없었다. 그 후에 나뭇잎과 작은 가지가 내 머리카락에 박히고, 흙이 내 입에 쑤셔 넣어져 입을 막고, 핼러윈 가면처럼 피 흘리는 얼굴이 되지도 않았다. *이 모든 일 중 어떤 것도 내게 일어난 적이 없지만, 나는 알았다. 나는 열일곱*

살의 아름다운 소녀가 아니고, 나는 열일곱 살의 아름다운 소녀가 될 수도 없지만, 그래도 나는 알았다. 나는 내가 아는 사실에 기쁨을 느꼈다. 아름다움은 벌 받을 만하기 때문이다. 아름다움은 이기적이기 때문이다. 아름다움은 발목을 잡고 끌려가야 하기 때문이며, 얼굴이 맨 피부 그대로 쓸려야 하기 때문이다. 아름다움은 교정해야 할 만큼 '치아 교합'이 잘못된 아이가 아니며, 아름다움은 너무 이가 빽빽해서 입술이 꽉 다물어지지 않는 입이나 오랑우탄같이 꺼진 이마, 억센 고수머리, 나팔처럼 반짝이는 코, 경멸로 활활 타올라 똑바로 바라보고 있어도 양쪽이 맞지 않거나 '사팔뜨기'처럼 보이는 눈이 아니기 때문이다.

사실은 아니었다, 심각하게 폭행당한 건 아니었다. 어머니가 죽기 전의 일이었다. 한참 전 G가 고작 어린아이였던, 열살 때의 일이었다.

이 한참 전에 내 언니는 어두워진 직후 헝클어진 모습과 피 흘리는 얼굴로 울면서 돌아왔다. 그쯤 어머니는 마그리트가 피아노 선생님의 집에 오지 않아서 불안한 상태였다. 피아노 선생님이 전화해서 마그리트가 어디 있는지, 오고 있는지 묻고 수업은 48시간 전에 취소하지 않으면 평소처럼 레슨비를 내야 한다고 해서 어머니는 화가 나면서도 또한 겁이 났다. M이 찢어지고 더러운 옷차림, 말라붙은 머리, 피 흘리는 얼굴로 나타난 모습을 보자 충격을 받아, 처음 든 충동은 꾸짖어야겠다는 것이었다. 어머니는 입을 벌리고 얼빠진 얼굴로 바라보던 내가 보지 못할 곳으로 재빨리 M을 끌고 갔다. 나는 마그리트가 집에 돌아오기를 기다리며 창문 너머 비 오고 땅거미 내린 밖을 내다보고 있었다. 어머니는 마그리트를 아래층 욕실로 데려가서 문을 잠그고 찬물을 틀어 M의 피 묻은 얼굴로 쏟아지게 하며 M에게 그만 울라고, 히스테리를 부리지 말라고, (그때 집에, 집 뒤의 사무실에 있던) 아버지를 방해하지 말라고, 관심을 끌지 말라고 했다. 대체 너한테 스스로 무슨 짓을 한 거냐고 어머니는 따져 물었다. 그러자 M은 어떤 남자가 그녀를 "다치게 했다"고 말했다. 한 남자가 "그녀에게 손을 댔"고, 땅으로 "질질 끌고 갔다"고. 그리고 누구에게라도 말하면 "더 심하게 다치게 할 것"이라고 했고, 가족들까지 다치게 할 것이라고 말했다고. M은 그의 얼굴을 선명히 보지는 못했지만, 그는 "성인 남자", "큰 남자", "백인 남자"였고, 남자는 마치 그녀를 아는 것처럼 (어쩌면) 아버지를 아는 것처럼 그녀에게 화가 난 것 같았다고 했다. (어쩌면) 그녀가 피아노 선생님의 집에 가려고 공원을 가로질러 가기를 기다리며 지켜보고 있었을지도 몰랐다. 그러자 어머니가 소리쳤다! 무슨 말을 하는 거니! 물론 이 사람이 아버지를 알 리가 없다. 그건 황당무계한 말이다. 아버지가 그런 쓰레기 같은 인간을 어찌 안단 말인가, M은 다시는 그런 식의 비난을 해서는 안 된다. 그러고 나서, 어머니는 M의 얼굴을 상냥하게 닦아주었다. 어머니는 M이 "마음을 진정시킬 수 있도록" 연분홍색 마름모꼴 알약을 주었고, M을 위해 2층 어머니 욕실 안에 있는 발 달린 욕조 안에서 목욕할 수 있도록 뜨거운 물을 받아주고 M의 옷을 벗기고 M이 허락하는 한 몸 이곳저곳을 살폈다. M은 진정제를 먹었지만 아직도 동요하고 속상해서 울면서 움찔하고 어머니의 손을 밀어버렸다.

　　M은 반 시간 동안 뜨거운 물에 몸을 담근 후에는 졸음이 슬슬 왔고 더는 훌쩍이지 않았고 어머니는 M이 속이 깊은

발 달린 욕조에서 기어 나오도록 도운 후 어머니의 거대하고 두꺼운 목욕 수건으로 상냥하게 몸을 말려주고 얼굴의 피 흘리는 상처에는 밴드를 붙여주었으며 한참 시간을 들여 젖은 머리를 빗질하며 덤불에서 묻은 가시와 흙을 털어주었고 어린 아기처럼 어머니의 침대로 데려가 눕힌 후 퀼트 이불을 덮어주고 *이제 잠을 자보렴*, 하고 타일렀다.

이 모든 이야기를, 혹은 이 이야기의 대부분을, 어머니는 아버지에게 전했다. 얼마나 소란이 일었는지! 그들의 아름다운 딸에게 이렇게 *나쁜* 일이 일어나다니!

이 모든 사실을 나는 알았다. 어떻게 알았는지는 묻지 말라. 우리의 가정에서 일어났거나 일어나는 일 중에 *내가 알지 못하는 일은 없다*. 왜냐하면 나는 알고 있으니까.

M을 의사에게 데려가야 할까? 경찰에 신고해야 할까?

아니면 M이 더 큰 소란을 겪지 않도록, *조용히 비밀에 부쳐두어야 할까*?

이 시기에 아버지는 오로라에 사무실을 두고 있었다. 메인 스트리트에 있는 아버지 소유 건물 중 하나에서 2층 전체를 썼다. 주중에는, 가끔은 토요일 정오까지 아버지는 직장에 있었다. 아버지가 하는 일의 정확한 성격이 무엇이었는지는 우리는 몰랐다. 아버지는 속내를 내비치지 않고 집게손가락을 코에 대고는 *제대로 된 손에 들어가기만 하면 돈이 돈을*

낳는다고 말하곤 했다. 아버지는 자기가 가장 신뢰하는 변호사 중 한 명, 코넬대학 시절부터 가깝게 지내던 친구를 호출했고, 아버지와 변호사와 어머니는 한참 동안 그 상황을 논의했다. 그 일은 아버지의 말대로라면 "쉬운 판단"이 아니었기 때문이다. 어머니의 말에 의하면 M은 *사실은, 심각하게는 폭행당한 것이 아니었다*(이 말은 M은 *강간당하지는 않았다*는 뜻이었다). 어머니가 볼 수 있었던 한 그러했다. 그리고 M의 설명에 따르면 남자는 누군가나 무엇에 의해 방해를 받았든지, 마음을 바꿔서 그녀가 도망치도록 보도 위에 축 늘어져 저항할 수 없는 상태로 쓰려져 있는 그녀를 놔두었다. 반쯤 벌거벗은 채로, 팔과 다리는 무력하게 뻗고, 무척 가쁜 숨으로 등을 대고 누워 있던 그녀는 소리쳐 도움을 청할 수조차 없었다.

이런 식으로 이 문제는 *비밀에 부치기로* 결정되었다.

M을 구하기 위해서. M을 보호하기 위해서. 신문에는 아무 기사도 나지 않아! —아버지는 결정했다.

그들의 (아름다운) (우등생) 딸을 보호하기 위해. 가족의 평판을 보호하기 위해.

먼저, 그리고 "주요하게" 변호사는 설명했다. —M은 "폭력을 당하기는" 했으나, "강간"을 당하지는 않았다.

'강간'은 법적으로 한 가지를 의미했고, 이 남자가 M을 '강간'하지는 않은 것으로 보인다. 심지어 손가락으로 '추행'을 당한 것도 아니었다. 아니, 어머니가 그렇게 주장했다.

그래, 그자가 그녀에게 "무슨 짓을 하기는" 했다. 그것만은 분명했다. 그는 그녀에게 "끔찍한 짓"을 저질렀다. 그리고 "그녀를 위협"했다.

하지만 목격자가 없는 상황에서는 그가 무슨 짓을 했는지 (정확히) 증명하기는 어려웠다.

그리고 M은 의사에게 가서 진찰받는 것을 원하지는 않았다. 흥분하고, 속상해서 더듬거렸다. *싫어요, 싫어요, 싫어요.*

공격자의 얼굴을 보지 못했다는 건 인정했다. 그의 정체를 밝혀내기란 불가능할 것이었다. 그리고 굴욕, 수치, 학교에서 "사람들이 떠들 것"이 옷에 묻은 얼룩, 영구히 지워지지 않을 얼룩같이 남는 게 실제 흉터보다 더 심각했다.

M은 오로라고등학교에서 인기 많은 소녀였으니까. 예쁘고, 인기가 많고, 학급 임원이고, 많은 동아리에서 활동하고, 명문 대학에 입학하리라는 기대를 받았다. 어머니나 친척들 몇몇이 다닌 오로라대학이 아니라, 어쩌면 코넬이나 바사, 혹은 애머스트에 갈 거라고 생각했다.

M은 자신이 심각한 부상을 입은 건 아니라는 사실을 인정했다. M은 자신이 *사실은 심하게 다치지 않았다는* 것을 인정했다. 그 말은 실질적으로 그 흉한 말을 하진 않았지만

강간을 당하지는 않았다는 뜻이었다.

그저 몇 대 맞고 보도 위로 끌려갔고 얼굴이 긁히고 이에서 피가 났을 뿐이었다. 그 남자가 그녀에게 역겨운 말들을 했고, 그자를 죽이고, 살해하고 싶기는 했다. 칼이 있었다면, 칼이 있고 그걸 쓸 용기가 있었다면.

하지만, *아주 최악은 아니었다. 아니었다.*

며칠에 걸쳐서, 이 문제가 결론지어졌다. 조용히, 그들이 M에게 말했다.

여동생 G는 아무 말 듣지 못했다. 한마디도!

그래도, 여동생 G는 알았다. 모든 것을.

(탐욕스러운, 걸신들린) 여동생이라는 건 모든 걸 안다는 뜻이다.

오로라 경찰은 신고를 받지 않았다. M을 가족 주치의에게 데려가기 위해 예약을 잡지도 않았다. '폭행' 신고는 이뤄지지 않았다. 기록도 남지 않았다. 작은 도시에서 가장 원치 않는 건 *기록, 평판* 같은 것이었다. 아버지의 변호사는 아버지와 어머니에게 설명할 필요가 없었고, M 본인에게도 설명할 필요가 없었다. M은 지적인 소녀였고, 이해했다.

거의 보이지 않게 얼굴에 남은 반짝이는 흉터보다도 더 심각한 흉터였다. 얼굴의 흉터는 가까이에서 들여다보면 어떤 빛의 종류처럼 보였다. 눈물방울처럼.

25

통과. 코넬대학에서 M은 캠퍼스 내 가장 우수한 여학생 클럽인 카파 카파 감마에 입회했다.

어째서? 그녀는 웃으면서 그냥 할 수 있는지 알아보고 싶어서였다고 말했다. 내가 카파에 합격할 수 있는지 알아보고 싶어서.

눈물방울 흉터는 화장으로 쉽게 위장할 수 있었다. 모든 여학생 클럽 소속 여자애들은 화장을 했다. 세상에서 가장 흔하고 인기 있는 위장법.

피아노 앞에서. 고등학교 2학년 때 (공식적으로는) 일어나지 않았던 공원에서의 폭행 사건 이후로 M은 다시 피아노 교습을 받으러 가지 않겠다고 했다. 공원을 마주 보고 있는 적갈색 사암 건물로 돌아가지 않으려고 했다. 그 건물 1층, 정원과 같은 층에서 피아노 선생님과 매주 목요일 방과 후에 만났었다.

(M이 자기를 '마그리트' 대신에 'M'이라고 부르기 시작한 것도 이때쯤이었던 것 같다. 그녀는 예술가로서 자기 작품에서 생물학적이고 사회학적인 성별에 대한 모든 암시를 무효화하는 것을 일종의 페티시로 삼아서, 자신의 조각 작품 비평문에 'M. 풀머'가 아니라 '마그리트 풀머'로 표시되기라도 하면 격분했다.)

우리 부모님은 실망했지만, M은 비합리적일 정도로 다른 강사에게서 피아노 교습을 받는 것을 거부하면서 자기는 피아노의 소리 자체, 피아노의 독특한 날카로운 냄새가 싫어졌다고 말했다. *피아노*라는 단어 자체에 숨이 막힌다! 그녀는 그렇게 말했다. M은 연습 악보집을 내다 버렸지만, 어머니는 그것들을 쓰레기통에서 꺼내 와 먼지를 털어서 내게 주었고, 열 살 때 몇 달 동안 나는 피아노 교습을 받았다. M을 가르치던 선생님(동네에서 제일 좋은 피아노 선생님)이 아니라, 내 초등학교에 있던 평범한 선생님이었고, M이 내가 건반을 더듬더듬 치는 소리를 참을 수 없어 했기 때문에 M이 집에 없는 동안만 수업을 받을 수 있었다. 하지만 곧 M의 여동생 G는 피아노에는 재능이 없다, 음악에는 재능이 없다는 것이 분명해졌다. G는 "박자를 셀" 수도 없었고, 자기가 플랫이든 샵이든 잘못된 음을 쳤다는 것도 듣지 못했다. 그래서 피아노 앞에서 종종 나는 주먹으로 건반을 내리치곤 했다. 원래는 M과 나의 고조부모의 소유물이었던 스타인웨이 소형 피아노는 체리목으로 만들어졌고, 일종의 가구 광택제 같은 냄새가 풍겼다. 그 냄새가 나를 자극해서 나는 주먹으로 특히 혼란스러운 검은건반들을 쾅쾅 내리쳤고 결국 몇 개는 안으로 박혀서 내 언니 M이 했던 것처럼은 칠 수 없게 되었다. 그래서 어느 날 어머니가 조용히 내 뒤에 와서 내 주먹을 잡아 내리치지 못하게 말리면서 건반을 닫아버렸다. 그렇게 내 피아노 교습은 진저리치는 말 한마디로 갑자기 끝나버렸다. —됐다.

그 직후, 스타인웨이 피아노는 자물쇠로 잠겨버렸다. 그리고 스타인웨이 피아노는 거실 구석에서 외면당했다. 오늘날에 이르기까지, 그 피아노는 조율은 하나도 되지 않고, 이전에 아름다웠던 체리목은 말라 비틀어지고, 닳아버린 현 사이에 쥐들이 둥지를 틀고, 그 표면 위를 먼지가 얇게 덮고 있는 그대로, 자물쇠가 채워져서 악의에 찬 아이의 잔인한 주먹 공격으로부터 보호받으며 침묵을 지키고 있다.

27

출몰. M이 우리를 떠난 이후 곧 일어나기 시작했다. 내가 혼자 있을 때. 시내의 길에서. 식품점에 가는 길에. 드러그스 토어에서. 밀스트리트 우체국에서.

위를 올려다보고 눈을 가늘게 뜨고 본다. ─*그녀를*.

막 모퉁이를 돌아오는 M. 내게 등을 돌리고 교차로를 건너오는 M. 나를 멸시하듯 응시하는 상점 창문에 비친 M.

이상하게도, 나는 다른 사람과 같이 있는 M을 본 적은 없었다. 언제나 M은 *혼자였다*.

M이 차를 운전하든 조수석에 있든 차를 탄 모습을 본 적도 없었다.

물론, M의 이러한 모습은 진짜 *M이* 아니었다. 내 언니를 닮은 낯선 사람들이었다. 혹은 어떤 경우에는 내가 충격에서 벗어나 정신을 차리고 그들을 자세히 보면 M을 별로 닮지도 않았다.

또한, 종종 그 뒤 몇 달 동안 나는 (홀로) 드럼린로드나 여자대학의 언덕길 캠퍼스, (초기 풀머가 사람들이 비바람에 닳아 트럼프 카드처럼 얇아지고 흙 속에 기울어져 박힌 얇은 묘비 아래 묻혀 있는) 옛 오로라 공동묘지를 걸어다니게 되었고, 특히 바람이 세찬 날이면, 나는 약간 떨어진 곳에서 M의 모습을 보곤 했다. 혹은 보았다고 상상했다. 보통은 내게 등을 돌리고, 혹은 옆모습으로. 더욱 빈번하게는, 내가 도축하려고 몰아온 돼지처럼 접수대 뒤에 갇혀 있는 우체국에서, 문을 닫기 직전의 늦은 오후, 마치 바람이 불어온 것처럼 유별난 힘으로 문이 휙 열리고 흐릿한 존재가 들어온다. 접수대 앞에 선 맹맹한 파이 같은 얼굴의 고객 너머를 바라보면 본능적인 충격이 찾아온다. *그녀의 얼굴……*.

"아가씨 괜찮아요?" 파이 얼굴은 기절할 것 같은 내 모습을 보고 날카롭게 나를 불렀다. 나는 공포에 질려 훌쩍였으며, 똑바로 등을 세우지 못하고 쓰러지며 넘어지지 않으려고 무작정 아무거나 붙잡아 몸을 지탱하려 했다. 나는 땀 맺힌 주먹으로 1급 우표 용지가 구겨지도록 움켜쥐면서 접수대 뒤 그렇게 깨끗하지 못한 리놀륨 바닥으로 호되게 떨어졌다.

28

"작별 쪽지."

아버지께
부디 저를 용서해주세요.
언젠가 제 이기적인 행동을 설명드리겠습니다.
아버지의 딸,

마그리트

(*이기적*이라는 말은 가볍게 고른 말이 아니라 신중과 정확을 기해서 고른 말이다. 실질적으로 M의 삶의 모든 것은 객관적인 관점, *이기적*이라는 측면에서 검토되었다.)

푸른 잉크에 손으로 쓴 이 간결한 쪽지를 나는 멋대로 M의 물건이었던 흰 도화지 위에 적었다. 우체국 접수대 뒤에서 죽은 듯 기절했다가 (오지랖 넓은) 동료가 내 옆에 무릎을 꿇고 미지근한 물에 적신 종이 타월을 나의 타오르는 얼굴에 대주어 가까스로 깨어난 다음 부축 없이 걸어갈 수 있게 되자마자 아직 근무 시간이 25분 더 남았지만 집에 가라고 돌려보내진 오후 다음 날의 일이었다.

아버지의 불안이 나의 불안까지도 악화시키는 것 같아 그를 완화하기 위해 치료 사업으로 상상해본 것이었다. M이 잔혹한 납치의 희생자가 아니라 '자발적 부재자'임을 암시하기 위해.

(아버지 또한 시내, 먼 발치에서 M을 "보았다"고 말하기 시작했다. 그럴 때마다 이후 몇 시간 동안 가라앉지 않는 충격과 불신의 감정을 느끼면서.)

이 전략에는 또 다른 이유가 있었다. 그 파렴치한 *점성술 영적 항해자*라고 하는 밀드러드 파이퍼에 대한 생각을 그만하게 되었던 자비로운 순간이 짧게 지나가버린 후에, 그 여자가 감히 다시 나타나 내게 주라고 쪽지를 레나에게 맡겨놓았다. 거기에는 내게 줄 M에 대한 "가치 있고 소중한" 정보를 자기가 갖고 있다는 내용이 적혀 있었다.

(이에 대해서는 나중에 좀 더 설명하겠다.)

M의 서명을 똑같이 해내려고 몇 시간이나 연습해야 했다. 유일하게 마그리트의 필체로 쓴 부분이었다.

사실 M이라면 목판으로 찍었을 법했다. '예술가적' 글자체를 흉내 내서.

후에, 이 쪽지를 열몇 번 읽고 나서, 나는 서명 옆에 날짜를 덧붙이기로 했다.

11일, 4월, 1991년

M이 평소에 하던 대로 프랑스식으로 날짜를 적어 넣었다.

M인 척 가장하는 또 다른 방법.

이런 식으로 아버지의 공포를 가라앉힐 수 있길 바랐다. 아버지가 M 때문에 슬퍼하고, M에게 강박적으로 집착하는 일을 그만두고 M이 오로라에서 (자발적으로) 사라졌다는 사실을 받아들이고 *당신 자신의 삶을 계속 살아갈 수 있기를.*

그래, 그가 아버지로서의 관심을 *내게,* 그의 (다른) 딸에게 돌려주기를.

그리고 그 *점성술 영적 항해자*가 나를 가만 놔두기를.

§

"아니, 안 하는 게 좋겠어."

나는 마지못해, 그렇게 결론을 내렸다.

그 쪽지가, 내가 보기엔, 간결한 걸작임에도 불구하고, 내가 며칠 동안 M의 방 안에 있는 서류 더미 가운데에서 이걸 "발견했다"고 할까 고민했음에도 불구하고, 나는 마침내 이걸 아버지에게 갖다주지 않기로 결정을 내렸다.

이게 위조 서류여서가 아니라, M이 사라지고 몇 주나 지난 후에 내가 그것을 M의 물건 사이에서 찾았다고 하는 말을 의심한 형사들이 이것이 *위조 서류*임을 밝혀낼 수도 있기 때문이었다.

또한, 이 편지가 아버지에게 쓴 거라면, 어째서 아버지가 발견할 수 있게 남기지 않았겠는가? 형사들이 물어볼 법했다. 그리고 어쩌면 내가 오로지 M의 이름만 서명하고, 쪽지의 나머지 부분에서는 손글씨를 흉내 내려고 하지 않은 게 무심결에 사실을 드러낼 수도 있었다.

"절대로 안 돼! *안 되지!*"

아버지는 M이 납치되어 살해당한 게 아니라고 생각하면 안심할지 모르지만, 그래도 여전히 동요할 수 있었고, 오로라 경찰에 알릴 것이었다. 오로라 경찰은 주 경찰에게 이 쪽지가 정말로 M이 쓴 건지 확인할 수 있게 법의학 필적 전문가를 보내달라고 의뢰할 수도 있었다. 나는 전문가들을 속일 수 있는 내 능력에 꽤 자신이 있긴 해도, 100퍼센트 확신하는 사람은 아니기 때문에 잡힐 위험을 무릅쓸 수는 없었다. 그래서 나는 팔스타프처럼 용기의 주요 부분은 신중함이라고 생각하며 몇 시간 동안이나 고심해서 쓴 쪽지를 찢어버렸다.

위험을 무릅쓰지 않았다. 어리석은 위험. 불필요한 위험.

"쪽지를 위조한다", 그 바보들은 자연스레 내가 M의 실종과 관련이 있으리라는 의심을 할 것이었다.

"_항해자._" 1991년 7월 초, 내 언니 마그리트가 사라지고 (추정) 나서 세 달 후에 "영적 항해자" 밀드러드 파이퍼 본인이 사라졌다는 것을 어떻게 설명할 수 있을까?

그렇게 말이 돌았다. 주장이 있었다. _나_는 일단 파이퍼에 대해서는 아는 게 없었다, _나_는 그 여자에게는 눈을 둔 적도 없었다.

그 여자에게 예의 바른 편지를 쓰고도 아무 소식을 못 받은 이후에 나는 순진하게도 그 여자가 이제는 이 화제를 좇지 않기로 했구나 하고 짐작했었다. 이 여자가 아버지에게서 금전적 보상을 받기를 바랐든, 혹은 통찰력이 좀 떨어지는 언론에서 선정적인 명성을 얻길 바랐든 간에 자기 잘못을 깨달았구나 생각했다. 하지만 이 점, 다른 사람의 선의를 믿어버리면서 나는 착각했다.

왜냐하면 내 친척들, 내 아버지의 지인들, 이 기괴한 여자가 쫓아다니던 M의 대학 동료들이 밀드러드 파이퍼는 그렇게 쉽게 포기하지 않는다는 사실을 내게 알려주기 시작했기 때문이었다. 내가 그 여자의 악의에 찬 에너지를 과소평가했다는 말을 듣게 되었다. 그 여자는 아버지와 나와 이야기를 나누어야겠다고 우겼을 뿐 아니라, 경찰 수사에 개입하겠다고 '요구'하고 나섰다.

파이퍼는 이제 뉴욕주 형사들의 손에 맡겨진 수사에 대해서 점점 짜증이 났던 것 같았다. 수사 본부는 올버니에 있었기 때문에 오로라 경찰만큼 쉽게 접근할 수가 없었다.

M의 가족, 즉, 아버지와 내게 그 여자에게 M의 '속옷'을 제공해야 한다고, 그래서 자기가 M이 어디에 있는지 좀 더 분명하게 '볼' 수 있도록 허락해야 한다는 것이 파이퍼의 요구였다.

말할 필요도 없이 우리는 동의하지 않았다. 이 무슨 모욕인지!

거기에 너무 자주, 데니즈가 내게 전화를 걸었다. "조진, 너 들었어?" 내 사촌의 목소리에 스민, 염려를 가장한 환희를 들으면 이가 갈렸다. 하지만 나는 데니즈의 전화가 내 속을 얼마나 뒤집어놓는지 알려줌으로써 그녀에게 만족감을 주고 싶진 않았다.

7월 초, 파이퍼가 이타카의 텔레비전 방송국 《WYIT》와 인터뷰 일정이 잡혀 있다는 걸 알려주기 위해 전화를 건 것이었다.

"끔찍하지 않니, 조진? 상상이 돼? 어째서 점잖은 TV 방송국이 이런 사람을 초대한대? 마그리트가 '실종된' 게 아니라, 어떻게 그럴 수 있는진 모르겠는데 어떤 방식으로도 여기 오로라에 숨어 있다고 주장하는 여자를……."

신경질도 나고 분노도 일었지만 소리치지 않으려 애썼다.

목소리를 평탄하게 유지하려 애썼다.

"그 여자가 지금 주장하는 게 그거야? 마그리트가 '숨어 있다'고?"

"우리는 확실히는 몰라. 그 여자 계속 더 미친 소리만 하니까. 그 여자는 자기가 말할 수 있는 것보다 아는 건 더 많다는 눈치를 늘 흘리고 다니거든. 우리한테 그러더라. '마그리트 풀머는 집 가까이에서 "실종"된 것…….'"

"그게 무슨 뜻이야, 데니즈. '우리'에게 그랬다니. 너 이 사람 말을 귀 기울여 들은 거야? 너 또 파이퍼를 네 집에 초대한 건 아니겠지, 그랬니?"

"딱히 그런 건 아니야, 조진. '초대'라고 할 순 없지. 그 여자가 그냥— 나타난 거야. 그 여자 말을 믿는, 그 여자 말에 호기심이 동한 오로라 주민들을 수행단처럼 모아 왔더라고. 페이 숙모 알지, 이 숙모 늘 약간 머리가 돌았잖아. 파이퍼를 고용해서 데이브 삼촌이랑 접선할 생각을 하더라니까. 페이 숙모는 데이브 삼촌이 아무도 모르는 은행 계좌를 갖고 죽었다고 철석같이 믿고 있잖아. 그래서 삼촌이 죽었을 때 큰 재산이 사라졌다고 항상 주장하고 다녔으니까……."

데니즈의 귀에 대고 비명을 지르고 싶은 걸 참느라 입술을 꽉 깨물었다. 내가 아무리 차분하게 말을 한들, 데니즈는 내 반응을 과장해서 끝없이 되풀이하고 다니면서 즐길 것이었다.

"데니즈, 난 이제 전화 끊어야겠다. 아버지가 부르셔 서……."

"뭐! 그래, 조진. 난 그냥 네가 궁금해할 것 같아서."

"고마워, 데니즈! 이 인터뷰가 언제로 잡혀 있는지 아니?"

"다음 주 언제 같던데. 주중에. '크리시 셸던 아워'라는 쇼 라는 거 같더라. 저녁 뉴스 직후에 이런저런 인터뷰 잡탕 프 로그램 있잖아."

"음, 아버지와 나는 결코 보지 않도록 해야겠네."

가까스로 부드럽게 빈정대는 웃음을 지을 수 있었다. 이 모든 뉴스가 진정으로 내 속을 뒤집지 않았다는 것을 확신 시켜주기 위해. 나중에 후회할지언정.

"……그저 안타까울 뿐이야. 불쌍한 마그리트의 이름이 이런 식으로 쓰이다니." 데니즈는 나에 대한 고문을 그만두 기가 싫은 듯 말했다. "내 생각엔 정말로, 너나 네 아버지가 이 문제를 계속 따지고 들면, 파이퍼가 이 주장을 물리지 않 을까 싶은데, 너도 알잖아, 너희가 그 여자에게 격려금이라 도 좀 주면……."

"너 지금 협박이라는 뜻인 거야, 데니즈?"

"뭐, 내 생각엔, 그래. 그 여자는 점성술에는 진심이긴 한 데, 또 금전적 보상을 원하는 것 같았거든. 네 아버지가 5만

달러를 주겠다고 내걸었는데 아직 아무도 타 가지 않았잖
아."

"5만 달러는 격려금이지, 그래. 네가 지금 나와 아버지가
협박에 굴복해야 한다는 말을 하고 있는 게 아니길 바란다,
데니즈."

"어머, 아니지! 전혀 아니야. 파이퍼가 5만 달러보다 훨씬
더 적은 금액으로도 합의를 할 거라고 나는 확신하거든. 아
마도 1만 달러 정도로도 충분할 거 같아."

"그 여자가 너한테 그렇게 말하든, 데니즈?"

"뭐? 그 여자가 나한테 그렇게 *말했냐*고? 물론 아니지! 나
는 이 여자와 말을 별로 나누는 사이도 아니거든, 그건 장담
할게."

"하지만 그 여자에 대해서 많은 걸 알고 있는 것 같은데.
다른 사람들이 아는 것보다 훨씬 더."

"뭐, 그 여자는 다채로운 '괴짜'인 거 같아. 실제로 우리한
테서 그렇게 먼 곳에 살지 않더라고. 언덕 아래에. 이끼 긴
슬레이트 지붕으로 된 무너지기 직전의 오래된 튜더 양식
집에 살더라. 알지, 나이아가라스트리트에."

"정말, 데니즈! 너 거기 가봤니?" (내가 얼마나 침착했는지!
이는 악물었지만, 심지어 실로 미소까지 지었다.)

"그럴 리가 있니, 조진. 대체 내가 왜 그 *여자*를 찾아가겠

어. 정신적으로 아픈 사람을."

"물론, 데니즈, 그럴 리 없겠지. 우리 중 누구도 그럴 리가 없잖아. 그리고 지금 나 끊어야겠다. *아버지? 곧 갈게요.*"

마치 아버지가 부른 듯 목소리를 높였다.

조용히 전화를 끊었다. 나 자신이 끝내주게 자랑스러웠다. 데니즈든 밀드러드 파이퍼든 둘 다 노력을 했지만 내 기를 꺾지 못했다.

30

사라진 사람들. 미국 역사상, 셀 수 없는 사람들이 사라졌다. 21세기의 첫 10년 동안 매년 대략 60만 명이 사라졌다.

놀랍기 그지없는 통계다! 카유가군 도서관에서 두 번, 세 번 확인하지 않았더라면 믿지 못했을 것이었다.

이 60만 명 중에서 대략 9만 명이 전혀 발견되지 않았다.

대략 51만 명 정도 되는 돌아온 사람들 중에서는 반이 자발적으로 돌아왔고 반은 당국이 찾아서 돌려보냈다.

이렇게 자발적으로 실종되었다가 나중에 돌아온 사람들 중에서는 상당수가 정신적으로 불안정했다. "내가 돌아왔을 때 괜찮은지 물어봐줄 사람이 있을지 알고 싶었을 뿐이었어요." 몇 주 동안 실종되었던 여자는 경찰에게 이렇게 말했다.

(하지만 이 불운한 여자가 괜찮았는지 누가 질문했을까? 그 정보는 나와 있지 않았다.)

젊은 여자 실종자들의 상당수는 성폭력을 당하고 발견되었다. 종종 범인은 같은 집에 사는 식구였다. 이들은 전체 카테고리가 *가출자*로 분류되어 가정으로 돌려보내지기보다는 군 내 청소년 시설로 보내지도록 처리되는 경우가 많았다.

한 가지 사실이 내게 떠올랐다. 자발적으로 돌아온 사람들 중 97퍼센트가 2주 만에 돌아왔다.

한 주 한 주 지날 때마다, *실종자가* 돌아올 가능성은 낮아졌다.

§

22년 전, 1991년에는 미국에서 54만 명 이상의 사람이 사라졌고, 그중 (단) 한 명이 내 언니 마그리트 풀머였다.

그해에는 신원이 밝혀지지 않은 시체가 3000구 이상 발견되었다.

이들 중에 4분의 1이 여성이었고, 이들 중에 적어도 3분의 2가 시체에 폭력의 증거가 남은 성폭력 피해자로 보였다.

매년, 21세 미만의 실종자 수는 이전보다 훨씬 증가했다. 그리고 매년, 모든 연령의 실종 남성 수는 모든 연령의 실종 여성의 수를 능가했다.

M처럼 그들은 겉으로는 평범해 보이는 아침, 출근이나 등교로 집을 나갔다가 다시는 발견되지 않는다. 그들은 짧은 여행을 떠나지만, 목적지에는 결코 다다르지 못한다.

그들은 자기 차를 타고 가거나 버스, 기차, 비행기를 탄다. 걸어간다. 자전거를 탄다. 먼 곳에서 하이킹을 한다. (다른 사람과 하이킹을 했다면, 단순히 길 위에서 '사라진다'.) 친구를 만나러 나갔지만 결코 약속 장소에 나타나지 않는다. 밤공기를 쐬려고, 혹은 담배 한 대 피우러 집 밖으로 나갔다가 결코 돌아오지 않는다. 배우자에게 전화해서 차로 드러그스토어에 갔다가 바로 돌아올 거라고 말했지만, 결코 *바*로 돌아오지 않는다.

종종, 그들은 아무것도 들고 가지 않는다. 다른 사람들이 알아차린 물건은 없다는 것이다. 그들은 '이 지상에서 벗어나'버린다.

그들이 은행에서 돈을 인출했다면, *자발적 부재자*라는 건 명백하다. 경찰은 그들을 수색하지 않는다. 하지만 많은 이들은 돈을 인출하지 않고, 마찬가지로 여행 준비를 위한 가방을 싸지도 않는다. 갈아입을 여벌 옷이나, 칫솔도 가져가지 않는다. M처럼 작별 쪽지를 남기지 않고, 아무런 '징조'를 보이지 않는다.

M이 사라지기 전에 나는 실질적으로 '뉴스'에는 아무런 관심이 없었고, 소비자들에게 쓸모없는 물건이나 서비스를 팔려고 제작된 화면을 멍하니 입 벌리고 들여다보는 데 쓰는 시간을 더 좋은 일에 쓰고 싶기 때문에 TV 뉴스 프로그램을 거의 보지 않았지만, M이 사라진 후에는 야간 뉴스를 보면서 걱정을 생산해내는 습관에 빠졌고, 아버지는 무기력한 리어왕처럼 가까운 곳에 있는 조절식 가죽 의자에 앉아 스카치 위스키를 홀짝였다.

M이 사라진 바로 그 주에 치크토와가, 화이트플레인스, 레이크조지(모두 뉴욕주에 있는 곳이다)의 주민 또한 신비스러운 환경에서 사라졌다. 패턴인가? 순전한 우연인가?

*영적 항해자*라면 '패턴'이라고 할 것이다. 회의주의자들은 아마도 '우연'이라고 할 것이었다.

확실히 치크토와가 주민, 30대 초반의 아내이자 엄마의 경우에는 우연일 것이었다. M과 피상적으로 (금발이라는 점이) 닮은 이 여성은 4월 11일 오후, 장을 보러 간다고 말하고 자기의 포드 스테이션 웨건을 타고 나갔다가 실종되었다. 24시간 후, 두 어린아이의 어머니도, 스테이션 왜건도 흔적이 없었다. (치크토와가는 버펄로 내 적당히 부유한 교외 지역으로, 오로라에서 서쪽으로 240킬로미터가 넘게 떨어진 곳이었다.)

오로라의 동남쪽 방향으로 400킬로미터 이상 떨어진 화이트플레인스에서는 19세의 대학생이 바사대학 캠퍼스와 거기서부터 800미터 정도 떨어진 동네, 다른 젊은 여성 몇몇과 함께 같이 세 들어 사는 집 사이 어딘가를 걷다가 사라졌다. 36시간 후에도 이 여학생은 여전히 실종 상태였다.

레이크조지에서는 호숫가에 1년 내내 거주하는 46세의 남편이자 아버지인 남성이 살짝 바람이 부는 아침 해 뜰 때 혼자 낚시하려고 모터가 밖에 달린 작은 보트를 타고 나갔다. 몇 시간 후, 보트가 텅 빈 채로 혼자 떠다니는 것이 목격되었다. 낚시 장비, 물병, 다른 물건들은 그대로 남아 있었다. (레이크조지 호상 순찰대가 떠다니는 보트 근처 호수를 52미터 깊이까지 수색했지만, 시체는 발견되지 않았다.)

내가 아는 한, 이 실종자 중 누구도 발견되지 않았다.

그런 다음에는 참 기이하게도, 누가 보기에는 *역설적이게*도 1991년 7월 7일, TV쇼 진행자 크리시 셸든과의 인터뷰가 예정된 바로 전날 밤, 파렴치한 *영적 항해자* 밀드러드 파이퍼 본인이 "사라져버렸다". "지구상에서 증발해버렸다."

한 지역 주민의 이 증발 사건은 마그리트의 증발과는 달리 《오로라 저널》의 1면 칼럼에 훨씬 적은 자리를 차지했다. *오로라의 "영매" 실종 신고.* 같이 실린 사진에는 고양이 얼굴에 눈을 가늘게 뜬 50세가량의 여자가 있었다. 레이크애비뷰의 오랜 주민으로 밝혀진 이 여성은 학교 교사인 여동생과 연로한 어머니와 함께 살고 있었다. 그 어머니에 따르면, 밀드러드 파이퍼는 7월 7일 늦은 오후에 전화를 한 통 받고 곧장 집을 나섰다. "자기가 만날 사람에 대해서 신이 난 듯한 모습이었다"고 한다.

불운하게도, 밀드러드 파이퍼가 어디에 가는지, 누구를 만나는지 어머니에게 말했다고 하더라도, 이 연로한 여성은 너무 동요해서 기억할 수 없었고, 밀드러드의 물건을 수색해도 어떤 단서가 나오지 않았다.

그리하여, 밀드러드 파이퍼는 마그리트 풀머와 마찬가지로 *실종자*라는 기이한 분류 사이에 자리를 차지하게 되었다. 스스로 돌아오지 않았고, 당국에 의해서 돌려보내지지도 않앗으며 영원히 *실종된 채로 남은 사람들.*

§

　"조진! *봤니?* 저널……?"

　흥분해서 떨리는 목소리로 데니즈는 *영적 항해자*의 소식을 들고 내게 전화를 걸었다. 내 예상대로였고 그래서 나는 냉담하게 못 봤다고 말할 준비가 되어 있었다.

　"내가 되도록《오로라 저널》읽지 않는 거 알잖아, 데니즈. 특히 마그리트와 우리 가족에 대해서 그렇게 어리석인 기사를 내는 때는 더. 이제 끊어야겠다."

　"하지만, 조진."

　"잘 *가*, 데니즈. 그리고 부탁인데 다시는 전화하지 마."

§

　그래서 나는 나의 (아름답고) (운이 다한) 언니가 (언니를 사랑한) 우리가 믿는 대로 독자적이거나 특별하지 않은, 그저 하나의 패턴 속 인물이 되어버렸다는 것을 알게 되었다.

　매년, 일정 숫자의 미국인이 그다지 변화가 없는 통계를 이루기 위해서 *사라져야 하니까.*

그리고 *그건* 얼마나 이상한가! 아무도 전혀 실종되지 않는 해가 있을 수 있을까? 이런 일은 왜 벌어지지 않을 것 같은가?

개연성이 없어서? 하지만 불가능한 건 아니지 않나?

1991년 가을, M이 실종된 지 다섯 달쯤 되자, 그녀를 '목격'했다는 제보는 부쩍 줄어들었다. 올버니에 있는 (주제넘는) 형사들이 보내주는 소식도 드문드문해졌고, (무능한) 오로라 형사들에게서는 전혀 오지 않았다. 나는 젊은 남자 사촌에게 돈을 주고 나를 호수 반대편에 있는 이타카, 카유가 도서관까지 차로 태워다 달라고 부탁했다. 거기서 나는 *실종자*들에 대해 조사하며 매혹적인 시간을 보냈다. 그중에는 1930년 8월 6일, 맨해튼 웨스트 45번가에서 택시에 올라탄 후에 사라졌다고 하는 악명 높은 판사 조셉 크레이터도 포함되어 있었다. (크레이터 판사의 증발 환경은 내 언니의 증발 환경과는 사뭇 달랐다. 나중에 밝혀졌지만, 크레이터는 여러 정치적 책략에 연루되었고, 언론에서 그 부패 행위가 폭로되기 직전이었다. 그리고 그는 아내에게 아주 감동적인 쪽지를 남겼다. *매우 지쳤소. 사랑을 보내며, 조.*)

우리가 아는 대로, 크레이터 판사는 발견되지 않았다. 그 누구도 그의 증발에 대해서 하나의 단서조차 파내지 않았다. 적어도 공식적으로는.

유사하게는 지미 호파가 있다. 크레이터처럼 범죄자와 연루된 남자, 의심할 바 없이 처형되었고 그의 유류품은 감춰졌다. 이건 다른 종류의 수수께끼였다. 분명히 *실종자*가 어디 있는지 아는 사람이 있으니까.

미국의 *실종자*들 중에서 가장 유명인으로 남은 건 어밀리아 에어하트로, 서른아홉 살이던 1937년 태평양 위에서 비행기가 추락했을 때 사라졌다. 어째서 그녀가 증발했는지는 수수께끼도 아니었다. 어디로 사라졌는지 모를 뿐.

설명할 수 없기에 매혹적인 실종의 다른 분류가 있다. 오리건주의 시버리에서 50세의 남성이 출근하던 길에 사라진다. 그의 차는 주간 고속도로의 갓길에서 버려진 채로 발견된다. 차 문은 잠겼고, 열쇠는 운전석에 있다. 뉴욕주 라치몬트에 사는 36세의 여성이 고등학교 학생 지도 회의를 하고 집에 돌아오던 길에 사라진다. 일리노이주 에번스턴에 사는 49세의 보험 판매원이 당좌예금계정에 상당한 액수의 돈을 입금한 후에 사라진다. 한 번도 활성화된 적이 없는 계좌이다. 이따금 *동반 실종*도 있다. 요세미티의 산속 길을 따라 하이킹을 하던 신혼여행 온 부부, 뉴욕주 로마에서 차를 타고 개학 후 학교에 입고 갈 옷을 사러 지역 쇼핑몰에 갔다가 다시 모습을 볼 수 없었던 엄마와 어린 딸…….

*실종자*가 유명하지 않다면, 그런 사건들은 신나게 지역 언

론에 보도된 후에 관심을 가지고 소동이 일고 현상금을 걸고 '용의자'가 한둘 심문받은 후에는 아무것도…… 없다. 헤드라인에서 뚝 떨어져 나가는 건 존재에서 뚝 떨어져 나가는 것과 같다.

때때로 물론, 실종자들이 발견되기도 한다. 시체로.

혹은 가능성은 더 낮지만, 살아서 발견되기도 한다. 수백, 수천 킬로미터 떨어진 곳에서 다른 이름으로, 위조 서류와 사회보장번호를 가지고 조작된 두 번째 삶을 살아가다가.

이것이 바로 아빠가 믿었던 것이 아닐지, 나는 확신할 수 없었다. 나는 아버지를 동요하게 할 만한 주제에 대해서는 질문하고 싶지 않았다. 이따금, 아버지는 M이 다시는 돌아오지 않으리라는 우울한 깨달음을 체념하며 받아들인 것처럼 보였다. 다른 때에는, 특히 술을 마셨을 때는 얼굴이 불콰해져서 활기가 일었고, 눈을 도전적으로 빛내며, 들을 수 있는 사람은 누구에게든, 종종 나를 향해서 말하곤 했다. "그 애는 살아 *있어*. 느낌이 와. 그리고 그 애는 집에 *돌아올 거야. 언젠가.*"

이 말에 나는 고작 동정적으로 웅얼웅얼 대답할 뿐이었다. *그래요, 아버지.*

그러면서도 화가 나 낙담하며 생각하기도 했다. *아, 아버지! 아버지한텐 내가 있는데 왜죠?*

2부

비루한. 물론, 처음부터 비루한 소문꾼들이 퍼트리는 비루한 소문들이 있었다. *영적 항해자란* 사람에 대해서 말하기가 싫었던 만큼 내 입으로 이런 소문을 말하기는 싫었다. (적어도 이 여자는 우리들 사이에서 '사라져', 내 언니의 평판을 더럽히지 않을 정도의 염치는 있었다.)

이들 중에 M이 "임신을 해서" 수치심에 고향에서 도망쳤다는 소문이 있었다.

혹은, M이 "임신하고 낙태를 해서" 수치심에 도망갔다, 혹은 낙태 의사의 수술대 위에서 죽었고 시체는 비밀리에 매장되었다는 소문도 있었다.

(어째서 1991년, 미국의 문명화된 지역에서 낙태가 내 언니의 삶을 그렇게 다른 길로 벗어나게 할 수 있었는지 결코 설명되지 않았다. M은 낙태가 죄악인 복음주의 기독교인도 아니고 가톨릭교인도 아니었다.)

M이 "약에 연루되어서" "과다복용으로 죽었다"는 소문.

M이 너무나 어울리지 않는 남자와 도망갔다는 소문. 그녀는 너무 수치스러워서 그 남자와 오로라에 함께 남을 수 없었다.

M이 "유부남과 관계가 있다"는 소문. 그로 인해 불행해서 오로라에서 도망쳤거나 자기 결혼을 지키고자 했던 그 남자에게 살해를 당했다.

가장 끈질기게 따라붙은 소문은 임신, 낙태, 수치스러운 사랑, 방해받은 사랑, 혹은 그냥 흔해빠진 자살 충동 우울증의 결과로, M이 스스로 목숨을 끊었다는 것이다. 버지니아 울프처럼 주머니에 돌을 무겁게 채워넣고 한밤에 우리 집 뒤의 호수 속으로 걸어 들어갔다고.

(적어도 이 잔인한 소문은 수사할 수 있었다. 군 보안관 사무실에서는 잠수부를 배치해서 우리 집 뒤의 호수를 수십 미터 거리까지 수색하도록 했다. 실로, 호수 바닥의 검은 흙 한가운데에서 여러 동물의 해골 유해가 발견되었지만, *인간의 유해는 아니었다*.)

"비루하기는!" 아버지의 말대로였다. 한 가지 소문이 발견되었다가 비웃음을 사고 무시당하면, 또 다른 소문이 산불처럼 타올랐다. 이런 소문 중 몇 가지는 내 친척들에게서 유래했다는 것을 나는 아주 잘 알았다. 특히 풀머가 사람들 중에서도 가장 재산이 많은 우리를, 풀머가의 젊은 세대 중에서도 가장 성공한 M을 시기한 사람들이 퍼뜨린 것이었다.

M이 남자와 연관되었고 연인에게 살해당했을지도 모른다는 루머는 궁극에는 M의 미술학교 동료들에게로 연결되었다. 자기를 "엘크"라고 했던 오만한 미술 작가.

여기 내가 아는 모든 사람들 중에서 가장 비루한 인간이 있었다.

처음에 나는 그가 누군지 몰랐다. 물감이 튄 작업복을 입고 뻔뻔하게 쳐다보는 배불뚝이 마흔 살 남자. M이 실종된 지 만 하루가 된 4월 12일 오후, 내가 M의 스튜디오에 갔을 때 그가 무례하게 내게 다가왔다.

"실례합니다만, 누구시죠?"

"저, 저는 마그리트 풀머의 자매예요."

배불뚝이가 나를 의심스럽게 쳐다보는 동안 나는 스튜디오 문에 열쇠를 끼워 넣으려 애썼다.

보통 나는 이런 경우에 사람 겁주는 남자에게 대등하게 맞서는 편이지만, 전날 밤 잠을 설쳤고, 그 상황을 순수하게 걱정하고 있었기에 나도 모르게 열쇠를 들고도 더듬거리고 말도 더듬거렸다. 이때는 수색대가 M을 몇 시간 동안 찾고 있었지만, 성과 보고는 없던 시점이었다.

"*그녀의* 자매라고요! 정말."

배불뚝이는 생각에 잠긴 듯 보였다. 내가 내 언니와 확실히 닮은 점이 없다는 건 사실이니까. 남자는 짜증이 날 만큼 익숙하게 내 손가락에서 열쇠를 가져가더니 능숙하게 문을 열었다.

그의 이름은 "엘크"라고 그는 말했다. 그의 스튜디오는 바로 복도 건너편이었다.

그가 "엘크"라는 이름을 발음하는 방식으로 보아 이 이름이 저명한 이름이라는 것, 내게 깊은 인상을 주어야만 하는 이름이라는 것을 알려주려는 듯했다. 하지만 나는 그렇게 쉽게 깊은 인상을 받는 사람이 아니었다.

"엘크"가 나와 악수를 하려고 자기 손을 내뻗었다고 해도 나는 알아차리지 못했던 것 같았다. 내 얼굴은 이 불한당의 무례에 분개했다. 나는 그를 부추기고 싶지 않았다.

초대하지도 않았는데, 엘크는 나를 따라 M의 스튜디오로 들어왔다. 그곳은 내 기대보다는 작은 공간이었지만, 천장이 높고 천창이 있었다. 엘크는 자기도 그 전날 마그리트와 통화를 하려고 애썼다는 말을 하고 있었다. 마그리트는 조각 수업과 회의에 빠졌다. 과에서는 *그녀*를 걱정하고 있다. 그는 그녀를 걱정하고 있다.

으스대는 엘크는 나보다 몇 센티미터 컸다. 나는 연약한 여자는 아니었지만, 엘크는 적어도 나보다 15킬로그램은 더 나갈 것이었다. 나는 그가 얼굴에 탐욕스러운 빛을 띠고 구슬같이 번들거리는 파충류 눈으로 M의 스튜디오를 훑어보는 것을 보았다.

"우리는 회의가 끝난 후 인Inn에서 한잔할 계획이었죠. 의논할 일이 있어서, 과 문제 때문에."

잠깐 침묵이 흐른 후에. "뭐, 그리고 개인적 문제도."

이 놀라운 발언에 나는 아무 대답 하지 않았다. 당시에는 그게 어쩌면 거짓말일 수도 있다는 생각은 내게 떠오르지 않았다. 나는 너무 혼란스러운 상태에 빠져 있어서 분명히 생각할 수 없었다.

"그게 내가 특히 마그리트를 걱정하는 이유입니다." 엘크가 말했다. "그녀가 할 수 있었다면 우리 회의를 미루자고 내게 전화를 했을 테니까요, 그렇다면, 만약……."

그의 목소리는 뭔가 암시하듯 꼬리를 흐렸다. 나는 목덜미의 털이 곤두서는 것을 느꼈다. 엘크가 내 언니의 이름을 발음하는 방식에는 공격적으로 친근한 구석이 있었다. 마치 그에게 그럴 권리는 없지만, 이제 그를 막을 사람이 없기 때문에 그 권리를 주장하는 느낌이었다.

그러자 나는 "엘크"라는 이름의 사람이 그 전날 전화를 걸었고, 아버지가 그에게 무뚝뚝하게 말했던 것이 기억났다. 나는 M이 언젠가 자기가 오로라대학의 자리를 얻을 수 있었던 것은 그녀의 작품을 찬탄했던 선임 상주 작가 덕분이라는 말을 했던 것도 기억났다. 그는 '논란이 있는' 평판의 화가로, 그가 마그리트를 원치 않았거나 다른 사람을 강하게 밀었다면, 자기가 임용되지 않았을 거라고 했다.

그러니 M은 엘크에게 '감사하고' 있기는 할 것이었다. 아마도.

M이 '선임 작가'에 대해 그 이상 무슨 말을 한 적이 있었나? 나는 기억을 떠올릴 수 없었다.

그들이 어떤 종류의 더 가까운 관계를 맺고 *있었을까*? 나는 *친밀한 관계*는 아니리라 의심했다. 까다로운 내 언니가 구레나룻 배불뚝이 엘크에게 조금이라도 매력을 느꼈을 리가 없다.

M이 내게 오로라대학에 대한 자신의 진짜 감정을 털어놓지 않은 건 거슬리는 일이었다. 언니는 자기와 관련된 대부분의 사람들에 대해 긍정적으로, 심지어 열정적으로 말하는 경향이 있었다. '사람들 뒤에서 흉보는 것'에 대한 강한 반감이 있다고 본인이 말했다. 그녀는 오로라대학의 자기 동료들에 대해서 한마디도—적어도 내게는—비판적인 말을 하지 않았다. 그들은 분명히 더 나은 대학에서 자리를 찾지 못한 평범한 학자들 무리임이 분명한데도.

위선자 같으니! —*나에* 대해서도 결코 아무 말도 하지 않았겠지.

사실, 오로라대학은 작은 여자 인문예술대학의 범주 내에서는, 특히 뉴욕주에서는 꽤 '명문'이라는 평판이 있었다. 하지만 그게 별로 대단한 것이 아닌 건 분명했다. 우체국에서 일상적으로 그러듯이 동료들에 대해서 비꼬거나 웃기는 말을 하고 흉을 보는 것도 지극히 정상적이었다. M이 오로라대학에 있는 동료 예술가들에 대해서 과묵한 건 정직하지 못한 짓이었다. 확실히 자기과시가 강한 "엘크"는 M의 조소

를 샀으리라. 으스대는 '마초남', 젊지 않고, 허영심이 많으며
뽐내기 좋아하고, 살찐 턱에서는 희끗희끗한 수염이 솟아났
고, 숨소리는 그대로 들릴 정도로 탁하다. 억센 회색 머리카
락은 어깨까지 구불구불 떨어지지만, 정수리는 반들반들한
대머리이다. 굵고 털이 많이 난 왼쪽 손목에는 미국 선주민
의 것처럼 보이는 가죽 매듭 팔찌를 차고 있고, 거대한 발에
는 하이킹 장화를 신었다. 손톱엔 물감과 흙으로 골이 졌다.
그리고 이 우스꽝스러운 물감 튄 작업복은 뭐고! 내 콧구멍
이 일그러졌다. 엘크의 몸에서는 냄새가 났다.

"그쪽은, 마그리트의 언니입니까?"

"아뇨, 아니에요."

무례한 질문에 가슴이 콕 찔렸다. 이 바보에게 나는 *마그
리트보다 여섯 살이나 어리다*고 말하고 싶었지만, 그런 설명
을 하기엔 나는 품위가 있는 사람이었다.

"아, 그래요. 미안합니다." 엘크는 당황하기보다 즐거워하
는 것 같았다.

나는 M의 스튜디오를 탐색하기 위해 혼자 있기를 간절히
바랐다. 형사들이 우리 집으로 밀고 와 M의 방을 수색하기
전에 운 좋게도 내가 혼자서 M의 방을 탐색할 수 있었던 것
처럼. M이나 우리 가족을 당혹스럽게 만들 만한 뭔가가 있
다면, 나는 즉시 내 손에 넣어야만 했다. (일기나 일지?) (그 안

에 뭐가 쓰여 있을지는, 이론상으로는, 나는 전혀 몰랐다. 그건 내 정신이 작동하는 방식이 아니었다. 밀턴 풀머의 딸로서, 내가 최우선으로 하는 일은 아버지를 어떤 유의 분란에서도 보호하는 일이었다.)

하지만 엘크를 피할 도리가 없었다. 나는 그에게 내 언니의 스튜디오에서 나가라는 명령을 할 수가 없었다. 여기는 개인 스튜디오가 아니라 엘크가 권위 있는 자리를 차지한 미술대학 내 공간이었다. 그의 태도는 자기가 상사라도 된 양 주인 행세였다. 그는 특히 M의 미완성 조각에 집착했다. 기형의 머리를 약간 닮은 선명한 흰색 돌 위에 이목구비일 수도 있는 희미한 상형문자형 기호가 새겨진 기이한 기하학적 형태들이 어지러운 작업대 위에 놓여 있었다. 가장 큰 건 높이가 1미터, 둘레가 1미터 정도 되었고, 가장 작은 건 실제 성인의 머리 크기였다. 이 조각에는 으스스하고도 감동적인 면이 동시에 있었다. 나는 엘크가 개의 머리를 쓰다듬는 남자처럼 일종의 친밀함을 흉내 내듯이 손가락으로 이 조각들을 훑는 모습이 싫었다.

"당신 언니는 훌륭하리만치 비뚤어진 상상력을 가지고 있죠. 대부분의 사람들은 그걸 해독해낼 수 없지만, *나는* 할 수 있습니다."

가지고 있다. 엘크는 자기가 M이 아직 살아 있다고 믿는

다는 신호를 주기 위해서 고의로 현재형 시제를 사용한다는 생각이 들었다.

(물론, 이 당시는 M이 실종된 지 아직 하루도 지나지 않은 때였다.)

"정말요!" 나는 엘크를 무시하려는 뜻을 내비치며 차갑게 그에게 내 의도를 분명히 했다.

"내가 처음 마그리트를 만나서 그녀의 예술, 그 예술에 있는 '비밀 사명'에 대해 얘기를 하니, 마그리트는 놀라더군요. 나 자신의 사명과는 사뭇 다른 것이죠. 사실상, 저와는 안티테제를 이룬다고 할까요."

*안티테제를 이룬다*는 말에는 어떤 중량감을 담아 발음했다. 아마도 엘크는 내가 그 단어의 뜻을 모를 수도 있다고 생각했을지 모른다.

"내 작품을 아십니까, 풀머 양? 나의 '초상화' 작품들?"

"아뇨, 모르는 것 같은데요, 엘크 씨. 저는 여기 대학에 자주 와보지 않아서."

얼마나 웃긴 말인지, 엘크 *씨*라니. 물론, 나는 죽도록 진지하고, 예의를 차린 표현을 썼다.

"내 작품, 내 그림들은 꽤 잘 알려져 있죠." 엘크는 언짢은 기색을 내비치며 말했다. "단지 여기 대학에서뿐만이 아니라요. 분명히 오로라에서 보셨을 텐데요. 인에서, 도서관에서, 개인 가정집에서……."

"전 본 거 같지 않네요, 엘크 씨. 못 봤어요."

"난 엘크 씨가 아닙니다. 그냥 '엘크'라고 불러요."

"'엘─커.'"

"'엘크'요."

"동물 이름처럼 말인가요? 그 무스보다 더 큰 종?"

가장 진실되게 들리는 순진한 태도로 나는 말했다. 이 뽐 내기 좋아하는 미술 작가는 내가 자기를 말없이 비웃고 있 다는 건 전혀 모를 것이었다.

"말한 대로, 내 작품은 마그리트의 작품에 대한 안티테제 입니다. 우리는 예술에 대해 꽤 격한 토론을 나누었죠. 마그 리트는 신체에 대한 소심함, 두려움에서 우러난 고전주의자, 형식주의자이죠, 그녀의 경우에는 여성 신체라고 하겠습니 다만. 이게 바로 그녀가 'M. 풀머'라는 무성 이름으로 전시 를 하겠다고 주장하는 이유죠. 물론 그녀는 그걸 부인합니다 만. 반면 나는, 나는 내 작품에서 '신체의 노쇠'를 연민 없이 맞대면합니다. 내 〈필멸의 초상〉에서."

이제 실제로 내가 엘크의 그림을 지역 예술가들의 작품이 전시된 오로라 도서관의 벽에서 본 게 아닐까 하는 생각이 들기 시작했다. 인간 형체, 누드? 가차 없이 보여주는 소름 끼치는 죽음의 누드?

내가 보았다면, 아마도 시선을 휙 돌렸을 것이었다. 대부분의 현대 예술은 내게는 사기적이고 책략을 꾸미는 걸로만 보였고, '지역 예술가'는 그중에서도 가장 한심한 종류였다.

예술의 모든 범주 중에서 내가 제일 좋아하지 않는 것이 누드였다.

"마그리트가 저에 대해서 동생분에게 말한 적 있는지 궁금하군요?" 엘크는 마치 반박을 각오한 듯 좀 더 머뭇거리며 말했다.

참 한심하네, 나는 생각했다. 월터 랭하고 얼마나 똑같은 지. 망신당하기를 자청하다니.

"아뇨. 그런 것 같진 않은데요. 제 기억에는 없어요."

나는 진실이 상대에게 얼마나 상처를 주는지에 대한 개념 없이 단지 진실을 말하는 데 집중하는 어린아이처럼, 사실적으로 대답했다.

"정말로요? 없다고요?" 엘크의 목소리는 간절한 듯이 들렸다.

"정말로요, 엘크 씨. 제 말은 엘크. 정말로, *없어요*."

엘크는 마치 공기가 새어 나가기라도 한 것처럼 어정쩡하게 서 있었다. 그의 통통한 얼굴은 상처받은 듯했다. 번들거리는 파충류 눈은 이제 촉촉해지면서 무해해졌다.

나의 본능은 약간 부드러워졌다. "마그리트는 내게 비밀을 털어놓은 적이 별로 없어요. 미술학교에 있는 사람은 누구든지 거의 전혀 얘기하지 않았어요."

"뭐, 마그리트와 나는 여기서는 그저 동료 이상이었죠. 이상하게 들릴지는 모르겠어도, 다른 면에서는 우리는 정반대였지만, 당신이라면 '소울메이트'라고 부를 만한 사이였거든요."

"나라면 '소울메이트'라고 부를 만한 사이라고요? 아뇨, 전 그렇게 생각하지 않아요, 엘크 씨. 저는 '소울메이트'처럼 어이없는 건 믿지 않아요."

그리고 특별히 당신은, 내 아름다운 언니의 '소울메이트'가 될 수 없지! 말도 안 돼.

엘크는 골똘히 생각에 빠져 잠자코 있었다. 항의하고 싶었지만, 생각을 고쳐먹은 듯했다.

그는 아마 나를 가늠해본 모양이었다. 순무처럼 성적 매력이 없고, 남성 혐오자에, 면역이 있고 연약하지 않다는 거지.

"음, 마그리트에게 아무 일 없었으면 좋겠군요……. 어디 가는지 아무에게도 말하지 않았다고요? 동생분은 감이 잡히는 일은 없습니까?"

"실례지만요, '엘크'. 우리는 경찰과 이 일은 다 살펴봤거든요. 아버지와 저는요. 저는 매우 지쳤고, 마음이 아주 산란하고, 낯선 사람과 없어진 언니에 대해서 이야기를 나눌 기분이 아니에요."

"하지만 난 낯선 사람이 아닌데요! 나는 마그리트의 가까운 친구잖습니까. 계속 설명드렸듯이. '친구'보다는 약간 더 가깝죠. 그리고 저는 당신들의 이웃입니다. 당신과 당신 가족요. 오로라는 작은 동네니까요."

*이웃*이라니! 이제 이건 정말로 말도 안 된다. 카유가애비뉴에 있는 우리의 장중한 옛 영국 튜더식 저택의 양쪽에 있는 집주인들도 우리에게 *이웃*이라고 주장하지 않고, 우리도 마찬가지였다. 카유가애비뉴 위쪽은 흔한 *동네*가 아니었다.

이제 구레나룻 배불뚝이 엘크가 상처를 받아 어쩔 줄 모르는 모습은 참으로 감동적이었다. 아킬레스건을 알기만 하면 불한당에게도 쉽게 상처 입힐 수 있다. 그의 자아 말이다.

내가 약간 상냥하게 대하려 했으면, 나가는 길에 그의 스튜디오에 가봐도 되냐고 물을 수 있었다. 그의 〈필멸의 초상〉을 봐도 되느냐고 물을 수도 있었다. 그러면 그는 무척 좋아했을 것이고, 우쭐했을 것이었다. 하지만 나는 아첨하지 않는다. 나는 착한 사람이 아닌데, 어째서 그런 척할까? 나는 내 언니의 가식적인 '고전주의'에 전혀 관심이 없는 만큼 미술 작가의 예술에는 조금도 관심이 없었다.

하지만 나는 이 스튜디오 때문에 M이 부러웠다. 집에서 떨어진 사적인 작업 공간. M의 사생활, '비밀 사명'. 내 언니에게서 *비밀인* 모든 것을, 나는 깊이 시기했고 분개했다.

내 삶에는 비밀이란 없었으니까. 혹은 내 비밀은 *내게 삶이 없다는 것*이라고 할 수 있을지도 모르겠다.

머리 위 천창에서는 환한 빛이 들어와 스튜디오 안에 수직으로 떨어지며 작업대의 진행 중인 조각들을 비추었다. 언니는 돌아와서 저것들을 완성할까? 돌아오지 않는다고 해도 저 작품들은 M. 풀머의 '마지막 작품'이라며 전시가 될까?

M이 돌아오지 않는다면, 이 미완성 조각들은 아버지의 자산이 되리라고 나는 생각했다. 아버지와 나의 것.

M이 어딘가에 기증하겠다는 유서라도 남겨놓지 않았다면. 나는 그녀가 그렇게 하지는 않았으리라고 확신하지만.

대체 누가, 나이 서른 살에 마지막 *유언장*을 남겨놓을 생각을 하겠는가? M은 그럴 리 없다!

네 개의 스튜디오 벽 중 하나는 유리판으로 그 너머로 잔디밭 언덕과 대학의 종탑이 내다보였다. 전원적인 풍경, *지나치게 아름답다* 싶을 정도였다. 다른 벽들은 완전히 포스터와 스케치, 도표, 드로잉, 사진으로 덮여 있었다. 커다란 코르크판에는 학생 작품으로 보이는 스케치, 드로잉, 학교 행사 안내문이 가득했다. 이것들은 M 본인의 근엄한 작품들과는 구분되는 매력적인 순진한 특성이 있었다.

이제까지는 나는 미술 강사로서의 M을 정말 생각해본 적이 없었다. M의 학생들이 내가 한 번도 겪어본 적 없는 방식으로 내 언니를 알 것이라 생각하니 질투가 쿡 찌르는 듯했다.

물론 모두 젊은 여성들이다. 나보다 어린 소녀들. 나는 M이 내게는 거의 느낀 적 없는 자매애를 그들에게 느꼈을지 궁금했다. 인내심 있고 친절하게. *애정 어린* 태도로.

너희는 속았을지 몰라. 네 마음을 줘버려, 바보야! 나는 엘크도 자기 *마음*을 줘버렸는지 궁금했다.

마지못해 스튜디오를 나서면서 엘크는 학생들 작품에 관심 있는 척 코르크판을 자세히 살폈다. 남자의 물감 튄 작업복이 등을 돌렸을 때, 나는 커다란, 낡은 스케치북을 내 가방에 슬쩍 집어넣었다. 작업대의 미닫이 서랍에서 발견한 것이었다.

어쩌면 일지일 수도. 일기?

내 심장은 승리감으로 빠르게 뛰었다. 소리 내어 웃고 싶었다. 배불뚝이 엘크는 아무것도 눈치채지 못했다.

M의 스튜디오를 떠날 시간이었다. 문을 잠그고 떠났다. 엘크는 나와 함께 떠나는 것 말고는 다른 선택권이 없었다.

M의 스튜디오 열쇠는 미술대학 행정실장의 조교에게서 얻었다. 이제 열쇠를 1층에 있는 사무실에 반납하려는데 엘크가 계단까지 나와 어색하게 동행했다.

계단을 내려갈 때도, 엘크는 귀에 들릴 정도로 입으로 숨을 쉬고 있었다. 그의 몸에서 나는 냄새가 내 콧구멍까지 흘러들었지만, 이제 그의 냄새에 익숙해졌는지 그렇게까지 불쾌하지 않았다. 나는 그 남자에게 동정심을 느꼈다. 불과 마흔 살 정도 된 사람인데 지방 긴 근육 속에 갇힌 심장이 뇌까지 산소를 운반하기 위해서 애쓰고 있었다.

대학에서 나가는 길에도 여전히 엘크는 내 옆에 바짝 붙어서 따라왔다. 나는 내가 대학까지 운전해서 온 것이 아니라 걸어서 왔다는 걸 그가 알아차리지 못하기를 바랐다. 그는 거만한 태도로 나를 집까지 태워다 줄지 물을 테고, 나는 그러면 거절하기가 싫어질 것이었다. 나는 정말로 피곤했고 산란했다. M의 걸음걸이를 본따 드럼린로드를 거쳐 대학까지 활기차게 걸어온 것만도 하루 운동으로는 충분했다.

"풀머 양? 아직 이름을 알려주시지 않았는데……."

"네, 알려주지 않았죠."

풀머 양의 그러한 무례를 엘크는 잘 이해할 수 없었다. 이해할 수 있는 사람은 별로 없었다. 사람들은 나를 쳐다보고, 눈을 가늘게 뜨고는 깜박이며 생각한다. *저 여자가 방금 저말을 한 게 아니겠지!*

"당신도 이름을 말하지 않았잖아요, '엘크'. 이름은요."

"하워드입니다. 태어날 때 이름은 하워드 스트루트죠."

"그런데 왜 자기 이름을 '엘크'라고 하죠?"

"'엘크'는 나의 화가 이름이죠. 마치 '환생' 이름처럼. 나의 본질에 더 가깝고."

어색하게 엘크는 웃었다. 하지만 나는 같이 웃지 않았다.

"흠, 풀머 양. 제가 당신과 아버님을 조만간 뵐 수 있겠습니까? 어쩌면 내일?"

"하지만 왜요? 그럴 것 같지 않은데요."

"그저— 이야기 좀 하려고……. 마그리트에 대해."

그에게 화가 나기도 하고, 빨리 떨쳐버리고 싶은 마음에 나는 날카롭게 말했다. "우리는 마그리트에 대해 낯선 사람과 의논하는 습관이 없어요. 계속 설명드리려 했는데요, 엘크 씨. 우리는 낯선 사람들에게 '가정 방문 행사' 같은 건 하지 않는답니다. 경찰이 알아야 할 만큼 내 언니에 대해서 아는 게 있다면, 경찰에게 가서 말하세요. 우리 말고. 우리는 쓸모없는 이야기를 하는 사람들이 넘쳐서 아주 피곤하거든요."

신랄하게 나는 몸을 돌려서, 숨을 헐떡이는 구레나룻 배불뚝이 '하워드 스트루트'에게서 멀어졌다. 그가 더 간절하게 헛소리로 구슬리며 나를 따라오지 않을까 두려워하면서. 하지만 그는 그렇게 하지 않았다.

다만 상처 입은 청소년처럼 비꼬는 느낌이 섞인 목소리로 뒤에서 소리쳤다. "흠, 잘 가세요. 만나서 반가웠습니다."

나는 혼자 웃음을 터뜨렸다. 뒤는 돌아보지 않았다. 아니,
반갑지 않았을 거야. *하지만 그게 당신이 할 수 있는 최선이
겠지,* 라고 생각하며.

32

'*비밀 사명.*' 걸어서 집으로 돌아와보니, 내 집으로 들어가기 위해서는 거리에 밀집한 시끄러운 기자 군단을 헤치고 나아가야 해서 짜증이 났다. 오로라 경찰관들에게 거리를 두고 있는 구경꾼들과 더불어 TV 촬영진이 적어도 둘은 되었다. 우리 집 주변에 1.8미터짜리 연철 울타리가 쳐져 있기에 망정이지! 천박하고 저속한 이방인들이 내게 무례한 질문들을 해댔고, 나는 위엄 있는 경멸로 그들을 무시했다. 그런 후에 집 안에 들어가보니 거실에 아버지와 몇몇 익숙한 얼굴이 함께 있는 것을 보고 더 짜증이 났다. 그중에는 나의 풋내기 사촌 데니즈도 있었는데, 표면상으로는 여기 위안을 주려고, '위로의 뜻을 전하러' 왔다고 하지만, 그 말은 내가 뻔히 알 듯이 마그리트에 대한 최신 소식을 캐내려고, 이 집을 떠나자마자 파렴치한 가십으로 바꾸려고 왔다는 뜻이었다.

"저기 왔네!" 그중 한 명이 웅얼거렸고, 심지어 데니즈가 "오, 조진, 기다려봐" 하고 날카롭게 부르는데도, 나는 계단을 튀어 올라가며, 절대로 잘못 해석할 수 없는 경멸의 표정으로 그녀를 도로 쏘아보았다.

절대. 감히. 나를. 따라올. 생각. 마.

아버지에게 매우 실망했다. 내가 대학까지 걸어가려고 집을 나서자마자 이런 거머리들을 집 안으로 들인 레나에게 매우 실망했다.

아침이 되면 레나를 꾸짖을 것이었다. 그들이 누구든 이 집에 들*이지 마*요. 아버지가 뭐라고 말하든. 아버지를 보호하기 위해서 우리는 주의를 기울여야 한다.

오, 나는 웃지 않을 수 없었다. M이라면 웃었을 것처럼. 수년 동안 우리가 소식도 듣지 못했던 친척들이 갑자기 우리에게 전화를 걸고, 우리를 위해서 소동을 피우고, 엄숙하고 긴급한 목소리로 말을 거는 꼴이라니. 그들 각자 M이 어디 있을지, M에게 무슨 일이 일어났을지에 대해 황당한 이론을 가지고 와서는 M이 고등학교 2학년 때 겪었던 *수상한 문제*를 회상했다. (물론!) 그게 어느 정도 성적인 거라는 것 말고는 그 실체에 대해선 아는 것도 거의 없으면서. 또, M이 뉴욕시에 살았던 *세월*을 회상했다. (물론!) 거기서 M이 분명히 위험한 사람들과 친교를 맺었고 *잘못된* 사람들과 어울렸면서. 걔 인생의 (비밀스럽고 지저분한) 부분이 이제 다시 오로라에서 모습을 드러낸 걸까? 심지어 M을 지지하는 친척들도 조각가로서의 이력을 어떻게 생각해야 할지 몰랐다. 좋은 *거* 아니었니? M이 고향 바깥에서 명성을 얻은 *자랑할 만한 일*. 아니면 (여하튼) 걱정스러운, 심지어 추문에 가까운 일이었을까? M은 분명히 뉴욕시에서 수상한 사람들과 어울렸을 테니까. (예를 들면) 그 사람 이름 뭐였더라, 흐르르한 가발을 쓴 사기꾼 팝 아티스트? 앤디 워홀? 약물이나 난교 파

티에 섞였을까? 그리고 (그저 아마도) *레즈비언*일 수도.

나는 언니한테 분개한 것보다 그들에게 훨씬 더 분개했다. 만약 내가 어느 쪽이든 편을 선택해야 한다면 망설일 것도 없다. 나는 *내 언니*를 선택한다.

내 방에서 숨도 못 쉬고 들어와 문을 닫고 잠갔다! 데니즈가 위층으로 올라와 문을 두드릴 것이라는 예감에.

몇 년 전에 데니즈가 M만이 아니라 내 친구이기도 했던 것처럼. 사실상, 우리의 다른 사촌들처럼, 내가 그들의 여동생들만큼이나 매력적인 소녀다운 소녀가 되지 못할 것이 분명해지자마자, 나를 깡그리 무시한 적이 없었던 것처럼.

나는 문을 잠갔을 뿐만 아니라, 우리 집의 자물쇠가 항상 튼튼한 건 아니기에 더욱 확실히 문을 막기 위해서 의자를 끌어다 놓았다.

숨을 몰아쉬며 침대에 앉았다. 며칠 동안이나 침대를 정리하지 않았다. 레나를 방에 들어오지 못하게 했으니까. M이 집에 살 때는 나는 가정의 규칙에 순응해야만 했고 집 안의 다른 곳처럼 내 방도 청소하고 진공청소기로 밀고, 티끌 하나 없이 깨끗하게 정리하게 허락했지만, 이제 M이 사라지자마자 나는 야만의 즐거움으로 돌아갔다. *고마워요, 레나. 하지만 난 내 방 정도는 깨끗하게 유지할 능력이 완벽히 있으니까.*

'엘크'가 있는 앞에서 훔쳤다는 데 마음이 들떴고, M이 이 사실을 안다면, 자기 동생의 침착함에 깊은 인상을 받았을 지, 자기 사생활이 침해당했다는 데 격노했을지 생각했다.

"하지만 지금부터는, 더는 '사생활'이 없을 거야. 언니는 *실종자니까.*"

평소에는 차분한 내 언니의 얼굴에 떠오른 경악의 표정을 상상하며 웃었다.

아래층 데니즈의 얼굴에 떠오른 놀람과 충격의 표정을 보 았기에 웃었다. 손아래의 시시한 사촌이었던 조진이 아직 확 실히 알려지지 않은 어떤 방식으로 중요한 위치, TV 촬영진 이 뒤에서 부르고 기자들이 인터뷰하려고 애쓰는 인물로 승 격했다는 깨달음. 그런 것 중 무엇도 고작 며칠 전만 해도 예 측할 수 없는 일이었다.

"그래, 내가 당신들을 놀라게 했지, 그렇지 않아? 당신들 모두 말이야."

내 심장이 빠르게 뛰고 있었다. 거의 신이 날 정도로 어지 러웠다. 취한 건 아니지만, 약간 아찔한 기운이 돌았다.

그래도 두려움으로 가득 차기도 했다. 결국, 나는 도를 *지 나치기도 했으니까.*

그래서 처음 M의 스케치북을 폈을 때 나는 실망했다. 아 무렇게나 모아놓은 스케치, 반쯤 그리다 만 드로잉이 있는 화가의 일지에 지나지 않아 보였다. 몇몇 드로잉은 아주 작고 연필로 세밀하게 그렸다. 몇몇은 목탄으로 그렸다. 파스텔 크레용도 몇 점 있고, 몇 점은 아주 속성으로 그린 수채화였다. 매력적이었지만, 하찮았다.

이런 것들이 페이지마다 이어졌다. 이따금 노란 종잇조각이 끼어 있기도 했다. 미술 전시회, 《아트 뉴스》, 《뉴요커》, 《파인 아트 코니셔》에서 오려낸 기사들. (이런 기사 중 하나는 브랑쿠시에 대해 M. 풀머 본인이 쓴 것이었다. 나는 M이 그런 잡지에 기고했다는 사실을 전혀 몰랐다. 내게 보여준 적이 없었다.)

드로잉으로 그린 인물 대부분은 추상적 형체로 M의 조각을 위한 모델이었다. 창백한, 빈혈기가 있는 듯한 색깔. 우아하고 꿈같은 모습. 그렇지만 정확했다. 그렇지만 *지루했다.*

나는 언니의 작품에 엘크가 느낀 조바심을 이해했다. 신체에 대한, '여성 신체'에 대한 공포. 성적인 침략자 같은 '말코손바닥사슴(엘크)'은 "m"에 대해서 경멸만 느꼈을 수 있다. M. 풀머가 유일하게 받은 진지한 비평이라고는 이따금 몇몇 비평가들이 마리솔이나 프리다 칼로, 신디 셔먼이나 낸 골딘(〈성적 의존의 발라드〉를 만든)의 작품과 비교하며, 풀머는 이런 시선을 사로잡는 예술에서 발견되는 유의 좀 더 명확하고 극적인 여성주의적 주제에 대한 탐구를 무시했거나 실패했고, 혹은 거부했다면서 책망하는 내용이 고작이었다. *상당*

한 기술적 솜씨에도 불구하고, *M. 풀머*는 우리 시대의 더 용기 있는 여성 예술가들이 직면한 문제를 정치적으로 대면하지 못하고 뒷걸음질쳐서 우회적인 책략을 피난처로 삼는다.

이제, 이것도 거슬렸다. *M. 풀머*에 대한 어떤 공격도 나의 적대감만 일으켰다. 감히 저들이! 여성주의 바보들 같으니.

M은 내가 아는 한 황송하게 자기방어를 하지 않았다. 오려낸 신문 기사 하나는 1987년 10월에 브루클린 미술관에서 열렸던 "활기찬 일단"의 여성 예술가들에 대해서 보도했고, 그중에는 *M. 풀머*도 포함되어 있었지만, 같이 실린 사진에서 M은 극적으로 보이는 여성 미술 작가들 일단 속에서도 고요하고, 차분하며, 위협받지 않는 것처럼 보였다.

하지만 이 스케치북을 넘기다 보면, M에게는 그 추상적 형체들이 여성 신체, 혹은 그에 관한 (비밀스러운) 표현과 관련이 있다는 걸 볼 수 있었다. 좀 더 자세히 들여다보니, M은 누드의 인간 형태를 '사실적으로' 구현하는 걸로 시작했다가, 표면의 디테일이 지워져야 본질이 드러나기라도 하는 것처럼 점차적으로 추상화했다는 것을 알 수 있다. 여기에는 마치 예술가의 뇌를 들여다보는 것처럼 호기심을 자극하는 점이 있다. 두드러진 유두나, 유륜, 피부 결점 등 각각 아주 특별히 구체적 특징이 있던 여성 젖가슴 몇몇은 어디를 봐야 할지, 어떻게 해독해야 할지 아는 사람에게만 보이는 아주 희미한 요소만이 남은 난형의 형체로 점차 변형되었다.

여성의 배, 허벅지, 엉덩이도 마찬가지였다. 발목, 팔, 팔꿈치, 어깨. 덜 분명하지만, 질, 음순, 외음부일 수 있는 형체도 있었다. 그러나, 음모의 흔적은 없었다.

"그게 '비밀 사명'인가, 그럴까?"

스케치북을 넘기면서 나는 이러한 것들이 내 상상일까 의문을 품게 되었다. 이 예술가는 구체성 속에서 자신을 잃었다가 추상 속에서 자기를 도로 찾았다. 나는 강박, 광기의 분투를 느꼈다. *어째서* 예술가들은 응시하고 기록하고 지어내고 다시 지어내는 일에 그렇게 많은 시간을 쓰는 걸까? 그럴듯한 동기는 무엇일까?

나는 몹시도 울고 싶었다. "됐어! 그만."

나는 M이 그렇게 광적으로, 몇 시간을 들여 작업한 이 페이지들을 몹시도 찢어버리고 싶었다.

이유가 궁금했다. M은 그렇게 그림을 잘 그릴 수 있는데, 왜 이런 지루한 추상 작업을 하느라 자기 시간을 낭비했을까? M이 여성의 팔꿈치나 손목, 발목, 귀 같은 평범한 것을 그릴 수 있다니, 그것도 선명하고 '생생하게' 구현할 수 있다니 놀라웠다. 그래도, 그 드로잉은 형체 위에 떠도는 생령이 보일 만큼 원본이 보이는 추상적 형태로 진화했다.

하지만 스케치북에는 풍경화 드로잉도 있었다. M의 창문

에서 내다보이는 풍경을 아주 능숙하게 십자무늬 음영을 넣
어 그린 작품이었다. 섬세한 작은 풍경화는 빛이 바랬고, 종
이는 구겨지고 찢어졌다.

호수 위에 떨어진 달빛, 폭풍우 구름 한 무리, 눈이 쌓인
주목들. M이 빠르고 솜씨 있게 그린 작은 그림들에 나는 숨
쉬는 것도 잊었다. 무척이나 정묘했다…….

우리 집 부지 뒤 무주 지대에 있는 거친 덤불. 으스스하도
록 자세히 묘사한 진흙 속 발자국과 발굽 자국. 마비된 듯 눈
을 크게 뜨고 응시하는 토끼.

*내 언니는 대단한 재능이 있었어. 모두 사실이었어, 과장
이 아니었어.*

입이 말랐다. 나를 통제하지 못하고 숨을 삼켰다. 공포 같
은 무언가가 파도처럼 밀려오는 느낌이었다. 이 재능 있는
예술가, 내 언니 M이 *실종되었다*…….

그리고 얼마나 이상한지, 이 낡아빠진 표지의 스케치북이
이렇게나 보물 같은 발견이라니! 몇몇 페이지에는 물 얼룩
도 졌다.

나는 M의 스케치북이 그녀의 가장 진실한 작품, 가장 깊
이 느꼈던 작품을 담고, 반면 얼음같이 형식적인 조각은 가
장을 한 외면적 자아가 아닐까 생각했다. 일종의 보호 갑옷,
'고전적' 아름다움.

하지만 스케치북의 뒷면에 가까이 가자 더 거친 드로잉과 낙서들이 있었다. 얼굴 캐리커처. 만화가 그러하듯 몇 가지 효과적인 선들로만 솜씨 좋게 구현한 그림. 장난기가 돌 때의 M이었다. 만화 주인공 뽀빠이는 약간 변형되어 우리보다 윗세대 풀머 삼촌들 중 한 명의 캐리커처로 묘사되었다. 속물적인 엘런 숙모는 머리가 거대하고 자기 연민에 빠져 처진 얼굴을 한, 《이상한 나라의 앨리스》에 나오는 기괴한 공작부인으로 상상되었다.

그리고 여기에 익숙한 악한 같은 얼굴이 있었다. 엘크인가? 나는 M이 목탄 막대로 몇 번 솜씨 좋게 그어서 이 자기과시적인 미술 작가의 모습을 잡아낸 걸 보고 소리 내어 웃었다. 돼지 같은 포식자의 눈, 주먹코, 어깨까지 내려오는 텁수룩하고 숱이 적은, 가발처럼 우스꽝스러운 히피 머리 스타일. 완벽하다!

M이 자기를 이렇게 인식하고 있다는 걸 알면 엘크의 기분이 어떨까? 동료 예술가가 아니라, 남성 포식자의 눈빛을 띤 허풍선이로 그린 걸 알면.

마그리트의 가까운 친구……. '친구'보다 약간 더 가깝다고 할 수 있죠.

바보 같긴! 엘크가 M과 사랑에 빠진 걸까? 궁금했다. 그는 분명 내게 달라붙는 것 같았고, 떨치기 힘들었다.

다음으로, 나는 어머니와 아버지의 능숙한 작은 초상화와 맞닥뜨리고 충격을 받았다.

이런 세밀화 작품들이 많았다. 나는 M이 그들의 실물을, 우리 부모님들이 관찰당한다는 것을 모르고 있을 때 그들을 관찰하며 그린 것인지, 아니면 그들을 기억 속에서 생생하게 떠올리며 그린 것인지 궁금했다.

이런 그림들은 캐리커처도 아니고, 잔인하지도 않았다. 더는 살아 있지 않은 사람들을 새긴 19세기의 카메오 조각처럼 조심스럽게 구현되었다.

특히 그렇게 예기치 않게 어머니를 보다니 충격이었다. 몇 달 동안이나 (헛되이, 징벌 같은) 항암 치료를 견뎌야 했던 더 나이 들고 피로에 지친 얼굴의 여자. 내가 잊고자 했던 모습이었다. 하지만 또한 더 젊고 더 자신에 찬 여자도 있었다. 관객들을 바라보는, 약간 더 선이 굵은 얼굴의 그레이스 켈리처럼 왕족과 같은 모습의 여자.

나를 보고 미소 짓고 있나? 어머니가 미소 짓는다, 나를 보고? 나를 용서하고?

나는 어머니를 용서하지 않았다. 어머니가 그렇게 병에 걸린 것 때문에. 어머니의 병이 나에 대한 비난이라도 된 것처럼. 유치하고 불공평했다. 나는 당시에 어린애가 아니라 나이 든 청소년이었는데도.

뭐, 나는 *완벽하지 않다.* 그렇다고 주장한 적도 없다.

인류학자가 선주민 연구 대상에게 관심을 갖듯 우리 가족의 배경에 첨예한 관심이 있었던 M과는 달리, 나는 내 부모나 조부모에 대해 잘 알고자 한 적이 한 번도 없었다.

내 관심을 끄는 건 힐다와 밀턴 풀머가 *내 부모*라는 사실이 전부였다, 본질적으로는. 나는 그들이 내가 있기 전, 나라는 개념이 있기 전에 완전히 형성된 성인으로서의 삶이 있다는 생각을 하고 싶지 않았다. 특히, 나는 내 부모가 낭만적인 삶, 성애적인 삶이 있었다는 생각, 한때는 젊었고, 지금의 나보다 더 젊었다는 생각을 하고 싶지 않았다. 나는 그들이 내게 (분명히) 실망했으리라는 생각을 하고 싶지 않았다. *그런 생각을 참을 수가 없었다.*

여동생, 덜 '예쁨 받는' 여동생. 동화라면, 공주 아니면 거지 하녀가 되어야 한다. 그 중간이 될 수는 없다.

물론, 어머니는 마그리트를 대하는 데 나름대로 어려움이 있었다. 마그리트는 어머니의 기대에 부응하기를 거부했으니까. *M, 사교계 데뷔 무도회 어때?* M은 그 생각만으로도 어머니의 면전에 대고 웃어버릴 것이었다.

그래도 어머니는 G보다는 M을 더 편애했다. 굳이 말할 필요도 없이. 그리고 아버지도, 물론.

분명히, 그들은 나를 사랑한 것보다는 훨씬 더 M을 사랑했다. 그리고 나는 그에 합리적으로 항의할 수가 없었다. 내가 부모님 입장이라도 G보다는 M을 훨씬 더 사랑할 테니까.

풀머가 딸 중 하나가 '실종'되어야만 한다면, 차라리 G인 편이 훨씬 나았을 텐데!

M이 그린 아버지의 초상도 똑같이, 실물처럼 매혹적이었다. 30대 정도 되었을 때처럼 젊고, 내가 너른 이마와 함께 물려받은 귀족적인 '주걱턱'이 있는 얼굴은 엄격하지만 친절하게 보이기도 했다. 밀턴 풀머의 좀 더 매력적인 특징, 커다랗고 지적인 두 눈이나, '고대 로마인' 같은 콧대는 불운하게도 나는 물려받지 못했다.

그리고 여기 나이가 더 들고, 자신감이 더 떨어진 아버지가 있었다. 주름진 뺨, 눈 밑에 주머니처럼 늘어진 피부. 여전히 잘생겼지만, 더 나이가 든 클라크 게이블처럼 더 시들고 지친 방식이다. 머리카락은 가늘어지기 시작했지만, 눈처럼 하얗다. *홀아비*, 그 말이 내게 불쑥 떠올랐다. 나는 M의 스케치북을 보기 전까지는 아버지를 그런 식으로, 아내를 잃은 남편으로 생각한 적이 없었다.

실로 나는 아버지를 *내 아버지* 이외의 다른 사람으로 생각해본 적 없었다. 다른 사람과 관계를 맺는 아버지를 생각만 해도 매우 불편했다.

그러한 초상화들을 찬찬히 살펴본다는 건 얼마나 겁나는

일인지. 모든 사람, 현재 살고 있고 이전까지 살았던 무수한 사람들이 각자 개별적 특성을 갖고 있다는 것, 독특하다는 것을 깨닫는 일은.

나와는 전혀 관련이 없는……

"저기요? 거기— 데니즈야?" 날카롭게 나는 외쳤다. 문 밖에서 발소리를 들었기, 아니 들었다고 생각했기 때문이었다.

침묵. 아무도 없다.

"거기 누구 있어요? 저기요? 그럼 가버려요, 제발."

하지만 아무것도 없었다. 명백히.

긴 순간이 흐른 후에, 나는 차츰 긴장을 풀었다. 심지어 주제넘게 나서는 데니즈도 나를 위층까지 따라올 엄두는 내지 못할 것이었다.

내가 자기를 쏘아본 눈길을 봤으면. *지옥에나 가, 데니즈!*

스케치북으로 다시 돌아가서, 나는 그게, M이 우리 부모님을 '포착'한 방식이 얼마나 뛰어난지 인정할 수밖에 없었다. 이들은 정묘한 세밀화로 스냅사진보다 더 소중했다. 눈물이 고여 눈이 흐려졌다. 실로, 나는 이들을 누구하고라도, 데니즈라도 함께 공유하고 싶을 정도였다. *다만, 뭐, 다만 내가 데니즈를 싫어하지 않았다면.*

소녀였을 때, 나도 전업 작가가 될까 하는 희미한 관념을 갖고 있었다. 시가 다른 것보다 쉬워 보였다. 노트에 몇 행끼적였다. 비트족 시인들처럼 조잡하게 퇴고도 하지 않았다. 앨런 긴즈버그는 지나치게 "*처음 떠오른 생각이 제일 좋은 생각이다*"라며 결코 고쳐 쓰지 말라고 충고하지 않았던가.

그래서 나는 결코 고쳐 쓰지 않았다. 시구를 몇 줄 휘갈겼다. 짜증, 후회, 시기, 심술, 경멸, 냉소, 질책, 분개의 분출. 후에 이런 시구를 다시 읽어보면, 그것들은 그저 '감정들'일 뿐임을 알았다. 나는 그런 감정의 분출을 실제 시로 다듬을 만한 인내와 손재주가 없었다. 예술이 무엇이든, 나는 그것을 성취하지 못했다.

M이 이런 다정한 초상화를 좀 더 영구적인 예술로 구현하지 못했던 건 너무 안타까운 일이었다. 어쩌면, 그녀는 감상적으로 보일까 두려워했을지도 모른다. 아니면 충분히 감상적으로 보이지 않을까 봐.

M의 조각 중 그 무엇도 실제 인간을 닮지 않았고, 스케치북에 있는 친밀한 모사들은 영원히 비밀로 남을 것이었다.

(내가 그것들을 폭로하지 않는 한. 결국에는.)

우리 부모님의 이런 초상화들 다음에는 목탄으로 그린 사나운 얼굴의 젊은이의 드로잉이 나왔다. 툭 튀어나온 이글거리는 눈, 풀머가 특유의 주걱턱, 헝클어진 머리카락, 고뇌와 분노 사이 어딘가의 표정. 이게 *나*일까?

나는 들여다보고 또 들여다보았다. 마음이 약해진 한 순간, 나는 기절할 것만 같았다.

M이 내 영혼에서 그 고뇌를 어떻게 보았을까? 나는 그걸 잘 가장해서 숨기고 있다고 생각했었다.

얼굴은 흉측하지 않았지만, 그렇다고 아름다운 것과도 거리가 멀었다. 여성도 아니고, 남성도 아니었다. 눈은 흉포함이란 면에서 놀랄 정도였다. 이 초상에는 악의란 없었고, 아티스트 쪽에서는 일종의 동정, 혹은 연민만 있을 뿐이었다.

보이지, M은 너를 사랑했어. 있는 그대로의 너를.

머릿속에서 맥박이 뜨겁게 뛰었다. 다른 사람이 나의 그런 초상, 그런 적발을 볼 공산이 있다니 참을 수가 없었다.

M이 나를 있는 모습 그대로 흉측하게 구현했다면 —나를 심술궂고, 비꼬기 좋아하고, 잔인하고, 부당하고, 유치한 모습으로 구현했다면— 어쩌면 나는 용서할 수 있었을지도 모른다. 하지만 이건 아니었다. 노골적인 분노가 점차 짙어지며 공포로 바뀐 모습이었다.

재빨리 나는 그 페이지를 뜯어 갈기갈기 찢어버렸다.

마음 같아서는 스케치북 전체를 없애버리고 싶었지만, 그럴 순 없었다. 언젠가 가치가 매우 높아질지도 몰랐다.

내가 M의 유산 집행자라면, 나는 그런 귀중한 서류는 보관하고 싶을 것이었다.

M이 계속 실종된 상태로 남아 있다면, 그녀의 작품 (사후)

전시회가 열릴 수도 있었다. 나는 대비할 작정이었다.

그 스케치북에 대한 내 개인적 감정이 무엇이든 간에.

스케치북의 뒷장에는 손으로 쓴 편지 초고가 잘 접혀 있었다. 1991년 2월 22일 날짜에 뉴욕시의 미국 예술 문학 아카데미의 행정관에게 보내는 편지였다. 재빨리 나는 그 편지를 훑어보았다. 다시 읽은 후에야 나는 이것이 권위 있는 상을 거절하는 편지임을 깨달았다.

제게 프리 드 로마라는 대단한 영광을 주셔서 감사합니다. 로마에 있는 미국 아카데미에서 1년 동안 기금 연구원으로 보낼 수 있는 이 관대한 제안을 받아들이고 싶습니다만, 집안 사정으로 당분간은 제가 오로라에 남아야 할 필요가 있다고 생각합니다.

언젠가 미래에, 제가 이 기금을 받아들일 수도 있으니, 제 이름을 계속 염두에 두어주셨으면 좋겠습니다. 하지만 그렇지 않더라도, 이 대단한 영광을 주신 것에 다시 한번 감사드리며, 받아들일 수 없어서 저도 정말 안타깝습니다.

집안 사정. M은 이 상을 아버지와 나를 위해 거절했다. 심지어 우리에게 말하지도 않고!

의심의 여지 없이, M은 자기가 떠나면 내게 무슨 일이 생길지 모른다고 걱정했던 것이다. 혹은 아버지에게라도. 혹은 우리 둘 다에게.

그 무슨 일이 무엇이 되었을지는 나는 전혀 알 수가 없다.

종종 나는 M이 오로라를 떠나 뉴욕시, 거기 있는 그녀의 '화려한' 삶으로 돌아가고 싶어 한다고 비난했었다. 나는 언니를 비웃고, 놀리고, 고문했다. 진실은 나는 그런 가능성이 무서웠기 때문이었다. 아버지와 나 단둘이 이 집에 남는다는 것, 끔찍한 일이 언제라도 벌어질 수 있는 이곳에…….

냉철하게 M은 그렇지 않다고 주장했다. 자기는 오로라를 떠날 계획이 없다고. 자신은 오로라에서 "아주 행복"하며, "아주 생산적"이라고 했다. 대학의 상주 작가 프로그램에 "매우 감사"하고 있다고 했다.

뭔가 끔찍한 일이 G에게 일어나지 못하도록 막기 위해 오로라에 남았다.

대신에, 뭔가 끔찍한 일이 M에게 일어났다.

§

이제 내 눈은 눈물로 가득 찼다. 이제, 거친 흐느낌이 목구멍에서 새어 나왔다.

33

〈필멸의 초상〉. 심란해지는 말들이 전해지기 시작했다. 오로라대학 내 M의 (남성) 동료 화가가 M의 실종 이후에 "이상하게", "수상쩍게" 행동하고 있다는 내용이었다.

이 '엘크'(물론 '엘크' 아니면 누구겠는가!)는 귀를 기울여주는 사람이면 마구잡이로 무모하게 누구에게든 M에 대해서 말을 꺼냈다. 그는 그녀에 관한 '친밀한 정보'를 가지고 있다고 주장했다. 자기가 그녀의 '조언자'였다고 주장했다. 곧 그는 자신만의 사적인 수사를 행하는 양 행동하고 있었다. 감히 질문을 하고, 심지어 대학의 다른 사람들을 찾아다니며 M과의 관계를 '쪼고' 다녔다. 오로라에 있는 M의 친척들에게 접근하거나, 혹은 접근하려고 했다. (물론, 아버지와 나는 그를 만나지 않겠다고 거절했다.) M이 "무슨 범죄를 당했을까 봐", "어딘가에 자기 의지에 반해 갇혀 있을까 봐" 엘크가 순전하게 걱정하는 것처럼 보였다는 건 알려진 사실이다. 하지만 그의 태도는 공격적이고 위협적이었고, 그의 질문은 그가 걱정하는 동료가 아니라 질투하는 연인이라도 되는 양 무례하게 부적절했다.

아버지와 내가 들은 바로는, 가십을 좋아하는 친척들이 신나서 우리에게 전한 바로는, 엘크는 자기가 M의 삶에 대해서 '친밀한 정보'가 있다고 주장하며 경찰 수사와 직접 연결하려고 했다. 그는 경찰에 무수히 전화를 걸어 경찰이 벌써 알고 있거나, 별로 중요성이 없거나, 부정확한 정보를 나서서 제공했다. 엘크는 오로라 형사들에게 풀머가 사람들은 '열렬히' 그를 부인할 테지만, 그는 가족 누구보다도 마그리트와 더 가까웠다고 뻐겼다. M. 풀머가 이 대학에 고용되도록 한 책임이 있는 사람이 바로 자기, 엘크라는 것이었다. 그는 M의 조언자로서 "오랫동안 비밀 이야기를 들어준 사람"이라고 했다.

형사들은 곧 엘크를 의심하기 시작했다. 몇 번, 그는 술 냄새를 강하게 풍기며 경찰 본부에 나타났다. 그는 감정을 터뜨리며 말했고, 횡설수설 독백을 중얼거렸다. 그러다가 갑자기 자기가 좀 더 말하기 전에 "변호사를 세워야" 되는지 속마음을 소리 내어 말하기도 했다. 그는 M의 '비밀 사명'에서 자기가 '신뢰 받는 협력자'였다는 암시를 했으나, 더 이상 상세하게 설명하기는 거부했다.

형사들이 엘크에게 M과 '관계'가 있었느냐고 대놓고 묻자 엘크는 음흉하게 대답했다. "형사님들, 그건 개인적 질문이군요. 신사라면 비밀을 지켜야 하는 법이지요."

4월 11일에 어디 있었느냐는 질문을 받자, 그는 다시 한번 변호사를 선임해야 하느냐고 물었다. "이 얘기의 목표가 뭐죠?"

엘크는 경찰이 지문을 찍어도 되느냐고 묻자 무척 기뻐했다고 전해진다.

§

"하지만 왜 이 남자를 풀어준 거지?" 아버지는 항의했다.
"그냥 이자가 제 발로 걸어 *나가*도록 놔두다니?"

나 또한 이상하다고 생각했다. 전형적으로 흐리멍텅한 작
은 동네 경찰 같은 업무 처리였다. 그들이 엘크와 내 언니의
증발을 연결할 증거가 없다고 해도, 오로라 경찰은 적어도
대중에게 자기들이 *용의자*를 찾으려고 노력은 하고 있는 양
보이고 싶어 할 것 같지 않은가.

§

내가 M의 스튜디오를 방문하고 대학에서 어색하게 만난
이후에, 엘크는 우리 사이에 어떤 *친교*가 형성되었다고 짐작
한 것 같았다. 내 쪽에서 부추긴 건 아니다!

몇 번이고 이 대담한 미술 작가는 우리 집에 찾아왔고 레
나가 돌려보냈다. 그는 쪽지를 남겼고 나는 그것들을 빠르게
읽어본 후 갈기갈기 찢어버렸다. 그는 전화를 걸고 음성 메
시지를 남겼지만 (나는) 들어보지도 않고 삭제했다. 한번은

우리 집 현관 계단에 사치스러운 꽃다발—향기 좋은 흰 백합, 흰 카네이션, 흰 장미를 습자지로 헐렁하게 싼 것—과 휘갈긴 쪽지를 남겼다.

우리 공통의 상실에 애도를 표하며
당신의 친구 엘크

물론, 나는 이 꽃다발이 황당할 뿐 아니라, 주제넘는다고 여겼다. 나라면 이 꽃다발을 쓰레기통에 그냥 처박아버렸을 테지만, 레나가 그 아름다움에 감탄했고, 아버지는 백합의 향기에 꽤 현혹되고 말았다. (누가 우리를 위해 꽃을 남겼는지는 모르셨다. 나는 아버지를 놀라게 할 마음은 없었기에) 그래서 나의 더 똑똑한 판단과는 달리, 우리는 유리 세공 꽃병에 꽃을 꽂아서 가장 자주 사용하는 방, 부엌에 두었다.

우리 집의 여러 방에 백합 향기가 진동했다. 매혹적이고, 마음에 계속 떠오르는 향기…….

이 직후, 물감 튄 작업복을 입은 구레나룻 배불뚝이 미술 작가는 우표를 사겠다는 명목으로 밀스트리트 우체국에 들어왔다!

그렇게 가까운 곳에서 엘크를 보자 얼굴이 붉어졌다. 다른 창구 앞 줄이 더 짧았는데, 굳이 내 창구 앞 줄에 서서.

(밀스트리트 우체국에서 우리는 업무를 빨리 처리할 이유가 없었다. 처음에 그런 속도를 설정한 사람은 나였는데, 그 때문에 내 동료들은 고객을 응대하는 나의 꼼꼼한 태도에 격분했다. 하지만 그 후 곧, 그들은 나와 일종의 무언의 대결을 꾸며냈다. 화가 날 만큼 사소한 것까지 꼼꼼하게 주의를 기울이며 누가 더 느리게 움직일 수 있는지 보자는 대결이었다. 우리 우체국 지부에 익숙하지 않은 고객들은 줄이 느릿느릿 빠지는 속도에 어리둥절해했다. 동네에 살아서 우리에게 익숙한 고객들은 점차 그에 익숙해져서 멍하니 체념했다. 우리는 연방국 소속 *직원*이었고, 쉽게 해고할 수가 없었기 때문이었다.)

그리하여, 어느 날 오후에 엘크가 나타난 것이었다. 진지하게 나를 바라보며, 나한테 십여 번 딱지 맞은 적이 없는 것처럼 지저분한 구레나룻 속에 미소까지 띠고! 나는 이 남자를 응대할 수밖에 다른 도리가 없었다. 바로 직전에 화장실에 길게 다녀왔으니, 내가 그렇게 금방 다시 빠져나가면 내 동료들이 시끄럽게 항의할 것이기 때문이었다. 하지만 나는 엘크를 올려다보지도 않고, 아는 척하는 인상을 주지도 않기로 다짐했다. 그리고 마치 우리가 오랜 친구라도 되는 양 나를 향해 따뜻하게 인사하는 그의 괴상할 정도로 감미로운 목소리를 무시하기로 했다.

그는 우표 한 묶음을 산 다음 5시에 우체국이 끝난 후에 만나서 한잔할 수 있는지 물었다. 커피라도?

나의 뺨은 열이 올라 쿵쿵 뛰었다. 성이 나서, 나는 웅얼거렸다. "나는 커피 안 마셔요! 커피 싫어하니까!"

그래도 내 심장은 어리석게 쿵쿵 뛰었다. 엘크가 그 교활한 미소를 살짝 띠고, 약간 놀리듯이, 그렇지만 그렇게까지 으스대거나 촌스럽지 않은 태도로 나를 바라보는 눈길은 예상하지 못한 것이었다.

나는 엘크가 우체국 주변이나 아니면 바로 밖에서 나를 기다리며 숨어 있을까 봐 두려웠지만, 그는 그러지 않았다.

그날 밤, 어둠 속 내 방 침대에 잠 못 든 채로 누워서 새벽녘 울리는 오로라대학의 종소리에 귀를 기울였다.

어째서 M은 엘크를 거절했을까? 자기에게 어울릴 만큼 괜찮은 사람이 아니라서? 공주님에게 어울릴 만큼 괜찮은 사람이 있기나 했을까?

§

평소처럼 생각에 잠겨 오래 산책하던 중에 우연히도, 나는 충동적으로 오로라 공립 도서관에 가보기로 결심했다(여기서 이름을 언급하고 싶지 않은 독선적인 노처녀 사서 중 하나와 사소한 말다툼을 한 후 몇 년 동안 발길을 끊은 곳이었다). 거기에는

엘크의 초상화 작품 몇 점이 암울하게 유망해 보이지 않는
〈카유가군 예술가들〉이라는 제목의 전시 한가운데 걸려 있
었다.

부인할 수 없이, 엘크의 캔버스는 석양, 달빛 받은 카유가
호수, 눈 덮인 들판에 조그마하게 그려진 말들을 옅은 색으
로 애교 부리는 척 그린 평범화 수채화 속에서는 단연 돋보
였다. 무례한 외침처럼 바로 눈에 들어왔다.

침침한 빛이 비치는 실내에 앉아 있거나 기대 있는 누드
인물을 그린, 꽤 커다란 그림 세 점. 내가 분간할 수 있는 한
도 내에서는 (나는 그런 광경을 너무 자세히 들여다보는 모습을
남에게 들키고 싶지 않았다) 이 인물들의 성별은 분명하지 않
았다. 화가가 배경(벽지나 벽돌 벽)은 으스스할 정도로 정확
하게 구현했음에도 인물들의 살찐 얼굴과 신체를 녹아들게
표현했기 때문이었다. 이 인물 중 한 명은 여성인 것 같긴 했
다. 형태는 없고, 거의 투명해지기 직전의 거대한 해파리 같
았다. 물들인 빨간 머리카락 올올, 떠다니는 물고기 같은 눈.
소의 젖통처럼 젖가슴으로 합체할까 두려워 너무 자세히 들
여다보고 싶지 않은 핏기 없이 창백한 덩어리. 제목은 〈뮤
즈〉였다.

각 캔버스의 오른쪽 아래 귀퉁이에는 스타일을 낸 검은
글씨로 이름이 자랑스럽게 자리 잡고 있었다. 엘크.

나의 심장은 반감으로 세게 뛰었다. 이런 걸 *예술*이라고 불러?

나는 20세기 예술에 대해서는 아는 것도 별로 없고 신경도 쓰지 않았다. 그런 실험적 작품이 피카소인지 앤디 워홀인지 월트 디즈니인지에게 영향을 받았는지 알 바 아니었다. 엘크의 그림에 대해서도 양가적인 감정을 느끼지도 않았다. 다만 그 작품들은 불편하고 변태적이었다.

노처녀 사서와 마주치기 전에 재빨리 도서관을 나와서야 *숨을 쉴 수* 있었다.

다음 날, 충동적으로 오로라대학까지 걸어갔다. 미술대학 내 복도에는 (이전에 찾아갔을 때 기억으로는) 교수진들이 그린 작품들이 있었다. 그리고 여기에도 도서관에 있는 작품들과 비슷한 엘크의 그림 몇 점이 있었다. 너무 까다롭고 정교하게 그린 배경 속에 녹아서 없어진 얼굴들과 날것의 눈이 드러난 커다랗고 통통하며 야한 누드들. 변태적이고 혐오스러운 작품들.

그래도, 볼 수밖에 없었다. 응시할 수밖에 없었다.

다른 교수진 예술가들의 작품들 그 무엇도 그렇게, 꼴사나운 방식으로라도 엘크의 작품처럼 눈길을 *끄*는 건 없었다. 어떤 단 위에는 M의 대표작인 선명한 백색의 난형 작품이 있었다. 높이 45센티미터가 되는 이 작품은 눈과 귀, 코와 입이 있어야 할 자리에 매끈한 표면만이 있어서 몸에서 분리된 약간 변형된 형태의 인간 머리를 닮았다. 〈영혼 1〉. 나는 그 작품을 보면서 상실감이 찔러오는 기분을 느꼈다. M의 좀 더 소박한 작품들 중 하나로, 그의 창조자가 지상에서 사라진 이 시점에서는 가식적이기보다는 연민을 불러일으키는 쪽에 가까웠다.

복도에 아무도 없는 것을 확인하고 나는 그 머리를 조심스럽게 쓰다듬었다. 나는 그게 쓰러져서 부서지는 사고를 만들고 싶진 않았다.

손가락 끝에 밋밋한 매끈함이 느껴질 거라고 기대했는데, 대신에 돌에는 눈에는 보이지 않는 작은 상형문자가 새겨진 듯 전율과 함께 뭔가 느껴졌다.

언니는 비밀 메시지를 남겨놓은 게 아닐까? 자기가 증발한 후에야 세계가 해독할 수 있도록 남겨놓은 메시지.

그렇다면 M은 증발해버린 것이다. 물론 그 누구도 증발하지는 않는다. 그 누구도 이 세상에서 없어질 수는 *없으니까*.

근처 라운지에는 어디에나 있는 엘크의 그림이 더 있었다. 〈필멸의 초상〉. 이건, 그게 가능할진 모르지만, 좀 더 공적인 장소에 걸린 다른 작품보다 더욱더 세상에 공격적으로 대립하는 작품이었다. 윤곽을 흐리거나 인상주의적으로 표현하지 않고, 충격적일 정도로 현실적으로, 인간의 살과 연약함을 가차 없이 근접 확대해서 그린 작품이었다.

모두 전면을 드러내고 기대어 있는 자세의 누드였다. 낭만적으로 성애적인 육체가 아니라 (르누아르적인 게 *아니라!*) 고전 예술에서는 흔히 보기 어려운 유의 완전한 *나신*이었다. 구김살, 잡티, 주름, 모반, 검버섯, 발진, 횡반, 튼살, 매끈한 피부가 아니라, 반죽처럼 질감이 있고 자갈처럼 오돌토돌한 피부. 햇빛 아래 구워지도록 방치하여 프리카세(다진 고기와 야채를 넣어 익힌 요리.—옮긴이 주)처럼 되어버린 피부. 늘어진 피부, 소시지 껍질처럼 터질 듯 팽팽한 피부, 다시 한번, 연민을 불러일으키지만 오히려 연민을 보이는 강렬하게 응시하는 눈.

너는 우리와 같은 부류가 아니라고 생각하니? 너도 마찬가지야!

추하고 음란했다. 내가 대학의 이사라면, 나는 대중이 관람할 수 없게 엘크의 작품을 치워버리라고 요구하리라 생각했다.

(물론, 아버지는 이사였다. 하지만 나는 그런 하찮은 요청으로 아버지의 심기를 어지럽히지 않을 것이었다.)

심지어 (상대적으로) 젊은 인물들도 무자비한 남성의 시선의 잔인함을 모면할 수 없었다. 눈 밑 부드럽고 그늘진 살, 회색을 띤 치아, 축 늘어진 개구리 같은 얼굴들. 원뿔형 유방, 푹 꺼진 가슴, 늘어진 배, 부어오른 발목. 물렁물렁한 가슴과 샅굴 부위의 음모를 제외하면 여성인지 알 수가 없었다. 갑상선 종양처럼 번들거리는 음낭으로 고통받는 남성은 모두 너무 금방 알아볼 수 있었다.

이 사람들은 누구일까? 누가 이렇게 대담하게 엘크를 위해 포즈를 취했을까? 친구나 지인이 분명했다. *하비, 밀리센트, 엘라, 오토, 미카.*

확실히 전문 모델들은 아니었다. 하지만 왜 대체 누구든 엘크를 위해 포즈를 선단 말인가? 어떻게 누구든 그런 자기 징벌을 고를 수 있을까?

그래도 여전히 〈필멸의 초상〉은 능숙한 작품이라고 나는 생각했다. 엘크는 옹졸하기는 해도 자기만의 비전이 있었고, 그걸 실행할 기술적 기량이 있었다. 그렇게 수고를 들인 정확성, 망원경으로 본 듯한 초밀접 사실주의, *나*는 절대 할 수 없을 것이라고 인정할 수밖에 없었다.

나는 두 사람의 차이에도 불구하고 M이 못마땅하게라도 엘크를 존경했을까 궁금했다. 그녀는 분명히 거드름 피우는 남성에게 반감을 느꼈겠지만, 그의 작품에는 아니었을 수도 있다. 나는 M이 자신과 아주 다른 예술가들 ―오키프, 호퍼, 로스코, 피카소와 마티스를 존경했다는 것을 안다.

〈하비〉에 아주 가까이 다가서자 남자의 지방 낀 가슴에 드문드문 난 털이 내 숨결에 겨우 알아차릴 정도로 살짝 흔들리는 것이 보이는 것만 같았다. 축 늘어진 음낭의 음란하고 빛나는 피부가 놀랄 정도로 현실적이고, 불편할 정도로 내 왼손 바로 가까이에 있었다……

"어이, 안녕하시오."

화들짝 놀라 돌아보니 내 뒤에 엘크가 아주 자기만족적인 얼굴로 서 있었다.

"당신일 줄 알았죠, 풀머 양. ―조지아? 조지나? 복도에서 당신을 본 것 같더라니."

깊이 당황스러워서 나는 그 전시장을 떠나고만 싶었다. 탈출하자!

동시에 이런 생각도 했다. *내 이름을 캐물어보고 다녔군. 나한테 흥미가 있어.*

"이름은 '조진'이에요, 관심이 있으시다면." 냉정하게 나는 말했지만, 얼굴이 붉어지는 게 느껴졌다.

"아, '조진'. 남성적 이름을 여성화한 것이 원본보다 더 남성적으로 들리는 드문 경우로군요. '조지'는 흔해빠진 하찮은 이름이죠, 잊어버리기 쉽고. '조진'은 장중함이 있네요."

장중함. 나는 이게 무슨 뜻인지 알 것만 같았다. *무겁거나 꼴사납지는 않지만, 위엄이 있어 중요하다는 뜻이다.*

(이런 생각을 이전에 전혀 해본 적이 없다는 건 인정해야만 했

다. 내 이름은 나, 볼품없이 움직이는 무성의하고 꼴사나운 공룡에
게 잘 어울리는 이름 같았다.)

(나는 그게 싫었다. 이 이름이 남성 이름의 여성형이라는 게. 하
지만 내가 이름을 딴 건 분명히 여성이었다. 또 다른 모욕.)

나는 엘크가 자신의 스튜디오에서 안달복달하며 산만하
게 누워서 기다리고 있던 게 아닌가 생각했다. 미대생이 아
닌 누군가가 복도를 느긋하게 걸어오나 보기 위해, (텅 빈)
라운지의 전시장을 누가 찾아오나 보려고.

엘크의 얼굴에는 어떤 흥분이 있었다. 기대감의 반짝임.
나의 민감한 콧구멍은 그의 숨결에 위스키 기운이 살짝 섞
여 있는 걸 느꼈다.

"당신이 내 작품에 관심이 있다니 우쭐한데요. 개인 컬렉
션에도 〈필멸의 초상〉이 몇 점 있어요. 아시겠지만 오로라와
이타카에도. 주 수도 미술관에서는 나의 주요 작품을 구매했
고 코닝뮤지엄에서도 전시되어 팔리고 있죠. 〈필멸의 초상〉
에 대한 질문이 있습니까? 저 피부의 재질감을 위해 〈하비〉
에는 특별한 붓을 썼죠. 그리고 그 피부 톤을 위해선 내가 만
든 모든 색을 혼합했어요."

엘크는 열정적이었고, 점점 마음을 터놓으면서 말이 많아
졌다. 여기 관심을 무척 기뻐하는 이 남자의 공적 자아가 있
다. 확실히 문화적으로 순진한 어떤 유의 여성들에게는 매력

적일 것이었다.

하지만 나는 그런 여자가 아니었다. 나는 그의 호언장담을 듣고 싶지 않았다. 나는 엘크에게 더는 여기서 어물쩍거리고 있을 수 없다고 설명했다. 집에서 나를 기다리고 있다. 사실은, 이미 늦었다.

엘크는 개의치 않고 내가 라운지를 빠져나올 때 내 옆에서 일행처럼 사근사근하게 따라왔다. 그는 등이 꼿꼿한 곰처럼 덩치 큰 남자치고는 상대적으로 발이 빨랐다. 우리가 마치 오래된 친구라도 되는 양 그는 내게 속내를 털어놓았다. 그는 영국 화가 프랜시스 베이컨과 더불어 루치안 프로이트의 '가차 없는 눈'에 영향을 받았다고 했다. "우리는 일종의 3인조라고 나는 생각하죠. 미술사가들이 주목할 겁니다. 20세기 중반, 프로이트와 베이컨은 신체의 악몽 같은 초현실주의의 선구자였어요. 그리고 20세기 후반, 엘크가 그 시각을 발전시켜 미학적인 결론을 내고 약간 더 나아갔죠."

부끄러움 모르는 자기중심주의 같으니! 프로이트, 베이컨, 엘크를 같은 선상에 놓고 말하다니.

"나는 프로이트와 베이컨이 초기에 그랬듯이 문외한들에게 공격을 받았었죠." 엘크가 말했다. "─사실상, 아마도 내가 시골 지역에 살기로 선택한 이후로 더 그렇게 된 것 같습니다. 대학의 이사들 몇몇은 불평을 했어요. 내 작품들은 '부패'하고, '음란'하며, '비기독교적'이라는 거죠. 하지만 나는 여기서 종신직을 얻었고, 그 사람들도 나를 해고할 순 없어요. 그랬다간 실제로는 입학자의 삼분의 일이 동문 자녀로 알려져 있는데도, 최우수 학생만 입학시키는 척하는 오로라 대학의 홍보에는 무척 좋지 않을 테니까요." 엘크는 무언가 깊이 생각에 빠져 킥킥 웃었다.

밖으로 나오자, 나는 내 옆에 가까이 붙어 있는 엘크의 존재를 의식했다. 물감이 튄 작업복을 입고, 텔레비전에 나오는 바이킹처럼 머리를 바람에 날리는 고압적인 인물. 보도를 걸어가는데 학부생들이 호기심에 차서 어리둥절해하며 우리를 힐끔거렸다. 두세 명은 *안녕하세요, 엘크 교수님!* 하며 소리쳐 인사하기도 했다. 이 이름이 얼마나 어리석은지는 잊고.

나는 이 남자의 옆에서 점점 더 시간을 보낼수록 그가 덜 어리석어 보인다는 사실을 알 수 있었다. 한 사람이 어리석음을 지각하는 데에 있어서, 그 조롱의 대상이 그걸 인지한다는 기색을 내비치지 않으면, 일종의 침식, 깎여나가는 효과가 있었다.

그는 이 "부르주아적 적들"에 대해 이야기하면서 열심히 자기 구레나룻을 쓰다듬었다. "예술가의 영구한 적수", "누드의 특별한 도전".

"보통 사람의 눈으로는 추하게 보이는 것도 확실한 비전이 있는 예술가들은 아름다움으로 변형하죠. 내 초상에 가까이 서보세요. (당신이 그러고 있는 걸 봤는데요, 조진) 그러면 당신도 그 초상과 하나가 됩니다. 더는 관람자가 아닌 거예요. 얼음처럼 차분하고 초연할 수가 없죠. M의 조각에 그러하듯이요. 내 예술은 당신을 안으로 들어오라고 환영하고, 그러면 당신은 당신의 공통적 인간성, 필멸을 깨닫게 됩니다."

"하지만 왜죠?"

"'왜'라니, 뭐가요?"

"왜 누구든 '공통적'인 걸 깨닫길 원한다는 거죠? '필멸'은 말할 것도 없고요. *나*는 원치 않는데요."

신경질적으로 나는 웃었다. 흥분해서. 엘크에게 가까이 있는 것은 선동, 도전이었다. 엘크처럼 나도 대담하고 무모해지는 기분이었다.

"아하! 당신도 언니처럼 신체를 두려워하는군요, 아닌가요? 당신이 두려워하는 건 여성의 육체입니까, 아니면 남성? 아니면 둘 다?"

"어느 쪽도 아니에요."

"정말로요! '어느 쪽도 아니'라고요."

깊고 자갈 같은 목소리로 엘크는 내 목소리를 따라 했다. 그의 말에 마지못한 동의가 깔려 있는 것 같다고 나는 생각했다.

그 누구도 내게 이런 식으로 말한 적이 없었다. 능력 있는 누군가가 보기에 G가 실질적으로 M보다 더 인상적인 사람이라는 노골적인 암시.

물론이지! 너는 엘크의 타입이니까, 솔직하고 뻔뻔하지. M은 너무 새침하고.

엘크는 내 마음을 읽기라도 한 것처럼, 으스스할 정도로 정확하게 말했다. "그래요, *당신*은 언니보다는 훨씬 더 현실적이군요. *그녀는* 자기를 이 세상 사람이 아닌 양 상상했는데."

기분이 우쭐해지는 말이었다! 나는 M이 이 말을 들을 수 있으면 얼마나 좋을까 하고 간절히 바랐다.

"두 사람은 아주 다른 신체 유형이기도 해요. 당신이 걸을 때는 발꿈치를 딛고 견고하게 걷죠. *그녀는* 더 발레리나처럼 걷고."

엘크는 긍정적인 뜻으로 하는 말 같았지만, 나는 이 비교가 별로 마음에 들지 않았다. 나는 예의 바르게 이제 가야 한다고, 집에서 나를 기다리고 있다고 말했다.

"당신은 미술 작가죠, 조진? 당신은 분명히— 완강한 작가일 거 같은데요."

완강하다. 나는 이 단어를 안다. 뻗댄다는 의미의 단어이

다. 그렇다.

조심스럽게 나는 설명했다. 나는 미술 작가가 아니었다. 누구도 아이였을 때 나의 요구를 달래주지 않았다. 누구도 내가 이기적인 삶을 추구하도록 변명해주지 않았다. 나는 어머니가 편찮으셨을 때 어머니에게, 어머니가 죽고 상심에 빠진 아버지에게 '책임감 있는' 딸이어야 했다. 나를 필요로 하는 데가 따로 있는데, 나 *자신*에게만 집중할 수 없었다. 부모님을 버려두고 뉴욕시로 가버리는 걸 아무렇지도 않게 여긴 내 언니와는 달랐다.

엘크는 재밌어하면서 킬킬 웃었다. "그래요. 미술 작가들은 이기적이죠. 자기최면을 걸고. 피카소가 이런 말을 했습니다. '내게 내 정신보다 더 흥미로운 건 없다'."

지가 무슨 피카소라도 되는 양! 웃기시네.

예의 바르게 나는 엘크에게 작별을 고했다. 아버지가 집에서 나를 기다리신다.

(밀턴 풀머가 이 시간에 딸을 기다린다는 게 말이 되는 일인지. 보통 뉴욕시에 있는 재정 설계사와 통화하는 이때에? 하지만, 엘크, 무례한 엘크는 그런 걸 알 리가 없었다.)

나는 붉어진 얼굴로 숨을 헐떡이며 그 자리를 떴다. 하지만 미소 짓고 있었다, 그래!

엘크는 나를 따라오지 않았다. 억지 웃음을 지으며 내 뒤를 쳐다보고 있다는 걸 알 것만 같았다.

그녀, 여동생. 이름이 뭐더라? 조진.

언덕을 넘어 도로 드럼린로드로 내려와 30분 정도만 걸으면 카유가애비뉴에 있는 우리 집 뒤편으로 돌아올 수 있다. 그때, 요란하게 힝힝거리는 수컷 엘크의 목소리가 뒤에서 부르는 것을 들었다. "만나러 갈게요, 조진! 곧."

34

형사들의 방문. 오로라대학의 선임 상주 작가는 모르게,
그는 M의 4월 실종 직후에 시작된 우리 집의 경찰 수사에서
신문의 대상이 되었다.

엘크가 (고의로?) 형사들에게 의심받는 상황이 되자, 형사
들은 아버지와 내게 그에 대해 물었다. 우리가 아는 한 그가
집을 방문한 적 있었는지, 우리가 아는 한 그와 내 언니가
"친근하거나 친밀한 관계"였는지, 그리고 M이 엘크나 혹은
다른 사람이 자기를 "스토킹"한다고 불평한 적이 있었는지.

이러한 질문에 아버지와 나는 강조해서 대답했다. 아뇨,
아뇨, 아뇨.

"확실하십니까?" 사복 형사들은 우리가 갑자기 마음을 바
꿀지 모른다는 듯, 우리가 설명할 수 없이 잊어버렸던 사건
을 갑자기 떠올릴지 모른다는 듯 미심쩍게 쳐다보았다.

이것이 (지루한) 경찰 신문 방식이기 때문이었다. 다시, 다
시, 또다시, 능력의 최대치를 다해 대답해야 하는 질문을 받
는다. 그래도, 다시, 다시, 또다시 질문을 받을 것이며, 깎아
내리듯이 *귀가 막혔어요? 그 아둔한 질문엔 벌써 대답했다*
고요, 라고 말하지 않도록 인내심을 길러야 한다.

그러나, 마지막으로 형사들이 엘크에 대해서 내게 질문했
을 때, 악의에 찬 충동이 나를 덮쳐서 나는 마그리트가 엘크
에 대한 얘기를 *한 적이 없는지*는 확신할 수 없다고 말하고

싶어졌다. 누군가 M을 스토킹하지 *않았는지*, 그 누군가가 *엘크가 아닌지*는 확신할 수 없다고.

이러한 모호한 억측만으로도 엘크를 곤란에 빠뜨리기는 충분할 것이었다. 그가 이 수사에서 '요주의 인물'이었다면, 그는 이제 '용의자'로 재분류될 것이었다.

다양한 수준의 능력치를 가진 몇몇 경찰 부서가 M의 실종 수사를 대대적으로 홍보했지만, 여름이 끝나는 시점까지도 진짜 '용의자' 한 명 나오지 않았다. 그들은 월터 랭 같은 불운한 호구들이나 내 언니의 다른 남자 친구들, 연인으로 추정된 자들, 지인들, 동료들을 신문했지만, 누구에게도 M의 증발과 연결할 만한 증거는 없었기에 아무도 체포하지 않았다. 이들 중 누구라도 M을 위협적으로 대했다는 목격자 진술도 없었다. 제보 전화나 편지도 없었다.

그리하여, 다시 한번 '엘크'가 우리 집을 방문한 적 있느냐는 질문을 받았을 때, 나는 딱 눈치챌 만큼만 망설이다가 고개를 저으며 *아니요*, 라고 답했다.

"확신합니까, 풀머 양. '엘크'가 댁에 한 번도 방문한 적 없다는 거죠?"

"제가 알기로는 없어요."

"언니분이 그를 초대한 적 없다는 걸 확신합니까? 아니면, 그가 언니분을 보러 왔다든가?"

다시 한번 나는 망설였다. 하지만 그다음에는 마치 후회하듯이 고개를 가로저었다. *아니요.*

"그러면, '엘크'라는 남자가 언니에게 관심을 가졌을지도 모른다는 얘기를 다른 사람에게 들은 적도 없다는 겁니까? 언니분을 괴롭혔거나, 따라다녔거나? '스토킹'을 했다거나?"

아니요, 그리고 아니요.

사실상, 나는 고백은 하지 않겠지만, 누가 언니를 괴롭히거나 스토킹했대도 언니는 (아마도) 아버지와 내게는 그 얘기를 하지 않았을 것이었다. 언니는 고등학교 때 자기를 공격한 남자에 대해서도 내게는 한 번도 말한 적이 없었다. 한두 번 내가 교묘하게 그 화제를 꺼냈지만, M은 나를 쏘아보고 몸을 돌려 그 자리를 떴다.

네가 상관할 일 아냐! 난 네 연민이나 동정을 원하지 않아.

엘크를 보호해줄 특별한 이유는 없었지만, 나는 실종 여성의 괴로운 여동생에게 기대되는 이상으로는 경찰에 협조하고 싶은 마음이 없었다. 나는 원칙적으로 모든 권력, 어떤 유의 권력이든 다 싫어했다. 보통, 나한테 뭘 해라 마라 할 수 있다고 상상하는 남성들이었다. 경찰력은 그런 종교 같은 유형이었고, 자기들의 지시에 따라 백신을 맞아야 한다고 주장하는 공중 보건 공무원들도 마찬가지였다. 시시한 폭군들! 장난을 치고 싶은 나의 성향과 권력을 훼방놓고 싶은 나의

성향을 저울질해보고 나는 다시 한번 강조해서 고개를 젓기
로 했다. *아니요.*

"내 언니는 '엘크'처럼 세련되지 못한 사람과 엮이기에는
훨씬 더 취향이 좋아요. 이 천박한 인물에 대해서 내가 말할
수 있는 건 이게 다입니다."

아주 조심스럽게 나는 *좋았어요*, 라고 하지 않고 *좋아요*,
라고 말했다.

이 말에 형사들은 서로 시선을 교환했다. 나는 열이 올라
얼굴이 붉어진 느낌이 들었다. 그들이 나를 좋아하지 않는다
는 사실을 무척 잘 알았기 때문이었다. 평범하기 짝이 없는
남자들은 자기 주장이 강하고 두려움 없는 여자들을 싫어한
다. 그래도, 바보들이 나를 존경한다면, 내가 바랐던 건 그게
전부였다.

"마지막으로 한 가지만 더 묻겠습니다, 풀머 양. 엘크가 당
신에게 접근한 적 있습니까?" 이 말에 나는 허를 찔렸다. 아
주 약간이지만.

"나요! 어째서 그런……."

이제 나는 정말로 곤란에 빠져 불쾌했다. 이런 어색한 순
간에는 아무 말 할 수 없었다.

"아니, 확실히 아닙니다." 좀 더 선명히 말하기 위해 헛기
침을 했다. *"그런 적 없어요."*

그들은 엄숙하게 경고했다. "만약 엘크가 접근하면 저희에게 알려주십시오. 그 사람은 위험할 수 있으니까."

"'위험'하다고요! *그 사람이*." 나는 웃으려 했지만 몸이 떨렸다.

그는 나와 있을 때는 완벽한 신사였거든요. 고맙지만.

엘크가 "말썽을 일으킨 일들"이 경찰에 신고되었다고, 형사들은 말했다. 특히 학부 여대생을 대하는 태도가. "정확히 행동에 옮긴 건 없습니다만 위협적이라고 할 만한 행동이 있었죠. 일종의 성희롱으로, 자기가 그린 나신의 여자 그림들을 보여주었다는 겁니다. 하지만 그는 영리하게도 빠져나갈 수 있는 범위 안에 머물렀더군요."

나신의 여자 그림들! 〈필멸의 초상〉에 대한 얼마나 단순한 묘사인지.

갑작스레 유쾌함이 치미는 기분이었다. 이 시골 사복 형사들은 나에 대해서 아무것도 모르고, 내가 무엇을 할 수 있는지도 모르고, 내가 얼마나 큰일을 벼려왔는지도 모르는 주제에 내가 우쭐거리며 남에게 으름장이나 놓는 미술 작가 엘크를 두려워할 거라 상상하다니. 그들이 어린애 같은 놋쇠 배지의 권위로 *나에게* 충고할 수 있다고 생각하다니.

이만하면 됐어! 이 면담은 끝났다.

씩씩하게 나는 일어서서 형사들을 지나쳐 문으로 갔다. 다시 한번 형사들은 비웃음이 나는 엄숙한 목소리로 엘크와의 모든 접촉을 피하고 그가 내게 연락하면 곧장 경찰에 전화하라고 경고했다.

"물론이죠! 그렇게 할게요. 바로 경찰에 전화하죠. 아주 감사합니다, 형사님들! 그리고 아버지도 감사하실 거예요. 행방불명된 내 사랑하는 언니를 찾아서 안전하게 우리에게 돌려보내는 데 그렇게 큰 도움을 주셨으니까요."

잘 손질한 면도날처럼 조심스럽게 갈고닦은 나의 빈정대는 말에 그들이 뭐라고 반응하기 전에, 나는 이 바보들의 놀란 얼굴에 대고 문을 확 닫아버렸다.

35

'티타임'. 그래도 어쨌든 무슨 일인가 일어났다. 아버지는 사업 때문에 출장을 가시고, 레나는 오후 휴가를 내고, 나는 우체국에 병가를 내고 집에 있던 환한 가을날, 엘크는 결국 카유가애비뉴 188번지를 방문했다.

단지 "차 한 잔만" 하고 가라고. 나는 그렇게 주장했다. 딱 한 시간만.

최근 몇 주 동안 엘크는 내게 무척이나 주의를 기울였기에(우리 집 우편함에 내게 보내는 작은 쪽지를 남긴다거나, 밀스트리트 우체국에 들러 내 창구 앞에서 참을성 있게 줄 서서 기다린다거나, 길에서 '우연히' 몇 번 마주친다거나), 나는 결국 웃어버리고 손을 들었다.

얼마나 당황스러웠는지! 특히 물감 튄 작업복을 입고 구레나룻에 머리를 히피처럼 길게 기른 이 미술 작가가 우체국에 나타나 우표 묶음을 (또 한 장) 사겠다고 했을 때 나의 동료들은 놀라서 쳐다보았다. *저 남자가 조진 풀머에게 수작을 거는 거야? 그런 일이 있을 수 있어?*

내 전략은 늘 바보들은 무시하자는 것이었다. 그래서, 나는 이 무지한 참견꾼들은 무시했다.

엘크가 어찌나 *끈질기게* 구는지, 처음에는 화가 났고, 그다음에는 약간 웃기고, 우쭐한 기분이 들기도 했다. 나는 마그리트가 고등학교 다닐 때 남자애 한둘이 늘 방과 후에 그녀와 '우연히' 마주쳤던 일을 떠올릴 수밖에 없었다. 그들은 내 인기 있는 언니에게 반했고, 언니는 그들을 무시하거나 비웃었지만 이따금은 예측 못 하게 *좋아*, 괜찮아라며 그들과 데이트하러 나가겠다고 했다.

M은 예측할 수 없었으니까. 아마도 아름다움이란 예측할 수 없기에, 그를 파괴하고 싶은 충동이 그렇게 강한 것인지도 모른다.

하지만 남자가 나를 따라온 건 이번이 처음이었다. 내 인생 처음으로 남자의 *끈질긴 접근*과 맞부딪쳤다.

엘크는 유서 깊은 오로라 인에서 내게 점심이나 저녁을 사주고 싶어 했다. 내 인생에서 그런 초대도 처음이었지만 (아, 내겐 다른 선택지가 없었으므로!) 마지못해 거절해야만 했다. 그렇게 공공연하게 외출을 한다면 그 소식이 내 아버지의 귀에 곧바로 들어갈 것이고, 아버지는 당신의 딸이 (겉보기에) 악명 높은 지역 '용의자'와 (겉보기에) 어울려 다닌다는 데 격노하실 것이었다.

아버지에게 엘크가 으스대는 마초적인 면모에도 불구하고 (사실은) 신사이며 나를 존중하고 실로, 엘크는 그와 마그리트 사이에는 존재하지 않았던, 우리 사이의 공통점을 인식했다는 사실을 설명할 길이 없었다. 경계심이 극도로 높아져서 실질적으로 오로라의 모든 사람을 의심하고, 더욱이 당신이 마주치는 사람의 절반이 M의 실종에 대해서 본인들이 인정하는 것 이상으로 알고 있다고 확신하는 아버지에게 엘크는 분명히 *위험하지 않다고* 설명할 길이 없었다. 위협이 아니다.

"오로라 인에서 식사가 안 된다면, 조진, 그러면 어쩌면 호숫가 산책은 괜찮을까요? 호수 주변 드라이브나?" 그렇게 엘크는 간청했다. "이 아름다운 가을 날씨는 영원히 지속되지 않잖습니까. 곧, 겨울이 될 거고, 오로지 가장 모험심이 넘치는 부류만이 자기들의 토끼굴에서 나오려 할 겁니다."

명랑하게, 마치 술을 마신 사람처럼 엘크는 말했다. 축제 기분에 젖어, 신이 나서, 약간 무모하게. 토끼굴에 관한 이 (이상한) 이야기는 어두운 기운이 있었기 때문에 나는 살짝 불안한 떨림을 느꼈다.

그는 내가 자기가 M이 있는 곳을 알고 있다고 생각하길 바라고 있어. M이 묻혀 있는 곳, 토끼굴 속에서······.

나는 가쁜 숨으로 초조하게 웃었다. 나를 바라보는 엘크의 번들거리는 파충류 눈은 불쾌하면서도 흥분되었다.

"우리는 서로 할 말이 많잖아요, 조진. 결국에는."

내가 완전히 명백한 사실을 부인하고 있기라도 한 양 익살스럽게 질책하는 분위기를 풍기는 말이었다.

사실이었다. 엘크와 나는 놀랄 정도로 편안하고 친밀하게 이야기를 나누었다. 대학에서 M의 스튜디오에서 처음 대화를 주고받을 때부터 그랬다. 물론, 우리에겐 M이라는 화제가 있었지만 단순히 M만은 아니었다. 실로, M은 그저 우리 관계의 시작점일 뿐이었다.

호숫가를 드라이브하자는 제안에 혹하긴 했어도, 이것 또한 너무 공공연한 소풍이어서 아버지의 귀에 들어갈 수 있었다. (사실, 참견꾼 형사들의 귀에도 들어갈 수 있었다.) 대신, 충동적으로 나는 차를 마시러 오라며 엘크를 우리 집에 초대했다. 딱 한 시간. "아버지와 우리 가정부가 집을 나간 동안만이에요. 우리는 아주 엄밀히 사적으로 만나는 거니까."

"'사적'이라고요! 네, 좋습니다." 엘크는 기대감으로 얼굴을 환히 밝혔다.

나의 얼굴은 열이 올라 쿵쿵 뛰었다. 오, 나는 그런 말을 하려 했던 게 아니었다. *사적*이라는 말은 내가 의도한 단어가 아니었다.

"내 인생 첫 번째 '티타임'이네요." 엘크는 윙크를 하며 말했다.

그리하여, 온화한 10월 날 엘크는 오후 4시 30분 정시에 우리 집에 도착했다. 나는 최소한 오후 3시부터는 초조하게 기다리고 있었다.

엘크가 나타나지 않을까 두려워하면서, 엘크가 *나타날까*

두려워하면서.

첫 번째로 놀랐던 일: 엘크는 평소처럼 물감 튄 작업복이 아니라, 그의 둥근 체형에 어느 정도 맞는 청바지와 재킷을 입고 왔다. 목에 맨 가죽 끈에는 미국 선주민 작품처럼 보이는 목각 올빼미가 걸려 있었다. 그의 분위기는 경쾌했으며, 어깨 길이의 구불구불한 회색 머리카락과 구레나룻은 합성섬유 같은 윤기가 흘러 번들거렸다.

나는 약간 초조해서 어색하게 그를 맞았고, 그는 우리 집 현관에 들어서면서 빤히 바라보다가 눈을 깜박였다. 분명히 우리 집의 규모, 그리고 아마도 이 음울하게 장중한 영국식 튜더 양식에 기가 죽은 듯했다. 하지만 미술 작가로서, 반항아로서, 초마초적 남성으로서, 부르주아 계층의 건장한 적으로서, 그는 본질적으로 놀림이 깔린 조롱 조의 말을 억누를 수가 없었다. "뭐! 조진 풀머 양! 당신과 언니분은 *트레스 콤포르타블레* (매우 편안한) 환경에서 태어나셨군요?"

나는 직접적으로 M을 언급하는 이 말에 잠깐 움찔했지만, 간신히 사람 좋게 웃어넘길 수 있었다.

로맨틱 코미디에 나오는 기운 찬 젊은 여성의 활발하고 날카로운 어조로 말했다. "당신 말이 맞아요. 우리는 그 환경에 '태어난' 거죠, 사고처럼. 일부러 낳아달라고 한 건 아니고요."

이 말은 내게는 재치 있는 대꾸 같았다. 하지만 엘크는 이에 기사도적으로 어깨를 으쓱하면서 대응했다.

"사과를 할 필요는 없습니다, 조진. 나 자신도 '안락한' 미국 중상류층의 허식 속에서 태어났으니까요. 저는 열여덟 살에 거기에 등 돌려버렸지만."

대담하게, 권하지도 않았는데, 엘크는 나를 성큼성큼 지나쳐 거실을 들여다보며 잇새로 가늘게 휘파람을 불었다. "이건 뭡니까, 골동품? 목각 마호가니 가구? '동양' 양탄자? 박물관 같네요."

"음, 우리는 그 방은 거의 쓰지 않아서……."

"물론 쓰지 않겠죠. 시체 방부처리액 냄새가 나는데요."

이 남자의 무례함은 미리 생각해둔 건 전혀 아닌 것 같았다. 나는 멍청하게 문을 열어버렸다가 다시 문을 닫는 법을 모르는 사람처럼 그의 등 뒤를 바라보며 서 있기만 했다. 이번이 내 인생 처음으로 친구를 내 아버지의 집에 초대한 것이었나? *남성인 친구를?*

너무 늦었어, 조진. 너는 네 자신을 웃음거리로 만들 뿐이야.

……위험에 처한 바보, 실로.

내가 엘크에게 집 내부를 보여주려 하지도 않고, 이 빛이 침침한 아래층 방들의 전등 스위치를 켜지 않았는데도, 엘크는 계속 옆방, 어머니가 응접실이라고 부르던 방으로 나아갔다. 그는 호기심 어린 눈길로, 벽에 걸린 그림 액자들이나 두꺼운 중국제 양탄자, 벨벳 쿠션이 깔린 소파와 의자, 스타인웨이 소형 피아노를 힐끔거리며 돌아다녔다. "맙소사! 참 아름다운 피아노네요. 이거 진짠가요?" 거칠게 그는 몇 년 동안이나 열린 적 없던 건반 뚜껑을 열더니 건반을 하나, 또 하나 거칠게 눌렀다. "음이 나갔네요."

멍청한 사과를 웅얼거리지 않으려고 입술을 꼭 깨물었다. 불한당들의 힘은 뭘까? 뻔뻔하고 무례하긴 해도 나머지 우리들을 불안하게 만들고 그들을 실망시킨 것 같아 사과하게 만드는 이 힘은? 그리고 어째서 나는 M의 피아노가 음이 나갔든 아니든 신경 써야 하는 걸까?

"피아노를 칩니까, 조진?"

조진. 엘크의 입술에서 나온 내 이름은 내게 이상한 영향을 끼쳤다. 약함, 전율, 흥분된 기대감, 미친 듯이 웃고 싶은 욕망.

이런 생각을 하고 있어도 마찬가지였다. *그래, 하지만 이 남자는 너를 조종하려고 하고 있어. 그는 자기 존재가 금지된 집의 출입증을 얻은 거야. 조심해!*

청소년기의 소녀처럼 당황스러워진 나는 이제는 별로 중얼거리지도 않았다.

"M이 피아노를 쳤냐고요?" 나는 겉보기에는 무심코 던진 것 같은 이 질문에 마음을 단단히 다졌다.

"별로 그렇진 않았어요. 언니는 금방 그만뒀어요. 저는 몇 년 더 유지했고요."

이 (무해한) 거짓말이 혀에서 너무 수월하게 튀어나왔다. 엘크는 너무 쉽게 그 말을 믿는 것처럼 보였다. 나는 헬륨 가스가 가득 찬 풍선처럼 뿌듯한 기분이 들었다.

너무 편안하다. 나는 생각했다. 엘크와 나는 함께 있을 때 너무 편안했다.

"흠, 이건 뭐죠?" 엘크는 벽에 걸린 특별히 무거운 금테 액자 안에 든 풍경화를 알아보았다. 그는 몸을 가까이 숙이고 눈을 가늘게 떴다. "이거 블레이크록입니까, 정말로?"

널리 가지를 뻗친 키 큰 느티나무, 위에서 내려다본 그림자 진 작은 호수 말고는 명확한 특징이 없는, 어두운 색조에 구름이 짙게 드리운 풍경화. 그림 자체도 그렇게 크지 않았지만, 금테 액자 때문에 더 왜소하게 보였다. 어째서 누가 수고롭게 저런 밋밋한 시골 풍경을 그리려 했는지 자체가 내게는 수수께끼였다. 나는 평생 그 그림을 봐왔지만, 보지 않은 것이나 다름없었다.

무지하게 보이지 않으려고 나는 엘크에게 방어하듯이 나도 그렇게 생각한다고 말했다. "'블랙록'이죠. 여기 항상 있었어요."

"블레이크록이죠. 랠프 앨버트 블레이크록. 19세기 미국 '고딕' 화풍 화가예요. 이건 분명히 그의 주요한 작품은 아니지면 그래도 꽤 가치가 나가죠."

꽤 가치가 나간다. 나는 이게 무슨 뜻인지 알 수가 없었다. 500달러일까, 50만 달러일까? 중고 가게에서 그 그림은 25달러 이상 가치는 없을 거라고 나는 확신했다.

도배지를 바른 응접실 벽에는 내가 기억하는 한 엘크 이전에는 그 누구도 진지하게 바라보지 않았던 유화 장식 액자들이 몇 점 걸려 있었다. 집 안에 있는 대부분의 가구들처럼 이 그림도 오래전에 태어난 풀머가의 조부모들에게서 물려받은 것이었다. 연방 정부 세금이든, 주 세금이든, 소득세든 부동산세든 세금이라곤 없던 때였다. 우리의 '강도 남작' 조상들이라고, M은 약간의 경멸을 담아 코웃음을 치며 부르곤 했다.

물론 마그리트 풀머는 그들을 경멸할 때조차도 풀머가의 *일원*이라는 특권을 누렸다.

"맙소사! 이건 라이더 작품이에요?"

엘크는 흥분해서 작은 유화를 들여다보고 있었다. 마직물을 투과해서 본 것처럼 흐릿한, 아주 어두운 곳에서 형광의 빛을 발하는 바다 풍경이었다. 하늘에서 둔탁하게 빛나는 작은 달이 당밀처럼 걸죽한 파도 속에서 조각조각 비쳤다. 이 (괴상한) 그림 또한, 나는 평생 보아왔지만 보지 않았고, 나는 이 화가가 누군지도 전혀 몰랐다. *라이더?*

"맞네! '앨버트 핑컴, 라이더'. —〈월출〉. 하지만 표면이 심하게 악화되었네요. 금이 갔어요. 그는 역청으로 그림을 그렸는데, 이건 시간이 흐르면 까맣게 변하죠. 더욱이 이 집 안의 공기는 너무 건조해요. 이렇게 연약한 그림을 위해서는 일종의 기후 조절이 필요합니다." 엘크는 크리넥스 휴지처럼 멍한 내 얼굴을 보고 분개한 듯 웃었다. "당신네 가족 중에서는 아무도 신경을 안 씁니까? 아는 사람이 아무도 없어요? 분명히 M은 이게 희귀한 라이더 작품이라는 걸 알아봤을 텐데."

또 M의 이야기! 오, 어째서 우린 늘 M의 이야기를 했던 걸까?

뻣뻣하게 나는 말했다. 내가 기억하기로, M은 나만큼이나 우리 집에 있는 '예술품'에 별다른 관심을 주지 않았다고.

(이 말은 사실일까? M은 '강도 남작들'과 멀찍이 있고 싶어 하긴 했다. 그게 다였다.)

유난히 아둔한 학생을 대하는 교수처럼 엘크가 설명했다. 앨버트 핑컴 라이더는 19세기에서 20세기까지 살았던 괴짜 화가였지만, 늘 외부자였다고. 고독하고, 세상 물정에 관심이 없고, 화가로서 비전문적이라서 자기 작품의 보존에는 관심이 없었고, '시적', '신비적'이라고 하는 개인적인 도상 체계의 창조자였다.

그는 화가로서 오랫동안 활동했지만, 그의 그림 중 현존하는 그림은 많지 않다. 그리고 이 중에 꽤 많은 작품들이 복원할 수 없을 정도로 손상되었다.

그 생각이 막 머리에 떠오른 것처럼 엘크는 이 그림을 '복원가'에게 가져가 봐야겠다고 말했다. 그는 시러큐스에 있는 사람을 안다고 했다.

"표면에 있는 이 작은 금들 보이죠? 이걸 처리하지 않으면, 그림이 떨어져 나갈 겁니다. 하지만 너무 늦진 않았어요. 아마도요."

엘크가 그림을 벽에서 떼어내려고 움직였다. 갑자기 나는 불안해지며 경계심이 바짝 들었다.

안 돼요! 아버지가 그 그림이 없어진 걸 알 거예요, 나는 항의했다. 그림이 어디 있는지 아버지에게 설명하기는 너무 어려울 것이었다…….

아버지는 당신이 누군지 알고, 혐오하니까. 당신이 M의 증발 사건의 '용의자'라고 생각하니까.

엘크는 재빨리 말했다. "봐요, 내가 대체품을 하나 주죠. 나는 이 정도 크기의 모작은 쉽게 만들 수 있어요. 액자는 중고 가게에서 찾을 수 있을 겁니다. 어떤 물감을 써야 할지도 알아요. 청록색, 무지갯빛 흰색, 암청색, 하지만 주로는 암흑색이죠. 내 물감을 섞으면 돼요! 한 시간이면 할 수 있을 겁니다. 이 그림은 현재 상태로는 너무 어두워서 세세한 부분까지 분간할 순 없어요. 세계에서 가장 모사하기 쉬운 작품이죠. 탁한 달, 물 위에 비친 달빛. 모든 것이 뭉개져 있어요. 윤곽이 흐릿하죠. 꿈처럼. 전형적인 라이더 그림이에요. 키치적이지만, 정통적으로 키치하고 유치하지 않죠. 물론, 저 작은 금까지 재현할 순 없지만, 아버님은 알아채지 못할 겁니다. 내가 보증하죠."

최면에 걸린 듯, 나는 엘크의 계략에 귀를 기울였다. 놀랍게도 엘크는 그의 작품과는 완전히 다른 또 다른 시대의 예술 작품에 대해서도 무척 잘 알고 있었다. 그리고 그는 정말로 *신경 쓰는* 것처럼 보였다.

다음 순간, 상식의 목소리가 나를 타일렀다. *아니, 불가능해.*

"제발— 안 돼요. 나, 나는 그 그림을 떼어 가도록 놔둘 순 없어요. 지금 당장은 안 돼요."

연약한 목소리로, 나는 사과하듯 말했다. 나는 엘크의 실망보다는 아버지의 분노가 더 두려운 것처럼 보였다.

"무슨 말입니까, '지금 당장은 안 된다'니요? 그럼 다른 때는 괜찮습니까? 왜죠?"

엘크는 얼굴을 찡그리고 있었다. 그의 손가락이 움찔거렸다. 그 작은 그림을 벽에서 떼어서 들고 가버리고 싶어서 안달이 나 있었다.

나는 더듬거렸다. 아버지는 그 그림이 사라지면 즉시 알아채실 것이다. 아버지는 이 집 안의 골동품에 무척 애착을 품고 있다……

"물론, 라이더 작품을 벽에 걸어두고 있으니. 알아차리시겠죠. 당신 컬렉션에 지대한 관심이 있는 분이시겠죠, 명백히." 빈정대는 말이 납처럼 무거웠다. 엘크가 내 발을 세게, 더 세게, 더더욱 세게 밟은 것만 같았다.

나는 엘크에게 라이더 그림의 문제는 아버지에게 곧 알려드리겠다고 약속했다. 그 작품을 살펴보시라고 하고 표면이 어떻게 갈라지고 있는지 보여드릴 것이었다. 그런 다음에 미술학교에서 누군가 검사하러 와서 전문적인 충고를 해주는 건 어떨지 제안을 드리겠다……

"그러면 이 누군가는 나겠죠? 아니면?"

"그게, 그 '누군가'는 당신일 거예요."

"그런 다음에는요?"

"그런 다음에는, 뭐요?"

"당신 아버님이 그림을 복원하도록 하시겠죠? 이제껏 아무도 본 적이 없는 그림에 그렇게 큰돈을 쓰실 겁니까?"

"그 그림이 당신 말대로 그렇게 유명하다면……."

"음, 유명한 건 아니에요. 하지만 희귀하죠."

엘크가 그 그림을 착복하려고 한다는 생각이 내게 떠올랐다. 그의 계획은 절도였다.

그는 그림을 가져가버린 다음에 대신 우리에게 '모작'을 남겨놓으려 했다. 그러면 나는 비겁한 나머지 감히 이 절도 사실을 아버지에게 폭로하지는 못할 테니까.

능수능란하게, 함박웃음을 지으면서, 엘크는 화제를 바꿨다. "〈월출〉은 될 대로 되라죠. 그러면…… '차'를 마실까요."

이 말에 안심이 되었다. 나는 방문객과 나 사이에 긴장감을 불러일으키는 듯 보이는 이 집의 더 오래되고 어두운 구역을 한시라도 빨리 벗어나고 싶었다.

자긍심 넘치는 태도로 나는 엘크를 카유가호수가 내려다보이는 집 뒤 일광욕실로 안내했다. 여기는, 모든 게 다 밝고, 바람이 잘 통하고, '골동품'으로 어지럽혀져 있지도 않았다. 모든 벽이 다 유리판이기 때문에 벽 장식물도 없었다. 바닥에는 M이 고른 황적색 스페인제 타일을 깔았다.

"아름답네요!" 엘크는 비꼬는 어조 없이 탄성을 질렀다.

이제, 그는 다시 나를 좋아할 거야. 이제 다 괜찮아질 거야.

나는 잠깐 실례하겠다고 말하고 서둘러 찻잔을 챙기러

갔다.

인생 처음 있는 일: *차를 대접하다.*

부엌에서 나는 숨도 못 쉬고 다시 끓인 주전자의 물을 작은 찻주전자에 옮겨 부어 얼그레이차(티백)를 우려냈다. 나는 부엌을 늘 '여자들의 장소'라고 생각하는 경향이 있었기에, (나는 피할 수만 있다면 나를 '여성'으로 정체화하지 않았다. '여자'란 남에게 호구가 되기 쉬우니까) 부엌에서는 편안하지 않았다. 엘크를 위해 차를 준비한다는 건 계산해야 하고 차 포장지에 쓰인 조리 방법을 따라야 하는 심오한 사건이었다. 나는 몇 년 동안 손을 대지 않은 먼지 낀 웨지우드 찻잔을 헹굴 정도는 정신을 챙겼다. *트레스 콤포르타블레한* 삶을 등졌다고 온갖 허세는 부렸지만 엘크가 그런 삶에 있는 깨지기 쉽고 값나가는 아름다움을 감상해주길 바랐다.

찻주전자와 컵, 설탕과 크림, 스코틀랜드산 귀리 '비스킷'을 쟁반에 담아서 일광욕실로 가지고 가자, 엘크는 실망한 어린아이처럼 멍한 표정으로 응시했다. "'차'를 마시자는 게 진지한 말이었네요."

"아, 커피 쪽이 좋으세요?" 또 한 번 실수를 저질러버렸다는 당혹감이 닥쳐왔다.

"맥주 있습니까? 와인이라도?"

"아버지께 스카치 위스키가 있긴 한데."

"뭐, 본인 방식을 벗어나면 안 되죠." 엘크는 중립적으로 말했지만, 바라는 티는 역력했다.

에든버러에서 온 선명한 빨간 격자무늬 양철통에 담긴 거친 질감의 귀리 비스킷은 아버지가 좋아하는 간식이었다. 비싸지만, 그렇게 맛있진 않고(라고 나는 생각했다), 어쩌면 약간 퀴퀴한 냄새도 나는 것 같았지만, 엘크는 하나 깨어 물더니 게걸스레 씹었다.

카유가호수는 다시 흔들리고 있었다. 하루의 끝 무렵, 바람은 칭얼거리듯 높아지고 있었다. 아까까지만 해도 햇볕이 비추었지만 이제 하늘은 망치 머리 모양 구름이 가리었다. 계산해보니 아버지가 돌아오시기 전 적어도 90분 정도는 시간이 있었다. 만약 레나가 좀 더 일찍 돌아오더라도 그렇게 큰 문제는 아닐 것이었다. 레나는 아버지를 방해할 만한 말은 아무것도 전하지 않을 것이기 때문이었다. 레나는 또한 고용주에게 일러바치지도 않을 것이었다. *사장님이 안 계신 동안에 따님이 위험한 '용의자'를 집 안으로 불러들였어요.*

서둘러 나는 아버지의 술장에서 술병을 꺼내러 갔다. 매캘런 하일랜드 싱글 몰트 스카치 위스키. 이미 뚜껑은 땄고 4분의 3쯤 차 있었다.

엘크가 만족스럽게 바라보는 동안, 나는 따뜻한 갈색이 감도는 액체를 위스키 잔에 따랐다. 나는 다른 걸 더해야 할까 생각했다. 물이나 각얼음? 하지만 엘크는 내 손가락에서 잔을 감사히 받아 들더니 꿀꺽 삼키면서 고개를 끄덕였다. "네, 이거면 되겠네요. 고마워요."

그 직후, 우리가 이야기를 나누는 동안 엘크는 잔을 가져다 자기 잔 옆에 놓았다. "내가 직접 따라 마실게요, 조진. 내 시중을 들 필요는 없어요."

내가 손님을 대접하는 일은 드물기 때문에 나는 나의 실종된 언니와 *상관없는* 말은 뭐가 있을지 생각을 훑어보았다. 하지만 엘크는 무겁게 한숨 쉬고 슬프게 미소 지으며 막 생각해낸 것처럼 말했다. "조진, 마그리트의 방을 보여줄 수 있겠습니까? 아무것도 만지지 않겠다고 약속할게요."

"난, 난 안 될 것 같아요. 미안해요."

뻣뻣하게 나는 말했다. 너무 오래 우린 얼그레이차를 마셨더니, 혀에 짭짤하게 기분 나쁜 맛이 느껴졌다. 엘크는 내 얼굴에 떠오른 극심한 불쾌감의 표정을 보더니 상처받은 듯했다. 그러더니 약간 충혈된 눈을 크게 떠서 내게 붙박고는 공감한다는 의미로 고개를 끄덕였다.

"M의 방은 2층이에요." 나는 조심스럽게 말했다. "방들은요. M에게는 일종의 아파트가 있었어요. 일종의 아파트가 *있어요.* 거긴 건드리지 않고 놔두었어요. 대체로는요. 아버지는 M이 돌아올 거라고 확신하시니까요."

"하지만 경찰이 그 방들을 수색했죠?"

"그, 그래요. 경찰이 그 방을 수색했죠." 사실상, 경찰관 몇 팀이 몇 번이나 했다. 혐오스럽게도. "우리가, 아버지와 내가 함께 있었어요. 그리고 우리는 그 사람들이 마구 들쑤시지 못하게 했죠. 그리고 지금은 거긴 이전 그대로예요. 대체로는요."

"2층이라고 했죠? 정확히 어딥니까?"

"집의 이쪽, 호수 전망이 있는 데예요."

"아주 좋네요. 하지만 놀랍진 않아요."

우리 둘 사이. 친밀감의 *떨림*, 엘크와 나는 M과 대척점에 있다.

사과하듯이 나는 말했다. "그럴 순 없을 것 같아요. 내 말은 아버지는 낯선 사람에게 마그리트의 구역을 보여준다는 건 적절하지 않은 일이라고 생각하실 거라는 거죠……."

"'아버님'이 그것에 대해 아셔야 할 필요가 있을까요, 조진?" 엘크는 놀리면서 내게 거의 윙크하듯 눈을 깜박였다.

"나, 나, 나는 아버지가 알아내실까 걱정이 돼요."

"하지만 당신이 말씀드리지 않는다면 '아버님'이 어떻게 알아내시죠?"

"아버지는, 어떻게든, 아실 수 있어요……."

이 말은 너무도 약하게 나왔지만, 엘크는 내 사정을 봐주었다. "이해합니다, 조진. 물론이죠. 하지만 당신도 알잖아요. 나는 마그리트에게 낯선 사람이 아니라는 걸. 당신도 그 사실을 알잖습니까."

당신은 그녀의 연인이었나요? 그리고 아직도 그녀를 사랑하나요?

나는 조용히 있었다. 비난받은 기분이었다. 심장이 가슴속, 서투른 고통 속에서 울렁거렸다.

엘크는 대화를 일반 화제로 돌렸다. 현대미술, 그의 과잉과 대망. 어떻게 추상 표현주의의 "공허한 아름다움"이 팝아트의 "난잡한 조롱"에 항복했는지. 어떻게 팝아트가 엘크의 영웅 중 한 명인 필립 거스턴의 "후기, 야만적인" 작품에 크게 힘입어 구상미술로 "혁명적 복귀"를 할 수 있었는지. 그리고 지금, 좀 더 최근에는 루치안 프로이트의 대담하고 뻔뻔하며 움츠리지 않는 누드 작품들…… 나는 귓가에 웅웅대는 소리 사이로, 엘크가 필연적으로 이 우회적인 경로를 통해 M이라는 주제로 돌아오는 것을 들었다. 아니, 한 귀로 듣고 한 귀로 흘렸다. 그의 예술과 그녀의 예술 사이의 '급격한 차이', 그러나 역설적으로 서로에 대한 '상호 존중', 그들의 '긴밀한 유대감'.

나는 언제나 이 집에 존재하는 M을 원망했다. 사실 M은 *부재중인데도*.

그리고 이 중 뭐 하나라도 사실일까? 나는 의문을 품었다. 엘크는 실제로 내 언니를 좋아했을까? 아니면 엘크는 병적으로 내 언니에게 집착했을까? 이 자기과시적인 미술 작가가, 내게는 수수께끼인 사랑이든 뭐든 할 능력이 있기는 했을까? 아니면 그저 반한 걸까? 아니면 그저 *그런 척 가장하는 걸까?*

종종 나는 의아하게 여겼다. 사랑은 대부분 *가장*인가?

엘크는 내게 M의 사진이 있느냐고 물었다. 자기에게 보여줄 수 있는 가족사진이든 뭐든. "그럼 무척 감사할 겁니다, 조진."

공교롭게도 나는 여름 내내 가족 앨범을 훑어보았다. 마그리트와 내가 어린이였을 때의 사진을 모은 엄마의 앨범을 훑었다. 엄마가 첫째 딸에게는 그렇게도 관심을 쏟아부어 스냅사진을 과장 없이 수백 장 찍어놓은 한편, 마그리트보다 6년 후 내가 태어났을 때는 모성애의 홍미가 상당 부분 빠져버렸는지 요람 속에 있거나 (웃고 있는) 어머니의 팔에 안긴 어린 조진(우스꽝스러운 이름!)의 사진은 훨씬 더 적었다는 건 기가 죽는 일이었다. 틀림없이 둘째로 *태어난다는* 건 *2급이 된다는* 것이었다.

M의 어린 시절 사진 대부분은 앨범에 깔끔하게 꽂혀 있었다. 시간이 흐름에 따라 어머니는 그런 관리에 홍미를 잃

었고, 사진이든 기념물이든 앨범 장마다 느슨하게 꽂아두었는데, (물론) 나에 관한 것들은 대부분 여기 포함되었다. 소녀 시절, 사춘기, 10대 후반일 때의 마그리트가 (아주 예쁘게) 나온 많은 사진들, 그리고 M의 사진들 사이에서 거의 길을 잃어버린 조진의 (별로 예쁘지 않은) 사진들은 부주의하게 앨범을 들면 우르르 쏟아져 나왔다.

어째서 엘크의 요청에 굴복했는지, 나도 알 수 없다. 아마도 그가 곧 지루해져서 두 번째 잔, 세 번째 잔을 다 마신 후에는 가버릴까 봐 두려워했는지도 모르겠다. 그러면 나는 그의 궤적, 그가 이 집에, 일광욕실에, 내 곁에 있다가 입에서 낚싯바늘을 빼고 달아난 물고기처럼 빠져나가 버렸다는 사실에 상처를 입을 것이었다.

(하지만 나는 사람들이 고리에 꿰인 물고기를 가지고 무엇을 하는지는 감도 잡지 못했다. *성인 남자와 무엇을?*)

엘크는 황홀경에 빠져 사진들을 들여다보았다. 아버지의 스카치 위스키를 홀짝이면서.

마그리트가 아주 아기 때의 사진들, 아장아장 걷던 때 마그리트의 사진들, 금발, 돌돌 말린 고수머리의 금발 머리카락, 보조개 파인 뺨, 가슴이 아플 정도로 예쁜 아기, 가끔은 살짝 눈에 띌 정도로만 입을 *내밀고, 부루퉁해지기도* 했지만, 보통은 항상 귀여운 미소를 짓고 있다. 요트를 따라가는 거룻배처럼 마그리트가 지나간 자리에 여동생 조진이 왔다. 못생긴 아이는 아니었고, 귀엽지 않은 아이도 아니었지만, 사람들은 *평범한 얼굴의* 아이라고 할 것이다. 축복받지 못한 턱선, 금발이 아닌 머리카락, 돌돌 말린 금발도 아닌 아이. 언니와 함께 사진을 찍는다는 건 불리하기에, 좀 더 나이가 들어서는 그런 실수를 피하게 된다.

두 번째 앨범의 페이지를 넘길 때는 언니인 금발 소녀의 초기 미모에 눈이 부시고, 여동생의 모자란 미모에는 잔인한 안도감을 느끼게 되어서, 나는 어릴 때처럼 손가락을 펼쳐서 내 눈을 가리고 싶었다. 중학교, 고등학교, 대학에 입학해서 떠나는 소녀 마그리트. 핼러윈 호박처럼 카메라를 보고 웃는 게 너무 힘들거나 전혀 웃기를 거부하는 열 살, 열한 살, 열두 살의 소녀 조진. 이글거리는 눈, 고랑이 파인 이마, 주걱 턱. 고등학교로 훌쩍 넘어가면 갑자기 황새처럼 키가 크고, 팔다리가 가냘프며 피부에는 잡티가 많은 소녀가 연청색의 졸업식 가운에 이마 위로 술이 멍청하게 대롱거리는 학사모 를 쓰고 얼굴을 찡그리고 있다.

"당신 사진이 아주 매력적인데요, 조진. 당신 아주 매력적 인 여성입니다."

엘크는 이 말을 무척 진지하게 말했고, (겉보기에는) 아무 꾀를 부리지 않는 것 같았기에 나는 웃음을 터뜨렸다. 하지만 그래도 내 얼굴은 피가 쏠려 욱신거렸다.

바보, 바보! 나는 사랑에 빠졌던 걸까? M이 거절한 이 으스대기 좋아하고 촌스러운 미술 작가와?

M의 *행방*에 대해 가설이 있다고, 엘크는 말했다.

*행방*이라는 단어에 웃음을 억눌러야 했다. 얼마나 진부한 말인지!

호수 위, 이우는 빛의 물결. 10월 초 뉴욕주 북쪽 지방에서는 땅거미가 이르게 내린다.

엘크의 혀가 꼬이기 시작했다. 그의 커다란 얼굴은 빛났고, 위스키 기운이 돌아 그는 자기 주제를 꺼낼 준비가 되었다. "'증발'이라는 문제에 대해서는 두 가지 가설이 있죠. 실종자는 납치당한 걸 수도 있고, 자기 의지로, 비밀리에 떠난 것일 수도 있습니다. 하지만 세 번째 가능성이 있어요. '실종자'는 결코 떠난 적이 없고 자기 고향에 묻혀 있는 거죠. 살해당해서 묻혔습니다. 오로라에."

"정말요!" 내 차는 돌처럼 차갑게 식어버렸다.

"그 '영매', '점성술사'라는 사람 있었죠, 기억해요? 이 여자가 신문에서 인터뷰를 했어요. 마그리트가 오로라에 '숨어 있다'라는 주장을 하면서요. 그 여자가 어떻게 됐는지는 모르겠습니다만, 몇 달 동안 그 여자에 대한 얘기는 아무것도 없었죠."

다시 나는 말했다. "정말요!"

"물론, 점성술사는 그냥 헛소리죠. '영매'라는 건, 어떤 사람들은 일종의 '두 번째 시각', 직감, 감이라는 게 있죠. 그 여자가 어떻게 됐는지 압니까? '밀드러드 피어스'요."

이게 나를 꾀어들이기 위한 속임수라도, 나는 거기 넘어가지 않았다. 나에 관한 한, 밀드러드 피어스는 밀드러드 파이퍼나 다를 바 없었다.

얕아도 깔끔한 처리. 단단히 다진 흙, 냄새가 나지 않게.

삽날의 넓은 면으로 툭, 툭, 툭. 잘했어!

"물론, M이 호수에서 자살했다고 생각하는 사람도 있죠. 스스로 익사했다고." 엘크는 얼굴에 고통스러운 표정을 띠며 망설였다. "여기서 가까운 데가 아니라― 다른 어딘가에서요. 호수는 너무 커서― 너무 깊어서 저인망으로 훑긴 어렵죠."

잠시 침묵. 엘크는 자기 자신을 다독이려는 듯 위스키를 좀 더 삼켰다.

"M이 자기의 '사생활'에 대한 비밀을 당신과 공유했습니까, 조진? 남자들이라든가― 자기들끼리는 서로 모르는 연인들에 대한 힌트라도 줬는지……."

나는 말없이 고개만 세게 흔들었다. 양가적 의미를 전달하려는 뜻이었다 어쩌면 *네*일 수도 있고, 어쩌면 *아니요*일 수도 있었다.

"서로 모르다니, 우리가 그랬죠."

붉은 기운이 엘크의 육중한 얼굴에 올랐다. 고뇌와 짜증의 표정이었다.

나는 말했다. "하지만 M은 자살할 '유형'이 아닙니다. 절대 아니죠! 그녀는 자기 작업을 위해 살았고, 작업에 매혹되었죠. 1월에는 첼시에서 전시회도 예정되어 있었어요. 미국 아카데미에서 로마에 1년 동안 거주하며 작업할 수 있는 상도 탔습니다. 알고 있었습니까?"

"그랬나요! 우리가 알았는진 확실히 모르겠네요."

어째서 M은 아버지와 내게 말하지 않았을까? 내가 원망하는 수수께끼.

"M은 물론 우리 학과장과 내게는 말했습니다, 하지만 다른 사람에게는 하지 않았죠. 그녀가 로마의 상주 작업을 받아들이는 데는 문제가 있었어요. 그래서 연기하길 바랐던 것 같은데요. 아니면, 그걸 연기해야 한다고 느꼈겠죠. 나는 그녀에게 제발 망설이지 말고 받아들이라고 했습니다. 내가 로마로 방문하겠다고 말했죠. 그녀가 무척 자랑스러웠죠. M은 나의 수제자입니다."

"네, 말했어요. 몇 번이고."

"그녀가 내 얘기를 당신에게 했죠, 그렇지 않습니까? '정신적 조언자'라고?"

"내 생각엔 별로."

"정신적 조언자, 친구, 그리고 동료. *분명히 했을 겁니다.*"

"뭐, 네. 그런 것 같네요. 네, 했어요."

이 말은 진실에서 한참 동떨어져 있었다. M은 오로라의 동료 이야기는 거의 꺼내지 않았다. 적어도 내게는 그랬다. 엘크는 한 번도 없다는 건 내가 확신했다. *남자*는 한 번도 없었다.

나는 엘크의 말을 반박하고 싶진 않았다. 그러면 그가 나를 덜 좋아하게 될 수도 있으니까. 그의 관심이 기울어진 탁자 상판 위의 구슬처럼 내게서 스르르 미끄러져 멀어지는 것을 느끼고 바짝 경계심이 들었다. 내가 탁자를 바로 맞춘다면 구슬은 굴러가기를 멈출 것이다.

미처 깨닫지 못한 채 나는 찻잔에 매캘런 위스키를 약간 붓고 혀끝으로 맛본 모양이었다. 그런 감각이라니!

엘크는 누가 엿들을 거라 생각하는지 목소리를 낮추어 M의 방에 대한 화제를 다시 꺼냈다. "정말로 그 방들을 보고 싶은데요, 조진. 그녀가 잤던 곳요. 잠깐만이라도. 경찰들이 이미 그 방들을 수색했다면서요. 나는 아무것도 손대지 않을 겁니다."

나는 망설였다. 해될 게 뭐 있겠는가? 엘크는 감사할 것이고, 그의 감사는 햇빛처럼 내게 쏟아질 것이다. 하지만 무언가 때문에 나는 선뜻 동의하지 못했다.

"이 사진을 저와 공유해주시다니 참 너그러우십니다. 깊이 감사드리죠. 아시다시피, 뭐 하나 망가지거나 제자리에서 벗어나지 않았잖습니까. 제가 그녀의 침실을 잠깐만 들여다볼 수만 있다면……."

"어, 어쩌면 다른 때예요. 시간이 늦어서요, 아버지가 곧 집에 돌아오실 거라서."

다른 때에, 다른 방문. 돌아와요, 그래요!

엘크는 곁눈질로 순전한 증오가 어린 시선을 보냈으나 다음 순간 사라져버렸다. 어찌나 순식간인지, 나는 진짜 본 건지도 의심스러웠다.

이제 그는 실망했지만 미소를 짓고 멋쩍은 상황에서도 좋은 사람인 척하기로 작정한 모양이었다. "뭐, 아주 대접 잘받았습니다, 조진. 당신은 언니를 아주 사랑하는군요, 알겠습니다. 그리고 언니의 사생활을 지켜주고 싶고. 저도 그렇습니다, 물론."

엘크는 일어서려고 하다가 무의식적으로 앨범 중 하나를 쳐서 바닥으로 떨어졌다. 사진 열몇 장이 떨어져 흩어졌다. 우리는 사진을 주우려고 몸을 숙였다.

"언니는 아름다운 여성이었죠, 여성이죠." 엘크는 언니의 사진 한 장을 찬찬히 살피며 한숨지으며 말했다. "하지만, 아름다움은 분통 터질 때가 있죠. 자기만 아니까요."

나는 웃었다. 그래! 나도 이런 생각을 종종 했었다.

"아름다움은 무척이나 자기 충족적이죠. 우리와는 달리."

우리. 이건 아첨일까, 아닐까? 모욕일까? 나는 확신할 수 없었다.

웨지우드 찻잔이 내 손에서 떨렸다. 비어 있었다. 얼그레이차도 위스키도 남지 않았다.

혀의 감각이 입안 전체로 퍼지더니 목구멍까지 닿았다. 멍청한 미소를 짓자 내 입술이 벌어졌다.

"당신 아버님을 몹시 만나뵙고 싶습니다, 조진. 오늘은 아니라도, 다음번에라도."

따님과 결혼을 허락해달라고 말하려고. 이런 생각이 미친 듯 거침없이 내게 떠올라서, 나는 웃을 수밖에 없었다.

"뭐가 웃기죠, 자기?" 엘크는 미소 지었다, 약간 차갑게.

자기, 이것도 웃겼다.

남자는 *비웃음당하기*가 아니라 함께 웃기를 바란다. 나는 그걸 본능적으로 알아서, 재빨리 고쳤다.

"아뇨! 전혀요. 웃기지 않아요, 전혀. 정말 좋은 생각이네요. 언젠가 아버지를 만나다니, 여기 와서 가족 저녁 식사를 함께하면 좋겠네요. 우리 가정부 레나는 정말로 요리 솜씨가 좋아요. 나도 레나를 부엌에서 돕고. 우리가 즐겨 하는 요리 법이 있거든요. 특히, 당신이 마그리트의 정신적 조언자라고 아버지에게 설명이 되면, 아버지가 고마워하실 거예요, 제 생각은 그러네요."

나는 열을 띠며 말했다. 내 목구멍, 위쪽 가슴, 심장 영역 에서 느껴지는 따뜻한 불 같은 감각.

하지만 이제 슬슬 걱정이 들었다. 아버지가 돌아오기 전에 내 손님은 떠나야만 한다.

아버지의 차가 차로를 돌아올 것이었다. 아버지는 집 뒤로 가서 차고, 4월 이후에는 손대지 않은 M의 볼보 옆에 주차 를 할 것이다. 내가 차고 문이 쿵 닫히는 소리를 들을 때는, 내가 그 소리를 듣는다면, 그러면 너무 늦을 것이다…….

"실례지만, 조진. 화장실 좀 써도 될까요? 잠깐이면 될 겁 니다."

비틀거리며 일어선다. 파충류 눈은 환하게 반짝인다. 오, 어째서 10분 전에 엘크에게 나가라고 다그치지 못했을까! 위스키 기운이 돌아서 똑똑히 생각할 수 없었다.

엘크를 부엌 옆 아래층에 있는 손님 화장실 중 하나로 안 내하는 것밖에는 다른 선택이 없었다. 그 남자가 덩치만 커 다랗지 술 취한 아이처럼 명랑하게 세상만사 다 잊고 비틀 비틀 일어서는 꼴에 불안해졌다. 나는 서둘러 현관 쪽으로

가 서서 아버지의 차가 들어오지 않나 초조하게 살폈다.

차근차근, 하늘이 어두워졌다. 저 멀리 가로등에 불이 들어왔다. 카유가애비뉴로 올라오는 차들의 헤드라이트가 보였다. 나는 숨을 죽였다. 자동차 헤드라이트들은 다른 방향으로 돌아갔다.

내 느낌에 엘크는 터무니없을 정도로 시간이 오래 걸리는 것만 같았다. 화장실에서 잠이라도 든 걸까! 내가 그 사람을 깨울 수 있겠나! 어떤 장면이 내 눈앞에 떠올랐다. 레나와 내가 배불뚝이 미술 작가를 깨우려고 애쓰면서 아버지가 돌아오기 전에 그를 일으켜 부축해서 집 밖으로 내보내는 장면.

카유가애비뉴에 또 헤드라이트 한 쌍이 나타나서 이 방향으로 향했다. 그러다 다시, 마지막 순간에 휙 돌아가버렸다…….

절박해지지 않으려고 애썼다. 미칠 것 같았다. 엘크가 지금쯤 화장실을 나와서 집 안을 돌아다니는 게 아닐까 하는 생각이 들었다. 아마도 그는 길을 잃었을지 모른다. 나는 계단을 올라가는 발소리가 들린다는 생각을 하고 싶지 않았다. 머리 위의 발소리. 남 몰래 돌아다니는 발소리. 그는 *내 뜻을 거역하고 M의 방을 찾고 있는 거야.*

"안 들을 거야. 안 들려."

(땀이 나는) 손바닥으로 내 귀를 막았다.

엘크는 알 수 없었다. M의 방문은 어느 경우에도 잠겨 있다는 것을. 열쇠는 아버지의 침실에 숨겨놓았다. 누가 밤에 우리 집에 침입해서 M의 방을 뒤져보려 해도 우리는 알지 못할 것이다.

저 사람 놀라겠지! 문손잡이를 돌려봤는데 문이 열리지 않으니.

헤드라이트의 존재를 미처 깨닫지 못했는데, 갑자기 소리가 들렸다. 아니 나는 소리를 들었다고 믿었다. 집 뒤쪽에서 차 엔진이 돌다가 뚝 꺼지는 소리. 차고 문이 내려오면서 덜컹거리는 소리. 내가 무릅쓴 위험에, 심장이 빨리 뛰었다. 내가 무슨 소리를 들은 게 맞을까? 듣고 있는 걸까?

나는 복도로 뛰어갔다. 엘크의 이름을 부르니 그가 곤란해하는 얼굴로 갑자기 나타났다. 얼굴에 떠오른 홍조는 깊어졌으며, 파충류 눈은 살짝 흐릿해졌다. 2층에 올라갔다가 실망했다고 해도, 그걸 티 내지 않을 만큼 영리한 사람이었다.

하지만, 이제 아버지가 집에 온 게 틀림없었다. 나는 차고에서 차 문이 닫히는 소리를 희미하게 들었고, 귀에서 피가 쿵쿵 뛰었다. 엘크의 팔을 잡아당기며 그를 앞문으로 밀어냈다.

"미안해요, 지금 나가야만 해요."

"*나가야만 한다고!*" 엘크는 웃으면서 마치 일어선 곰처럼 내게 기대 어색하게 비틀거렸다.

"아버지가 집에 오셔서"

"*아버지가 오셨다고!*"

엘크는 나를, 나의 궁지를 비웃고 있었지만, 이제 불안한 내 얼굴을 보고는 불쌍하게 여긴 것 같았다. 겁에 질려 일그러진 내 영혼을 보았다. 드물게만 드러나는 내 영혼은 마치 재빨리 시선을 돌려버리게 되는 음란한 내부 장기처럼 분홍색으로 빛났으리라.

현관에 서서 엘크는 내 손을 더듬더듬 찾더니 내가 움찔할 정도로 세게 꽉 잡았다.

"고마워요, 친애하는 조진. 곧 다시 와도 되겠죠? 전화할게요."

놀랍게도 엘크는 내 손을 잡아 주먹 관절에 축축한 입술을 댔다.

기절할 것 같은 머리로 나는 엘크가 나간 뒤 문을 꽉 닫았다. 그때 아버지가 부엌으로 들어와 쌀쌀한 목소리로 불렀다. "레나! 조진! 어째서 여기 뒤에 불을 켜놓지 않았지?"

36

구혼자. 전화가 울리고 레나가 받았다. (조심스럽게) 2층에 있는 나를 불렀다. "아가씨 전화예요, 조진."

안 돼, 나는 원래 전화를 받으러 뛰어가지는 않으니까. 과호흡에 걸린 열세 살짜리처럼 망할 전화로 숨이 턱까지 차도록 뛰어가면 안 돼. 그래, 내가 그의 전화를 줄곧 기다리고 있었대도.

그의 전화. 이름을 댈 필요도 없다.

그리고 맞다, '조심스럽게'. 레나는 내 기분을 존중했다. 내가 봐도 내 기분은 예측불허였으니까.

그래도 수화기를 들 때 손바닥에서 심장이 쿵쿵 뛰었다. 주사위를 던질 때마다 그게 이기는 수일 수도 있기 때문에, 매번 위험을 무릅쓴 게 가치가 있고 후회하지 않아야 하는 것처럼. 전화가 울릴 때마다 그일 수가 있었다.

하지만 데니즈였다. 고음의 믿기지 않는다는 목소리.

"조진! 나 너에 대해서 진짜 놀랍고 충격적인 얘기 들었어. 너 *구혼자* 생겼다며, 너네 집에 왔던 사람!"

"뭐?"

"'구혼자' 말이야."

"구원자? 뭐, 그게 뭐야?"

정신이 멍해졌다. 귀가 먹먹한 소음과 더불어 눈이 멀 것 같은 빛이 내게 휘몰아쳤다.

"'구혼자'라고. 여자에게 청혼할 희망을 품고 방문한 남자 말이야."

데니즈는 아둔한 아이에게 말하는 사람처럼 당혹이 섞인 비꼬는 투로 말했다.

이제는 이해가 되기 시작했다. 놀란 눈앞에 용광로 문이 활짝 열린 것처럼 거대한 열기의 물결이 나를 덮쳤다.

엘크가 방문하고 이틀 후였다. 아무도 그 방문을 알지 못하리라고 나는 확신했었다. *아무도.*

아버지도 알지 못했고, 레나도 알지 못했다. 엘크 말고는 아무도 그 방문에 대해 알지 못했다.

그 방문이 너무 갑작스레 끝났기에, 나는 다른 생각은 전혀 하지 않았다. *곧 다시 와도 되겠죠? 전화할게요.*

그리하여 나는 전화를 기대하고 있었다. 언제든지. 우체국에서 퇴근해서 집에 오면 열심히 메시지를 확인했다.

(분명히) 전화가 오지 않았을 때도, 전화가 울리지 않았을 때도 열의 있고 소심하게 수화기를 들어보았다. (어쨌든) 내가 놓친 메시지라도 있을 것처럼.

"누가 네게 이걸 말해줬어, 데니즈? 나에 대해서 가십을 퍼뜨린 사람 누구지?"

"어머, 그게 사실이야?"

"말했잖아. 나에 대해서 가십을 퍼뜨린 사람 *누구냐고?*"

　데니즈는 자기가 대답하기 싫은 질문은 그저 무시해버리는 사람 미치게 하는 습관이 있었다. 하지만 더욱 미칠 노릇은 내 사촌이 어떤 남자가 '구혼자'이든 아니든 간에 나를 방문했다는 가능성만으로도 어처구니없다는 듯이 놀라운 척하는 것이었다.

　"이 '대학의 상주 작가'라는 사람은 M의 동료라며. 대체어쩌다 이 남자를 만난 거야? 무슨 일이 일어나고 있는 거야, 조진?"

　여하튼, 데니즈는 엘크에 대해 알고 있었다. 오로라는 작은 마을이고 모두가 다른 모두에 대해 너무 많은 것을 알고있지만, 거기에 *나는* 포함되지 않는다고 생각했었다(그렇게생각했었다!).

　사람들이 내 얘기를 하고 다닌다고 생각하니 화가 불같이났다. 확실히 카유가애비뷰에 사는 풀머가의 친척들, 우리집 앞에 낯선 차가 주차되어 있는 것을 알아차린 사람들이겠지. 마그리트를 질투해서 항상 소문을 퍼뜨리고 다녔던 참견꾼들이었다. 그리고 나에 대해서도. 왜냐하면 나는, 음, 나는 뭐였더라?

　지지에게 집까지 찾아온 구혼자가 있어!

　나는 웃었다. 당혹감과 작게 깜박거리는 불빛 같은 자긍심을 동시에 느끼면서.

나도 모르게 차분히 말했다. "그의 이름은 '엘크'야. 그는 단순히 대학 강사가 아니라, 전국에서 유명한 화가이고, 마그리트의 '정신적 조언자'야. 그리고 내가 그 사람을 만난 게 아니라, 그 사람이 *나*를 만난 거지. 내가 지난 4월 M의 스튜디오에 갔을 때, 엘크가 자기소개를 하고 우리를 도울 수 있다면 뭐든 돕겠다고 했어."

*우리*는 신중하게 고른 말이었다. *우리*에는 아버지뿐만 아니라 풀머가 사람들 전체가 포함되어 있었다.

"그들은 친구였던 것 같아. 두 사람은 '안티테제'적인 예술관을 갖고 있기는 해도, 예술 프로젝트에서 협업했어."

데니즈의 얼굴을 상상할 수 있었다. *안티테제적인 예술관.* 이게 무슨 말인지 깜깜하게 모르고선.

"조진! 네가 그 사람을 *초대했다는* 말이니? 그게— 일부러였어?"

"그래. 엘크는 초대를 받고 나를 만나러 왔어. 차를 마시러. 이 사람은 신사이니, 초대 없인 오지 않았을 거야."

"무슨 이름이 '엘크'라니? 그건— 물소 종류 아니야? 진짜 사람 이름일 리가 없어."

"나야 그런 건 알 리 없지." 나는 차갑게 말했다. "그 사람 이름은 그 사람이 알아서 할 일이지."

"조진, 그 '차' 마실 때 아버지도 계셨니?"

"아니, 아버지는 출근하셨어."

"음, 그럼 아버지가 알고 *계셔*?"

이 말에, 나는 침묵했다. 데니즈는 여기 위험한 영역에 아주 가까이 걸어 들어오고 있었다. 데니즈는 알고 있었고, 나도 데니즈가 알고 있다는 것을 알았다. 자기가 내 아버지, 그녀에게는 삼촌이자 자기 아버지의 형에게 말을 할 수도 있다는 암시를 내게 흘려서는 안 됐다. 그건 용서받을 수 없는 짓이었다.

"아버지는 모르셔, 아직은. 하지만 엘크는 다시 돌아올 거야. 그 사람은 우리 집에 있는 예술품에 깊은 인상을 받았고, 복원 계획이 있어. 이 일을 의논하기 위해 아버지를 곧 다시 만날 거야."

"예술품? 너희 집에 무슨 예술품이 있어?"

"너는 이름을 말해도 모를 거야, 데니즈. '블랙모어', '라이더'. 19세기 미국 화가들이야."

"벽에 걸린 옛날 그림들? 그게 진짜 *예술품*이래?"

데니즈는 못 믿겠다는 말투였고, 나는 뭔가 무례한 말을 하지 않으려 입술을 꽉 깨물었다.

"내가 들은 얘기로는. 이 남자가 *너한테* 관심이 있다던데? 그 사람이 너한테 *구애*한다고?"

구애라니! 웃음이 나왔다. 그런 가당찮은 말은 들어본 적도 없었다.

데니즈는 내게 계속 말을 거는 식으로 점점 모욕에 가까이 다가가고 있었다. 마치 내가, 그녀의 사촌 조진이 상식적으로 남자의 관심을 끌거나 매혹하는 일은 있을 수 없다는 듯이.

수년 전, 우리가 소녀였을 때를 회상해보았다. 사촌 데니즈가 나를 놀리고 괴롭혔다는 이유로 내가 덤벼들어 목을 졸랐던 일. 마그리트가 나를 데니즈에게서 떼어놓았지만, 나는 그 전에 이미 두 사람에게 겁을 주었다.

다만 그건 데니즈였을까, 아니면 그녀의 여동생이었을까? 어쩌면 여동생 쪽이었을지도 모른다.

"엘크와 나는 '소울메이트'라고 그 사람이 그렇게 말했어. 우리는 마그리트에 대한 걱정으로 연대했지만, 나중에 알고 보니, 우리 각자가 마그리트가 비슷한 것보다도 우리가 서로 훨씬 더 비슷하더라."

거기서 이 말을 분명히 말했다. 연대. 신비한 연결.

"조진, 대체 이게 무슨 뜻이야, '소울메이트'라니?"

"네가 모른다면 설명할 수 없어. 이제 끊어야겠다."

"아니, 잠깐만! 조진! 너 이 '엘크'라는 사람이 위험하다는 거 몰라? 사람들 말로는 이 사람이 마그리트에게 일어난 사건이 무엇이든 거기 '용의자'래. 언제라도 체포될 수 있다는 거야. 너한테 '구애'하는 이 사람이 그, 그 마그리트에게 일어난 사건에 책임이 있을 수 있다는 거 모르겠니?"

데니즈는 숨을 가쁘게 몰아쉬었다. 데니즈는 *마그리트의 죽음에 책임이 있다고* 말하진 않았지만, 나는 데니즈가 하려던 말이 그 뜻임을 알았다.

"아, 황당한 소리 마, 데니즈. 너와 네 가족은 그냥 히스테리야. 너는 엘크에 대해서 가장 우선적인 걸 모르잖아. 그는 내 친구야. 절대로 내게 상처 입힐 리 없어. 사실, 엘크는 우리 친척들 대부분보다 마그리트를 더 걱정해." 나는 눈에 띄게 *너희 대부분*이라고 말하지 않고 잠시 말을 멈췄다.

"맙소사, 경찰에 알려야 해! 오로라 경찰, 군 경찰, 그리고 주 경찰에까지도. 너는 *충분히* 히스테리를 일으키지 않고 있어. 앤드루와 나와 면담한 경찰은 우리에게 누구든 수상한 사람이 나타나면 신고해달라고 했어. '엘크'야말로 단연코 수상하지."

"경찰에 고자질하기만 해봐, 데니즈! 너의 목을 다시 졸라버릴 테니까."

그저 놀림임을 보여주기 위해 웃었다.

"그거 웃기지 않아, 조진. 그때도 웃기지 않았고, 지금도 웃기지 않아. 네 언니가 몇 달 동안이나 실종 상태야. 그 애가 살아 있는지조차 알 수 없다고. 그런데 너는 신경 쓰는 것 같지 않아 보이는구나. 너 아주 부적절하게 행동하고 있어."

이제, 데니즈는 감히 선을 너무 넘어갔다. 이제 붉은 불꽃이 내 뇌 위에서 깜박거렸다.

"네가 어떻게 감히 내가 마그리트에게 '신경도 쓰지' 않는다고 말할 수 있어! 언니는 자기 의지로 사라진 거야. 아무도 그 사실을 인정하지 않으려 할 뿐이지. 언니는 *우리*를 떠난 거야. 우리를 경멸했다고! 언니는 상을 탔어. 로마에 갈 수 있는 아주 근사한 예술상이야. 이탈리아 말이지. 언니는 대학에서 그걸 자랑했어. 감히 *나한테* 뭐라고 말할 생각도 하지 마."

우물쭈물 가짜로 사과하고 핑계를 대는 데니즈의 반응에 화가 나서 웃어버렸다. 처음에는 내 말을 수긍하는 듯하다가 다음에 자기 입장을 되풀이하는 평소의 책략으로, 나의 존재를 주목하기까지 한참 시간이 걸렸던 때, 나를 대하던 방식 그대로였다. 새침한 목소리로, 엘크의 '더러운' 그림을 도서관에서 봤다고 말했다. 지역 신문에 따르면, 도서관 게시판에 그 그림을 철거하라는 민원이 들어왔다고 했다.

나는 경멸 조로 말했다. "*네가* 민원을 넣었겠지. 인정해!"

"내, 내가 한 거 아니야. 민원이 아주 많았대. 벌거벗은 사람들이 아이들이 볼 수 있는 거기, 공공장소의 벽에 걸려 있으니까……."

"그 전시는 아동 도서관 쪽에 있지도 않아. 누드 초상화는 '더러운' 게 아니야."

"조진, 이건 너답지 않아. 너 말하는 게 뭐랄까, 다른 사람 같아……."

"데니즈. 잘 가. 걱정해줘서 *정말* 고맙다."

꽉 악문 잇새로 말했다. 차분하게, 조용하게 말하려고 마음을 다잡고.

하지만 몸이 몹시도 떨려서, 전화를 끊을 때는 하마터면 수화기를 떨어뜨릴 뻔했다.

내가 원하는 건, 너의 목을 내 이로 물어뜯는 거야. 그게 다야.

결국 내가 목소리를 높였는지 레나가 문간에 서서 불안하게 나를 보고 있었다. 수화기를 쾅 내려놓지 않겠다고 결심했지만 (어쩌면) 어쨌든 수화기를 쾅 내려놓았던 것 같다.

그날 밤 저녁 식사에서 아버지는 내가 별로 입맛이 없다는 사실을 알아차렸다. 그리고 유달리 조용했다. 먹으려고 노력했다. 정말로 노력은 했는데 정신이 딴 데로 흩어졌고 흥분해 있었다. 내가 아버지에게 하고 싶은 말은 정확히 내가 아버지에게 할 수 없는 말이었다.

구혼자. 구애. 소울메이트.

37

기다림. 몇 주가 지나갔다. 엘크는 전화를 하지 않았다. 그리고 엘크는 돌아오지도 않았다.

모반처럼, 내 손등을 누른 그의 입술의 흔적. 피부에 남은 타오르는 감각.

38

......*의 실종에 관한 단서들.* 다시 1991년 12월 초, 데니즈
가 전화했다. 또다시 분개로 떨리는 목소리였다.

"*조진! 너 봤니?*"

망할. 내 사촌이 더 많은 쓰레기를 내 머리에 토해내기 전
에 재빨리 전화를 끊고 싶었다.

하지만 이번은 다르다는 느낌이 왔다. 데니즈의 분개는 잔
인하게 들리기보다는 동정적, 심지어 가엾게 여기는 느낌이
었다.

그때는 6주가 지난 시점이었다. 엘크는 전화를 하지도 않
았고, 돌아오지도 않았다. 우체국에서도 하루에 수십 번, 나
는 들어오는 고객을 올려다보았지만 엘크인 적은 없었다.

쪽지도, 예쁜 작은 카드도 없었다. 어렴풋이 엘크가 현관
앞 계단에 향기 나는 흰 꽃다발을 놓고 갔었고, 그때 내가 참
으로 무관심했던 기억이 떠올랐다. 그 꽃들이 쓰레기통에 처
박히기 전, 레나가 구했다.

지금 나는 무엇을 주어버리려 했던 걸까, 엘크에게서 마구
자란 꽃 몇 송이를 받은 대가로.

엘크가 딱 한 번 전화를 해주는 대가로. *조진? 찾아가도
될까요, 곧?*

데니즈가 어떤 스캔들 폭로로 신이 나고 흥겨워서 떠드는
동안, 내 입에 쓴맛이 돌았다. 그 패씸한 폭로와 관련된 건—

엘크였을까?

내가 봤는지 물었다. 뭘?《이타카 저널》에 실린 기사를 보았느냐고.

"1면에 말이야, 조진! 바로 여기 있어. 헤드라인 제목이 '오로라 지역 예술가의 새 작품 〈……의 실종에 관한 단서들〉."

데니즈가 너무 빨리, 그리고 격한 혐오감으로 말하는 바람에 나는 그 애가 하는 얘기를 거의 알아들을 수 없었다. 하지만 알 수는 있었다. 좋은 소식이 아니라는 것을.

"이 '엘크'라는 작자, 네가 너희 집으로 초대했던 끔찍한 사람 말이야. 이타카에 있는 화랑에서 새 그림 전시회를 하는데, 마그리트를 닮은 여자의 '누드 초상화'라나 봐! 이《저널》에 리뷰가 실려 있지만 전시회의 사진은 없는데, 그 이유는, 여기 인용해볼게, 《저널》은 가족 신문이기 때문이다'라고 하고, '묶이고, 재갈이 물려지고, 고문당하고 마지막에는 죽은 듯 보이는 여자의 솔직하고 충격적일 정도로 생생한 전면 누드 초상화……'라고 되어 있네. 정말 역겨워! 이거 소송할 수 있을 것 같은데. 그리고 이《저널》의 평론가조차 '논쟁적인 작품으로 널리 알려진 엘크는 지난 4월 이후 실종 상태인 오로라대학의 동료 M. 풀머의 실화를 실질적으로 이용하면서 윤리적 경계를 넘었을지 모른다……'라고 논평했어.

이런 일에서 너희 아버지를 보호해드려야 하지 않겠니, 조진! 큰아버지가 분노하실 텐데. 우리 모두 분노했거든. 상상해봐! 마그리트가 여전히 실종된 상태인데 어떻게 이런 사악하고 천박한 짓을 하니! 물론 이 '엘크'라는 사람은 마그리트와 관련된 모든 연관성을 부인했어. 인터뷰에서 그림 속에 나온 '아름다운 금발 여성 희생자는 순전히 창작된' 것이라며, '형태의 훈련', '순전한 구상예술'인 척하더라."

아연실색할 만한 소식이었다. 완전히 놀랄 일이었다. 나는 누가 내 배를 걷어찬 느낌이 들어 의자를 붙잡고 앉아야만 했다.

엘크, 나의 '소울메이트'라고 주장하던 사람이 나를 배신했다.

마그리트를, 그리고 나를.

전화상으로 데니즈의 높고 비난하는 목소리는 계속되었지만, 나는 듣지 않았다. 끔찍하게 웅웅거리는 소리와 잡음이 귀에 울려서, 기절할 것만 같았다.

할 수 있는 한 빠르게, 《이타카저널》을 구해서 흉측한 1면 비평문을 읽었다. 데니즈의 말대로, 다행스럽게도 전시회의 사진은 없었지만, 스튜디오에서 찍은 엘크의 사진이 있었다. 물감 튄 작업복 차림, 반쯤 감긴 번들거리는 파충류 눈, 텁수룩한 구레나룻 속 살짝 지은 독선적인 웃음. 구불거리는 은 회색 머리카락은 가발처럼 번들거리면서 어깨까지 떨어졌다. 심지어 사진 캡션조차도 뻐기는 듯했다. *논쟁의 오로라 예술가 4월 이후 실종 중인 오로라 상속녀를 '이기적으로 이용'했다는 의혹을 부인하다.*

너무 동요한 나머지, 나는 이 기사를 쭉 읽어나갈 수가 없었다. 실로, 1면에는 두 개의 기사가 있었는데, 하나는 〈……의 실종에 관한 단서들〉이라고 수줍게 이름 붙인 전시회에 대한 리뷰였다. 평론을 쓴 사람은 미술 비평가였지만, 신뢰도 높게도 엘크를 '윤리적으로 의문스러운 행동'에서 면책해주지 않았다. 기사를 읽고, 또 읽어나가면서 눈에 눈물이 차올랐다. 완전한 굴욕감이 머릿속에 쿵쿵 울려댔지만 집중하려고 노력했다.

불량 미술가, 최첨단, 양식을 벗어난, 금기에 대한 반항, 품위 없는, 도전적인, 최근 일어난 비극적 사건의 "재구성", 오로라 지역 상속녀 마그리트 풀머, 여성 조각가, 구겐하임, 오로라대학, 상스럽거나 착취적인, 성차별주의적인 동기가 아니라고 주장, 앤디 워홀의 전통에서, 대중문화를 "탐구하는", "패러디하는", 여성 희생자, 백인 금발 미녀, 죽은.

"죽었다니!" 누군가 마그리트가 더는 살아 있지 않을 수도 있다는 사실을 공공연하게 인정한 적은 이번이 처음이었다.

엘크가 마그리트를 죽은 사람으로 나타냈다는 건 충격적

이면서도 놀라웠다. 그가 내게 한 모든 말 속에서, 우리의 대화 속에서 마그리트는 그저 *실종*이라는 것이 가장 그럴듯해 보였는데…….

더욱 아버지가 이 전시를 보지 못하도록 막아야 할 이유였다. 아버지가 이 사실을 알지 못하게 해야 한다.

그렇다면 엘크는 M과 *사랑에 빠지지* 않았던 걸까? 그는 몇 주 전만 해도 엄마의 앨범 속에 있던 마그리트의 소녀 시절 사진을 꼼짝도 하지 않고 빤히 바라보지 않았던가?

이런 일은 있을 수 없어. 이건 그저 실수일 거야.

§

정확히 어디로 가는지 아무에게도 얘기하지 않고 나는 엘크의 초상화들이 전시된 이타카의 갤러리까지 타고 갈 차를 하나 빌렸다. 얼마나 나쁜지 내가 직접 보려고. 얼마나 괘씸한지, 얼마나 수치스러운지. 선글라스를 쓰고 챙이 넓은 방수용 모자를 머리 위에 눌러썼다. 내가 마그리트 풀머의 친척이라는 걸 누가 알아볼까 두려웠다. 그럴 일이 없을 것 같기는 해도, 위험을 무릅쓸 수는 없었다.

첫 번째 놀라움. 주중 오후이고 〈……의 실종에 관한 단서들―엘크 유화전〉을 전시하는 작은 갤러리는 대로에서 벗

어나 골목에 있는데도, 생각만큼 한적하진 않았다. 여섯 점
의 소름 끼치는 대형 유화 캔버스가 걸린 작은 공간 안에 여
덟아홉 명의 사람들이 꽉꽉 들어차 있었다. 호기심으로 찾아
온 파렴치한 사람들, 관음증 환자들이 내 언니 마그리트를
모델로 한 것이 분명한 누드 연작을 고작 몇 센티미터 거리
에서 들여다보고 있었다.

그러니 사실이었다. 과장이 아니었다.

실망감이 너무도 커서, 나는 갤러리 안에 들어서는 순간까
지도 〈……의 실종에 관한 단서들〉이 정말로 내 언니가 아닌
다른 사람에 관한 전시이기를 바랐다는 걸 깨달았다. 엘크가
우리를 배신했을 리가 없다는 건 확실하니까…….

그 그림들은 솔직함, '노출'의 수위가 높아지는 순서대로
배열되었다. 첫 번째가 가장 덜 불쾌한 작품으로, 흐릿하지
만 아름다운 얼굴의 아주 어린 여자, 소녀를 꿈처럼 재현한
것이었다. 긴 은금발은 수면 아래 있는 듯이 물결치며 흔들
렸고, 정확하게 세세한 부분까지 그려진 시트 한가운데, 팔
다리를 힘없이 늘어뜨리고 긴 의자에 누운 모습은 마치 관
객을, 그리고 자기가 빠진 (명백한) 위험을 까맣게 모르는 채
로 잠든 듯했다. 순수, 하지만 어떤 유의 오만함이기도 했다.
그렇게 아름다우면서, 어떤 위해도 닥치지 않으리라는 것을
자신하며 그렇게 뻔뻔하게 자신을 전시할 수 있다니.

다음 그림 또한 인상주의적이었지만, 불길한 신체 특징은 더 선명하게 드러났다. 얼굴이 더 많이 드러나 있었는데, 여전히 아름다운 얼굴이었지만, 그렇게 어리지 않아, 소녀의 얼굴이 아니었으며, 이제는 순진함도 없었다. 눈가와 입가의 미세한 주름, 몸의 가는 선들, 달력 그림처럼 약간 부주의하게 다리와 팔을 벌린 자세, 크림색 젖가슴, 배, 엉덩이, 허벅지, 그러나 그림자 속에 사라져 보이지 않는 맨발, 그리고 감은 눈. 세 번째 그림에 가면, 이 인물에 대한 화가의 묘사는 모든 로맨스의 가식을 벗어던진 채 가혹하고, 거칠고, 만족스럽고, 잔인해졌다. 관람객은 적어도 30대는 되어 보이는 여자를 볼 수 있었다. 손목과 발목은 넥타이 같은 걸로 묶였고, 입에는 뭔가 쑤셔 넣어졌으며, 더는 아름답지 않은 얼굴은 공포로 일그러졌고, 구겨진 침대보는 얼룩지고 더러웠다.

매 그림마다, 여자의 나신은 더 잔인하게 노출되었고, 얼굴과 목, 배의 주름은 더 과장되었다. 젖가슴은 거칠고, 물렁물렁해졌다. 다리에는 딱딱한 근육이 잡히고 쇠 줄밥만큼 눈에 띄는 털로 덮였다. 샅굴 부위는 여자의 머리에 난 머리카락보다 더 검은 음모가 아무렇게나 돋아 있었다(M이 그 아름다운 은금발 머리카락을 염색이라도 했던 것처럼! 또 하나의 모욕, 이것도 사실이 아니다). 신체의 피부 색조는 점점 더 창백해지고 밀랍같이 변하며 푸르스름한 기운을 띠었다. 어떤 종류의 손상이 살굴 부위에 가해지고, 피가 점점 더 많이 흘러나왔다. 그리고 마지막 그림에 이르면, 훼손된 신체는 죽은 듯, 시체처럼 보였다. 드러난 뼈, 기이한 플라스틱 같은 유두가 달린, 물렁물렁하게 늘어진 젖가슴, 더는 매끈한 크림색이 아닌 피부의 잡티. 재갈이 고통스러워하는 입에서 벗겨지고, 입은 어리숙한 표정으로 벌어져 있었다. 눈은 모든 광채를 잃었고, 부분적으로는 늘어진 머리 뒤로 돌아가버렸다. 손목과 발목은 이젠 묶여 있지 않았지만 깊이 파인 자국이 피부에 선연해서 이를 묶기 위해 단순히 천이 아닌 다른 게 사용된 듯했다. 뚱뚱한 허벅지는 축 늘어지고 난잡하게 벌려서 스스로 드러냈다.

자기에게 저항한 내 언니에 대한 엘크의 복수. 풀머가에 대한 엘크의 복수.

갤러리의 관람객들은 조용했다. 그들이 오감을 자극받으려고 전시에 왔다고 해도, 실제 경험은 즐겁지 않다는 걸 확인하는 중이었다. 아주 빠르게, 그들은 서둘러 떠나버렸고, 나만 홀로 남아 점점 쌓여가는 공포와 불신 속에서 그림들을 응시했다.

아마도, 나는 언니를 싫어했었다. 언니를 사랑했었(다고 생각하)지만, 확실히 언니를 원망했다, 그래도 이 정도까지 싫어하진 않았다. 아니다.

M이 자신의 나신이, 혹은 자신의 나신에 대한 기괴한 캐리커처가 대중 앞에, 이타카, 뉴욕에 전시되고 있다는 걸 알면 얼마나 비참해할까. 많은 사람들이 마그리트 풀머를 알았던 곳에, 고향에서 차로 한 시간도 떨어지지 않은 곳에, 실질적으로 모두가 그녀를 아는 곳에. 더 나쁜 건,《저널》이 가만히 있었으면 몰랐을 그녀의 정체가 1면 기사를 내는 바람에 엘크의 전시와 명백히 연결되었다는 것이다.

(전형적 언론의 위선: 엘크와 같은 조잡하고 비윤리적인 행동을 응징하는 것 같아도, 피해자의 신분을 반드시 밝히고 만다.)

전시를 두 번째로 관람하니 (억지로 그렇게 해야만 했다!) 또 다른 음란이 드러났다. 각 그림 왼쪽 아래 구석, 너무 흐려서 대부분의 관람객이 알아볼 수 없게 마룻바닥에 놓여 있는 것은 어린 금발 소녀의 변색된 사진……. 이제 나는 정말로 격분했다. 이건 엘크가 내가 보지 않았을 때 앨범에서 훔쳐 간 마그리트의 사진들이었기 때문이었다.

매 사진은 누드인 성인 여성의 자세나 포즈를 어떤 식으로든 반영하고 있어서, '순진한' 소녀의 사진이 성인 여성을 흉내 내며 놀리는 것 같았다. 명확히 전락하고 변질된 성인 여성 쪽이 순진한 소녀를 놀리는 게 아니라면 말이다.

극악무도하다! 아무것도 모르고 무지한 채로 나는 도둑을 내 아버지의 집에 초대했다.

"손님? 저기요? 전시에 대해서 질문이라도 있으신가요?"

검은 옷을 입은 젊은이가 내게로 다가왔다. 명백히 여성도 아니고 남성도 아니었다. 뱀장어처럼 마르고, 등을 꼿꼿이 세우고 물결치듯 움직이는 것 같았으며, 눈은 마스카라로 키웠고, 크게 벌린 입의 점막이 들여다보였다.

"그래요, 질문이 있어요. 하지만 당신이 대답을 할 수 있을지 모르겠네요."

내 목소리는 두려워했던 것만큼 떨리진 않았다. 실로, 내가 얼마나 다쳤는지, 상처받았는지, 격노했는지 짐작할 수 있는 사람은 없었으리라.

검은 옷의 사람은 불안하게 내 질문이 뭔지를 물었다. 우리 사이에 약간 거리를 두려고 조심하는 듯했다.

"내 첫 번째 질문은 이거예요. 부끄럽지 않나요?"

"부끄럽다니요? 뭐가……."

"이 전시가요. 누드, 무력한 여자의 그림요. 4월 이후 실종된 오로라 출신의 실제 여성을 모델로 하다니요."

"손님. 전 여기서 일할 뿐입니다. 여기가 제 갤러리는 아니에요."

"그러면 당신은 부끄러운가요?"

"저, 저는 아닙니다. 아니에요."

"개뿔, 부끄러울걸. 그리고 부끄러워해야 마땅하죠. 이건 포르노예요. 그리고 이건 불명예스럽고요."

"손님, 목소리를 높이실 필요는 없습니다. 그러지 않아도 *아주* 잘 들려요."

"내 말을 *아주* 잘 알아듣지 못하는 것 같은데요. 내 질문에 대답을 못했으니 다시 반복하죠. 이 지역의 많은 사람들이 아는 실제 여성의 그림을 전시하는데 부끄럽지도 않아요? 지난 4월 이후에 '실종 상태'고, 아마도 '범죄의 희생자'일 수도 있는데?"

"말씀드렸잖습니까. 전 그냥 여기서 일해요. 제가 미술품을 선택하진 않습니다. 사장님과 말씀 나누시고 싶으면, 여사님 명함을 드릴게요."

"여사님 명함요? 여자예요?"

"여기는 '하이디클라인갤러리'라고 합니다. 클라인 부인이 사장님이시고, 클라인 부인이 전시를 선택하세요."

"이 '하이디 클라인'은 '엘크'라는 화가를 알아요? 둘이 친구예요?"

"저도 모릅니다, 손님. 죄송하지만요……."

"난 나가지 않을 거예요. 아직은요. 난 다른 질문에 대한 답을 원해요. 이 그림은 일종의 '자백'인가요? 이 화가는 자기가 이 실종 여성을 살해했다는 것을 인정하는 거예요?"

"그게, 저, 저는 그렇게 생각하진 않습니다……. 확실히,

아니에요."

"하지만, 이게 그거잖아요? '자백'?"

"이건 그림입니다, 손님. 이건 '예술'이에요. 예술가는 이 그림들이 '형식적 구성'의 훈련이라고 설명했어요."

"'형식적 구성의 훈련'이라고요! 웃기네요. 이건 누드 신체를 그린 아주 커다란 그림이고, 신체가 실물 크기잖아요. 그리고 얼굴, 이 얼굴들은 실제 여성을 닮게 할 의도가 분명하고요. 잡티 하나하나가 강조되어 있어요. 분명히 이 화가는 여성 신체를 싫어하는 거죠. 이 신체를 싫어해요."

"손님, 제 생각은 다릅니다. 이 화가는 여성의 신체를 싫어하는 게 아니라, 그에 '사로잡혀 있다'고 주장했어요. 특정한 여성 신체가 아니라, 그저 여성요. 화가의 인터뷰가 있는데, 손님이 읽어보실 수 있게 드릴 수도 있는데요……."

"물론, 거짓말을 하는 거죠! 저 그림들엔 특정한 여성 신체가 있고, 그게 여기서 문제라고요!"

"그렇지만 예술가로서……."

"예술가가 아니겠죠, 정육점 주인이지. 그리고 그림 속 여성은 죽었다고 알려져 있지도 않아요. 실로, 이 여성의 가족은 이 여성이 살아 있다고 믿을 이유가 있어요. 그런데 어째서 이 '엘크'는 이 여자를 죽은 걸로 묘사한 거죠? 어떻게 이 사실을 알죠?"

"손님, 엘크는 어떤 '실제' 여성에 관해서 그 무엇도 '알지' 못합니다. 그는 예술가예요. 창작하는 거죠. 이건 사진이나, 혹은 보도가 아니에요."

"당신이나 '하이디 클라인'은 '엘크'가 오로라 경찰에게 신문받았다는 걸 알고 있나요? 그가 이 사건 용의자라는 것을?"

"'용의자'라니요, 아니요……."

검은 옷 사람의 목소리가 흔들렸다. 내가 무슨 얘기 하는지 아주 잘 알고 있었다.

나는 열을 내며 말했다. "이 '엘크'는 곧 체포될 수도 있어요. 당신 사장에게 가서 말해요. 지금 범죄자를 원조하고 교사하는 거라고. 납치, 살인."

"손님, 제발 소리치지 마십시오."

"난 소리치는 게 아니에요. 하지만 난 진저리가 나네요. 그리고 나는 공공의 미풍양속을 위해 이 전시회의 문을 닫을 것을 요청합니다."

"손님, 제 생각은 그렇지 않은데요."

"공연음란법이라는 게 있잖아요. 그리고 명예훼손법이라는 것도 분명히 있고. '인격 비방'이라는 거. 자기 자신을 방어할 수 없는 여성이 공공연하게 비방을 당했어요."

"친척 관계십니까, 손님? 그림 속 여성요? 그러니까 그림에 있다고 생각하시는 여성요? 혹시 본인이십니까?"

"아뇨, 난 마그리트 풀머와 친척이 아니에요. 하지만 난 풀머 가족의 친구이고, 이 가족은 '하이디클라인갤러리'를 상대로 소송을 제기하라는 조언을 받았어요. 갤러리는 전시 중단을 하거나 아니면 파산을 강제집행할 소송을 겪으셔야겠죠."

전시 중단. 파산 강제집행. 그런 단어 뭉치들이 내 입술에서 튀어나왔다! 정당한 분노가 나를 사로잡았지만, 또한 아찔한 환희도 밀려와 나는 마치 거대한 대머리 독수리의 발톱에 잡혀 저 높이 올라간 것처럼 숨을 쉴 수가 없었다.

전시회의 문을 닫게 한다는 게 가능할까? 강제로 닫도록? 아버지가 이 사실을 안다면 어떻게 반응할지 그려보는 동안 그 생각이 머릿속으로 휙 날아들었다.

아버지가 아신다면, 아버지는 전시회 문을 닫도록 노력하실 게 분명했다. 협박, 위협을 통해서. 한창때인 아버지는 결코 소송에서 물러난 적이 없었다.

상황만 된다면, 아버지는 이 갤러리를 매입해서 문을 닫을 수도 있었다. 아니, 그보다는 엘크의 전시회를 닫게 할 것이었다.

이게 실패한다면, 아버지는 무엇을 할까? 그림들은 파괴되어야 했다. 하지만 어떻게?

"손님, 클라인 부인과 말씀을 해보셔야 하겠는데요. 저, 저
는 더는 도와드리기 어렵습니다."

"난 클라인 부인의 목을 졸라버릴 거예요! 그게 내가 할
일이라고요. 그 여자한테 가서 말해요."

이 젊은이의 얼굴에 떠오른 표정을 보고 나는 재빨리 웃
으며 말을 고쳤다. "나는 클라인 부인과 목적을 두고 다툴 거
라는 거죠. 내가 내 변호사와 통화한 후에."

검은 옷 젊은이는 불안하게 내게서 물러났다. 내가 마치
이 비겁한 바보를 목 졸라버리기라도 할 것처럼!

§

정당한 복수자의 분노를 흉내 내어 미친 듯 반짝이는 달.
이타카, 스프루스거리 23번지, 하이디 클라인의 갤러리 뒤
편 골목. 소용돌이치는 가을 낙엽들. 성별을 알 수 없는 그림
자 속 인물. 얼굴이 있어야 할 자리엔 낮게 눌러쓴 방수 모자
의 챙. 목까지 채운 검은색 우비. 이글이글 타오르는 복수자
의 눈을 가린 짙은 선글라스.

휘발유가 칙칙한 벽돌에 기쁘고 들뜨게 부딪치며 철썩 튀
어오르는 소리, 1.5미터 높이의 (작은 직사각형) 창문이 갑작
스럽게 깨지는 소리, 창문을 뚫고 들어간 휘발유 통, 그 뒤로

따라 던져진 불붙인 성냥, 만족스럽게 '확' 치솟는 불길.

음란한 캔버스가 하나씩 차례로 폭발하여 천장, 지붕을 뚫고 밤하늘로 쭉 올라가는 정화의 불길이 대격변을 일으킬 때 터지는 기쁨의 무아지경, 미친 웃음소리.

39

뒤집어보지 않은 돌은 없다. 조사하지 않고 남긴 단서는 없다. 그런 다음, 1991년 12월에 '사립 탐정' 레오 드러머드가 우리의 삶으로 들어왔다.

"내 딸이 살아 있다면, 그 애를 찾는 데 비용을 얼마를 써도 아깝지 않소. 그리고 내 딸이 살아 있지 않다면, 그 애의 가여운 유골을 찾아 적절히 매장할 수 있도록 집으로 데려오는 데 비용을 얼마를 써도 아깝지 않아요."

그렇게 아버지는 엄숙히, 공공연하게 말했다. 하지만 아무 소용이 없었다.

경찰 수사(들)에 진전이 없어 좌절하며 몇 달을 보낸 후에, 내게 알리거나 찬성을 받지도 않고, 1991년 12월 아버지는 M을 찾기 위해 버펄로 기반 개인 수사관을 고용했다.

불쌍한 아버지! 점점 절박해진 나머지, 그런 결정을 내리다니.

(그렇다. 이타카에서 그 전시가 열린 직후, 아버지를 보호하고자 하는 내 노력에도 불구하고 아버지는 '엘크'에 대해 알게 되었다. 이 이야기는 나중에 더 하겠다.)

이 '탐정'은 사근사근하고 말이 청산유수 같은 사람으로 (1940년대 누아르 영화의 불길한 리처드 위드마크를 생각해보라), 그의 자랑은 "뒤집어보지 않은 돌은 없다. 조사하지 않고 남긴 단서들은 없다"였다. 권위 있는 분위기에도 불구하고, 드러머드는 경찰 부서(들)이 지리멸렬한 조사로 이뤄낸 것보다 딱히 더 이뤄낸 것도 없이, 양심 없을 정도의 비용만 긁어갔다.

이 사기꾼의 이름이 (뉴욕주에서 발행한 개인 수사관 허가증에 당당히 적힌 대로) "레오 드러머드"인지, 아니면 이 이름이 근사한 누아르식 위조인지는 모르겠지만, 나는 아버지가 "최후의 수단"(아버지의 표현대로라면)으로 동업자의 추천을 받아 고용한 이 사람을 신뢰하지는 않았다. 아버지는 이렇게 우리의 사적인 삶에 완전한 이방인을 불러들이고 이 이방인이 내가 우체국에서 근무하는 동안 M의 방들에 들어가 수색하고 심지어 사진까지 찍도록 허락했다!

물론, 내가 난잡한 형태의 얼룩으로 더럽혀져 있을 수도 있고 아닐 수도 있는 섹시한 실크 디올 슬립 드레스를 언니 방 옷장 뒤편에 숨겨놓음으로써 추문에 휩싸일 가능성으로부터 언니의 훌륭한 평판을 지켰듯이, 4월 12일 아침에 오로라 경찰이 언니의 방을 수색하러 오기 전에 몹시 바쁘게 서둘러 M의 서랍에 있는 물건들 상당수를 치워서 더 깨끗하고 '더 잘 정리된 상태'로 남겨두었다. 이 물건들에는 무작위로 모아둔 개인적인 서신과 더불어, M이 일기처럼 여러 날짜에 머리글자, 시간, 장소 같은 기호를 적어둔 1991년도 책상 달력도 포함되어 있었다. 이 기호 중 대부분이 완벽히 무해하고 결백할 것이라 나는 확신했지만, 이런 평범한 것들 사이에 M이 남에게 알려지지 않기를 바랄, M의 삶 속에 있는 비밀에 이르는 단서가 있을지 누가 알겠는가?

가령, 병원 예약이라든가.

나는 그 기호들을 즉시 알아보았다. 내게는 수상해 보였기 때문이었다.

3월 29일, 4월 8일. 첫 번째 날짜에는 오전 11시에 '맘 MAM' 예약이 있었고, 두 번째 날짜에는 오전 9시에 있었다.

(분명히 이건 매머그램(유방 촬영 검사. ―옮긴이 주)을 가리키는 것이리라. 병원은 이타카 방사선의학과 센터가 분명했다. 우리 어머니가 (치명적인) 3기 유방암을 진단받았을 때 갔던 바로 그곳이었다.)

그리고 또, 4월 9일에, 실제적으로 거의 읽을 수 없을 만큼 작은 글씨로 표기가 되어 있었다. 오전 8시 30분, 맘MAM이 아니라, 바이오BIO였다.

조직 검사Biopsy? 아마도.

가장 감질나는 단서는 비스듬하게 나타난다. 그것들은 비스듬하게 해독해야만 한다. 내 언니의 실종을 풀어줄 순수한 단서라서가 아니라, 수사관의 눈에 그렇게 해석될 수 있다.

이 중 무엇도 드러머드에게 보여주고 싶지 않았다. 내 언니에 대한 천박한 추정, 이타카에 있는 병원에서의 탐문. 나는 이 사건에 배정된 (남자) 수사관 중 누구도 이 병원에 대해 알지 못할 거라는 걸 확신했다. 달력을 치우면서 그렇게 확신했다. 그들이 상관할 바가 아니다. M의 신체는 그 누구도 상관할 바가 아니었다. 심지어 나조차 상관할 바가 아니었다.

여성의 몸 속에 거주한다는 건 내게는 너무 딱 맞아서 숨 쉬기조차 대단한 업적이 되는 얼굴 가면이 포함된 의상 속에 몸을 구겨 넣고 사는 거나 다름없기에, 나는 그 생각을 하지 않으려고 노력한다. 여성의 신체에 담긴 어머니가 자신의 진단, 그 뒤에 잇따른 (헛된) 치료, 그리고 마침내 자신의 죽음을 어떻게 맞대면했는지를 생각하지 않으려 한다.

내가 상관할 바가 아니야. 나는. 알고. 싶지. 않아.

그래서 달력은 사라졌다. 편지, 카드, 개인 소지품은 우체국 뒤의 쓰레기장에 던져졌고, 이미 오래전에 매립지로 실려 가버렸다.

(아니, 나는 M의 스케치북은 이것들과 함께 처분하지 않았지만, 드러머드 같은 부류가 절대 알아내지 못할 안전한 장소에 숨겨두었다. 내 계산은 이것이었다. 언젠가 내가 M. 풀머의 유산 관리인으로 지정이 되고, M. 풀머의 예술에 '전문가'인 사람이 접근할지 모른다. 그러면 나는 M. 풀머는 여러 점의 세밀화와 목탄 드로잉을 스케치했다는 사실을 경탄하는 세계에 밝히고, 그녀의 조각이 보

인 '고전주의'를 넘어서는 재능이 있었음을 증명할 것이다.)

그래서, 이 참견꾼 '레오 드러머드'가 현장에 나타난 시점에 집에서 M이 있던 구역에는 그녀의 실종에 관한 '단서'로 해석되거나 오인될 만할 물건은 하나도 남아 있지 않았다.

§

"음, 드러머드 씨." 나는 말했다. 내 목소리는 비꼬는 기색이 실려 콧날 위에서 털 난 송충이처럼 맞물리는 내 숯검댕이 눈썹만큼이나 무거웠다. "내 언니의 방에서 뭔가 '흥미로운' 물건을 찾으셨나요?" 그러자 드러머드 씨는 나를 쏘아보며 말했다. "풀머 양, 그 질문에 대한 답을 아실 것 같은데요, 아닌가요." 그러자 나는 그 바보의 면전에 대고 웃어주고 싶은 충동을 억누르고 새초롬하게 웃었다. "그럼요, 드러머드 씨, 전 아는 것 같네요."

우리 사이의 불화는 눈치챘으나 그 근원을 몰라 어리둥절한 아버지는 드러머드에게서 내게로 시선을 옮겼다가 다시 그를 보았지만, 이슈가 뭔지는 짐작할 수 없었다. 드러머드가 *의심의 그늘 한 점 없이*, 실은 내가 내 언니의 방에서 그, 혹은 경찰이 관심을 가질 만한 '단서들'을 모두 치웠다고 주장했을지 모른다는 정도 이상은.

하지만 드러머드가 우리 집 전체를, 다락방부터 지하 창고까지 수색할 허가를 요청했을 때, 나는 격하게 말하면서 아버지의 뜻을 눌렀다. "안 돼요, 그렇게는 못 하세요."

드러머드는 항의했다. "하지만, 풀머 양. 제가 어떻게 언니분의 행방불명 사건을 조사할 수 있다는 거죠, 만약……."

"*내 언니가 이 집에 있지 않다는 건 확신할 수 있으시잖아요, 드러머드 씨. 숙제를 제대로 하셨으면, 제 언니의 지갑이 몇 달 전 시골길에서 발견되었고 전문가들 사이에서 합의된 바로는 언니가 위력으로 납치당했다는 거죠. 그러므로, 언니는 여기서 멀리 떨어진 곳에 있을 가능성이 높아요. 이 집에 있을 리가 없죠.*"

"하지만 풀머 양."

"*이 집에 없다고요! 그리고 이 집은 저희에게 소중해요. 우린 낯선 사람들이 이 집을 침범하도록 허락할 수 없어요.*"

내가 유달리 언짢아하는 걸 본 아버지는 내 입장을 지지해주었다. 마그리트처럼, 하지만 어머니와는 달리, 아버지는 내 목소리가 한 단계 높아지면, 그리고 그 이슈가 당신에게 아주 중요한 게 아니라면, 나를 달래고 비위를 맞추는 법을 익혔다. 아버지는 이성적인 목소리로 뭐가 됐든 우리가 경찰 수사에 도움이 될 만한 것을 집에서 발견했다면 분명히 경찰에게 알렸겠지만, 그런 건 없었다고 드러머드에게 말했다.

"알겠습니다. 흠."

그는 의자 팔걸이를 손가락으로 두드렸다. 불쌍한 멍청이 드러머드. 그는 아직 젊음이 남아 있지만 급격히 나이 들어가는 중년 남자의 얼굴이며, 전직 운동선수였을 것 같지만, 이제는 더는 근육은 없고, 살과 섬유질만 있을 뿐이다. 한때는 잘생겼을 것이고, 그에게 간절한 눈길을 던지는 어리석은 여자들에게 익숙할 테고, 윗입술 위에는 너무 짙어서 자연스러워 보이지 않는 우스꽝스러운 작은 콧수염을 아직도 기르고 있다. 머리카락은 자신 없이 구불구불하고 굵고 특히 혐오스러운 머릿기름 냄새가 났으며 빗속에 남겨진 무엇처럼 회색으로 바뀌었다.

코에는 모세혈관이 튀어나와 있는 것으로 봐서는 비밀스레 술을 마시는 사람. 그의 '말쑥한' 옷차림에서 떠도는 희미한 냄새. 역한 시가 연기.

뭐, 딱히 비밀스레 술을 마시는 것도 아니었다. 드러머드는 갈증을 거의 자제하는 기색도 없이 잔을 들어 아버지의 위스키를 홀짝홀짝 마셨다.

우리는 그와 아버지가 지난 한 시간 동안 진지하게 이야기를 나누었던 응접실에 있었다. 드러머드는 아버지에게 M에 관한 판에 박힌 질문들을 부지런히 던졌고, 그동안 나는 대부분 침묵을 지키며 그를 긴장하게 하기 위한 방법으로 그

를 빤히 바라보며 관찰했다. 나는 그 '사립 탐정'이 내 친구
가 아님을 알았기 때문이었다.

그 사기꾼은 벌써 너를 의심하고 있어.

그는 이 의심을 아버지에게는 결코 인정하지 않을 거야.

*그래봤자 아무런 결과도 얻지 못할 거야. 너는 걱정할 필
요가 없어.*

드러머드가 M의 방에서 어쩔 줄 몰랐다는 사실에 나는 미
소를 지었다. 제자리에서 벗어난 건 전혀 아무것도 없고, 모
든 것이 깔끔하고 깨끗하고 잘 정돈되어 있으며, 벽장과 서
랍장은 눈에 띄게 질서정연하고, 흥미를 끌 만한 건 아무것
도 없었다.

이 일에서는 레나가 나의 공모자였다. M이 지금은 그 방
들에 살고 있지 않아도 주기적으로 청소하라고 내가 부추겼
다. 거미줄도 끼지 않고, 얇은 먼지 막으로 덮이지도 않고.
M이 바랐을 만한 대로 세면대, 세면대 위의 거울, 욕실 타일
바닥은 반짝거릴 만큼 깨끗하게.

창문은 열어 신선한 공기를 들여보낸다. M의 부재를 떠올
리게 할 퀴퀴한 공기는 없다.

이제 가실 때가 되지 않았을까? 나는 드러머드를 의자에
서 일으켜 나가도록 애를 썼다. 아버지와 내가 평소처럼 식
탁에서 레나가 내온 유쾌한 저녁 식사를 할 수 있도록.

오늘 밤, 목요일: 순무를 넣어 천천히 익힌 쇠고기찜, 작은 양파, 아버지를 위한 (제일 좋아하는) 오트밀 비스킷을 곁들인 라임 젤로 디저트.

(드러머드가 레나의 부엌에서 떠도는 맛있는 향기를 맡았을까? 그의 입에서 침이 흐르고, 강철 같은 눈이 부드러워졌으며, 냉담한 독신 남성의 영혼이 아버지의 초대를 살짝 기대하며 녹았을까? *있다 가요, 저녁 식사 같이합시다.* 그리고 그럴 것 같지는 않지만, 그래도 완전히 터무니없지는 않게, 풀머 양의 충동적인 초대도 기다렸을까? *아, 그러세요. 부디 있다 가세요. 저희와 함께하시면 좋을 것 같은데요?* 그랬길 바란다. 그래야 그 남자의 바람이 부서질 테니까.)

"풀머 씨, 마음이 바뀌셔서 제가 집 안 전체를 수색할 수 있도록 허락해주실 수 있다면 알려주십시오." 드러머드의 이 말은 전적으로 나를 지나쳐 독단적으로 아버지에게만 향했다. 그런 무례한 제스처에게도 아버지가 반응하지 않다니 이상했다. 하지만 물론, 아버지는 너무 신사적이어서 그런 상황에서는 반응하지 않았다.

차갑게 나는 대꾸했다. "우리는 마음을 바꾸지 않을 거예요, 드러머드 씨. 당신이 대담하게 청구한 그 비용에서 우리가 기대한 건 당신이 마그리트의 행방불명 사건을 우리를 방해하지 않고 전문적인 태도로 수사하는 겁니다. 우리는 통

탄스럽게 미완성으로 끝난 경찰 수사를 당신이 완성해서 언니를 찾아주기를 바라요.”

나의 이 퉁명스러운 말은 드러머드를 도발했고 그는 분노에 찬 눈으로 나를 쏘아보았다. 남성의 분개, 불능, 분노.

하지만 그는 건방진 말은 한 자도 내뱉지 않았다. 아버지가 같이 있었고, 아버지는 그의 의뢰인이었기 때문이었다.

“풀머 양, 그게 바로 정확히 제가 하려는 겁니다.”

누아르 영화의 ‘탐정’처럼 중절모를 뭉툭한 총알형 머리 위에 눌러쓴다. 그는 아버지와는 엄숙하게 악수하지만 나한테는 무뚝뚝하게 고개만 까딱하고 강철 같은 시선을 돌린 채로 우리와 작별한다.

장난꾸러기 요정같이 나는 드러머드를 앞문까지 배웅한다. 그에게 작별을 고하고, 행운을 빌고, 잘 가라고 한다.

현관의 유리공예 창문 너머로 그 사립 탐정이 집 앞 길을 뻣뻣하게 성큼성큼 걸어 연석에 주차된 차(연식이 오래된 화려한 뷰익으로)까지 가는 모습을 주시한다.

어리석은 남자! 자기가 *나*를 위협할 수 있을 줄 알고.

40

눈물의 고속도로. 그럼에도 드러머드는 내 인생에 놀라움을 가져다주었다! 그에 대한 나의 반감, 그를 향한 내 경멸에도 불구하고.

간단히 말해보겠다. 나는 1991년 12월, 레오 드러머드를 *그날 딱 한 번* 보았다. 아버지와 우리 응접실에서, 그 탐정의 (헛된) 수사가 시작되던 날에. 그 수사는 돈을 받은 일곱 달 동안 뻗어갔고, 몇천 달러가 들었는지 나는 상상도 할 수 없다.

(속내를 보이지 않는 탐정은 오로지 아버지하고만 소통해서, 시내에 있는 아버지 사무실로 연락하거나 혹은 내가 설사 몰래 엿듣는 것에 대한 양심의 가책을 극복하더라도 집에 없어서 전화 연결선으로 들어볼 수 없을 시간에만 집으로 전화했다. 아버지가 그에게 넉넉한 선수금을 챙겨주었지만, 드러머드는 뉴욕주를 돌 때 1급 호텔에만 묵었으며, 늘 "부가적인", "예상하지 않은" 비용이 들었다며 아버지에게 전신으로 부쳐달라고 한 수없는 비용도 있었다.)

(그렇다, 나는 아버지에게 드러머드가 마지막으로 제출한 청구서들은 지불하지 말라고 간청했으나 아버지는 신사이므로 그런 유의 말은 듣지 않았다.)

하지만, 이 의문스러운 인물로부터 우리는 경찰들이 우리에게 군이 보고할 생각이 없었던 놀라운 정보를 듣게 되었다. M이 사라졌을 당시에 많은 여성들과 소녀들이 (또한) 사라졌다가 곧이어 발견되었다가 신원이 확인되었고, 그들 중 다수가 기억상실증을 겪었다는 사실이었다. 여성들은 익숙하지 않은 장소에서 나타났고 (명백한) 공격의 피해자였으나 그들을 공격한 사람은 물론, 심지어 그들에게 일어난 사건까지도 기억할 수 없었다.

어떤 경우에는 자기 자신의 이름도 기억하지 못했다.

이들은 기억상실증 환자로 진단된 여성들과 소녀들이었다. 그들은 (원래) 납치의 희생자들이었지만, 이유가 뭐든 간에 납치범이 그들을 살해하지 않고 놓아주기로 결정한 것이라고 추정되었다.

그렇게도 많이! ─기억상실증 피해자들, 여성들, M일 수도 있었지만 아니었던 사람들. 두려움을 모르는 드러머드가 우리에게 팩스로 보내온 이들의 사진은 M과 다소 닮아 있었다.

사실, 드러머드에게 공정하게 대하자면 이 여자들 중 몇몇은 *M과 아주 닮았다.* 오로지 가까운 친척만이 팩스로 온 사진의 특징이 우리의 실종된 마그리트와 동일하지 않다는 것을 인지할 수 있을 정도였다. M만큼 은발이 아니고, M만큼 그렇게 아름답지 않으며, 그렇게 '귀족적이지' 않았다.

실로, 파이퍼라는 여자, 그 *괴상한 영적 항해자가* 우리에게 '실종된 사람들'에 대해서 말한 적이 있었지만, 그런 자세한 묘사는 하지 않았다. 그 점성술사의 우주론에는 부서진 정신이나 신체가 없었다. 개인 수사관인 드러머드는 우리를 다른 곳으로 데려갔다.

드러머드가 자랑한 바로는, 찾는 실종자의 사진이 든 폴더를 들고 이곳저곳 여행하며 지역 경찰에게 보여주고 파일의 사진들을 그곳 경찰들과 비교하는 게 그의 영업 방식이었다. 그는 팩스 기계나 컴퓨터 같은 '최신식' 장치들을 신뢰하지는 않았지만, 어떤 환경에서는 그 수밖에 다른 선택지가 없다고 했다.

이런 엄격한 구식의 방법론에는, 아버지의 돈이 상당히 들어갔다.

뒤집어보지 않은 돌이 없어요! 조사하지 않고 남겨둔 단서가 없어요! 드러머드는 미칠 듯 화가 나게도 화형대에 매달린 기독교 순교자처럼, 눈을 내리깔면서 뽐내는 방식이 있었다.

기억상실증 피해자들보다 더 심란하게 하는 것은 어떤 의미로 말하자면, 드러머드가 파헤친 다수의 (신원 미상의) 여성 시체들이었다. 이들은 뉴욕주의 외딴 시골 지역, 도시나 마을의 공터와 뒷골목, 공원, 숲속, 길가에서 발견되었다. 얕게 판 무덤, 쓰레기 매립지, 버려진 차량의 트렁크나, 폐쇄된 건물 안에도 있었다. 바닷가로 쓸려 오기도 하고, 강과 호수의 썩은 부두 아래 둥둥 떠 있기도 하고, 가끔은 공공장소에 대놓고 충격적인 모습으로 나타나기도 했다. 공원, 광장, 고속도로, 공동묘지, 교회나 시청의 계단. 이 운 없는 여자들은, 정중하지는 않을지 몰라도 늘 변함없이 "빈곤"하거나 "정신질환이 있거나" "매춘부로 의심받는다"고 묘사되었다.

드러머드는 너무 자주 피가 차갑게 식을 만한 것들을 발견했다. 가령, M이 사라진 지 몇 주 후에 M과 나이와 신체 유형이 비슷한 여자의 알몸이 뉴욕 올컷, 쓰레기가 어지러이 널린 온타리오호숫가에서 발견되었다. 너무 심하게 부패되어 신원 확인은 오로지 치과 기록을 통해서밖에 할 수 없었고, 아버지와 내가 그 유해가 M이 아니라는 사실을 통보받기까지는 일주일의 시간이 필요했다.

소름 끼치는 안도감! 우리 가족이 아니라 다른 사람의 딸이자 여동생인 사람이 죽었다는 사실에 감사해야 하다니.

이 모든 것들은 (내게는 너무 투명하게 보였지만) 그런 공포스러운 사건들을 밑바닥에서부터 퍼올려서 자기가 일을 열심히 하고 있다는 사실을 우리에게 확신시켜주려는 드러머드의 노력일 뿐. 마치 그런 공포스러운 사건들이 M의 실종에 어떤 실마리를 던져줄 수 있다는 듯이, 그리하여 드러머드가 아버지에게 거액의 비용을 청구하는 것을 합리화하는 행동일 뿐. 매일, 팩스로 우리에게 자료가 전송되었다. 여성 피해자들이 등장하는 무섭고, 원치 않는, 고갈되지 않는 악몽들이었다 욕조나 지하실에서 둔기에 맞아 살해된 사람, 얼굴에 정통으로 총을 맞은 사람. 캠프장이나 술집이나 패스트푸드 식당 뒤편의 주차장에서 '여러 번' 흉기에 찔린 후 출혈로 죽음에 이른 사람. 휘발유를 뿌린 후 불을 붙여 몇몇 그을린 뼈와 치아밖에 남지 않은 시체들. 트로이의 모호크강에 떠다니는 시체들. 애디론댁산맥의 캠프장에서, (카유가호수에서 차로 한 시간도 걸리지 않는) 핑거레이크의 가장 '경치 좋은' 곳 중 하나인 스캐니텔레스호수 마을 외곽에서. 그중 연민을 자아내는 신원 미상의 여성 시체가 있었다. 미들포트 인근 낙농 축사의 흙바닥에 묻혀 있다가 발견된, 분리된 유골로서, 10년 전쯤 죽은 열다섯 살 정도 되는 소녀의 것이라 생각되었다. 또 다른 신원 미상 시체는 교살로 죽은 마흔 살 정도 되는 여성으로, 시러큐스의 창고에 진공 비닐로 싸여 기괴하게 보존되어 있었다.

그리고 이들이 짧은 기간 동안에 뉴욕주 북부에서 발견된 신원 미상의 여성 시체들이었다.

이런 식으로 나는 악명 높은 '눈물의 고속도로'에 대해 알게 되었다. 캐나다의 브리티시컬럼비아주, 프린스조지와 프린스루퍼트 사이의 16번 고속도로 위 725킬로미터에 이르는 시골길 직선 구간. 거기서는 대부분 선주민인 여자 시체 수십 구가 1970년부터 현재에 이르기까지 계속해서 발견되었다. 그리고 오클라호마에서 텍사스를 관통하는 남북 방향의 I-35 도로도 똑같이 악명이 높아 수십 년 동안 수없이 많은 여자와 소녀 들의 시체가 길가에 버려진 채로 발견되었고 그들 중 다수의 신원은 밝혀지지 않았다. *지구는 강간당하고, 살해당하고, 버려진 여자들과 소녀들의 피로 젖어 있다.*

열성적인 드러머드는 판결이 선고된 뉴욕주의 범죄 사건들을 들여다보며, 아버지와 내가 원치 않는데도 M의 사건과 딱히 관련이 없을 것 같은 "성범죄자"—"성적 가학자"—"연쇄 성범죄 살인범"에 대해 알 수밖에 없게 만들었다. 내가 보기엔 쓸데없이 과다한 정보였고, 드러머드의 비용 청구에 대한 항의들을 묵살하기 위한 목적이었다.

이 '용의자들' 중 하나는 '울프스헤드호수 살인자'로 알려진 43세의 부랑자로, 1980년대 후반에 (애디론댁산맥에 있는) 울프스헤드호수에서 젊은 여성 두 명을 납치, 살해, 고문, 강간한 혐의로 1991년 11월에 유죄 선고를 받은 사람이었다. 그는 뉴욕주의 다네모라에 있는 클린턴 최고 보안 시설에서 두 건의 종신형으로 복역 중이었는데, 드러머드는 이 사람을 아주 빈약한 증거에 근거해 M의 행방불명 사건과 연결하려 노력했지만, 주 경찰이 사건 수사를 재개할 만큼의 확신은 주지 못했다. 또 다른 비슷한 중죄인은 이미 납치와 살인으로 유죄 판결을 받고 애티카에서 종신형 복역 중이었다. 이 사람들 둘 다 1991년 4월 11일에 오로라 인근에 있었을 수 있다고 드러머드는 주장했다. 둘 다 그날 아침 드럼린로드를 따라 걸어가는 마그리트 풀머와 마주쳤을지도 모른다……

이런 중범죄자들과 다른 인물들을 그는 '뒤집어보지 않은 돌이 없다'는 자신의 신조에 따른 활동 속에서 파헤쳤다. 처음에 아버지는 유죄 판결을 받아 뉴욕주 교도소에 복역 중인 성적 가해자들이라는 냄새나는 쓰레기장을 뒤지고 다니는 드러머드의 열정에 이끌렸을지 모른다. 곧, 아버지도 그 노력에 점점 의심을 품게 되었지만 마그리트의 수색을 포기하는 건 내키지 않았던 나머지, (내게는 실망스럽게도) 계속 드러머드를 지원해주었다.

하지만 나는 더 분별력이 있었다. 나는 이성과 신중의 목소리를 맡았다. 아버지에게 연쇄 살인범이 체포되면, 경찰들은 수많은 살인 사건을 종결할 수 있도록 용의자에게 여러 건의 범죄 책임을 물으려고 한다. 어떤 어처구니없는 상황에서, 교활한 살인자는 경찰 당국과 감형을 받거나 덜 악명 높은 교도소에 수감될 수 있도록 협상하려고 자기가 저지르지 않은 살인까지도 '자백'한다. 드러머드는 이렇게 범죄가 확정된 살인자들 한 명과 내 언니의 행방불명을 묶고자 했다. 아주 편리하게도! 시체가 발견되지 않는대도, 범인의 이름을 들면 그 건은 '종결'된다. 적어도, 어느 정도는.

사립 탐정들과 지역 경찰이 가끔은 함께 협상을 했을까? 지역 검사들도 마찬가지로 협상을 쉽게 받아들일까? 돈을 주면 판도가 바뀔 수도 있을까? *나는 범죄와 범죄자들, 그리고 그들과 협상을 하는 데 생계가 달려 있는 이런 사람들은 아무도 신뢰하지 않을 것이었다.*

잃어버린 자녀들이 돌아올 것이라는 부모의 희망을 두고 거래하는 사람들이 얼마나 잔인한지! 어떤 형태로든 '종결'될 것이라는 사람들은 냉소적이고, 괴물 같다. 나는 우리 집을 "다락부터 지하 창고까지" 수색하고 싶다는 뜻을 계속해서 아버지에게 전하는 레오 드러머드에 대한 적개심으로 들끓었다.

내 눈에 흙이 들어가기 전까지는 절대로.

§

드러머드가 의식 속으로 휘저어 넣은 그 모든 사실들은 20년이 넘은 지금도 가라앉지 않았다.

드러머드가 고용된 바로 그 몇 달 동안 나는 밤이면 침대에 누워 정신이 멍할 정도로 그가 팩스로 보낸 사진 속 여성 피해자들을 생각하는 습관이 들고 말았으니까. (종종, 으스스하게도) M을 닮은 이 낯선 사람들. (일종의) 내 자매들. 그 전에는 나는 다른 소녀들이나 여자들을 자매로 여겨본 적이 없었다. 나 자신의 손위 *자매*만으로도 충분하(고도 남았)기 때문이었다.

생각했다. *그렇게나 많다니! 신은 어떻게 그렇게 많은 피해자들을 허락할 수 있었을까?*

생각했다. 상황이 아주 약간만 달랐다면, M의 시체가 그 중에 껴 있을 수도 있지 않았을까. 아니면 *나 자신도.*

아버지의 요새 같은 집에서 내가 받을 수도 있는 공격에 대비하기 위해서라기보다는 나 자신의 불안을 가라앉히기 위해, 나는 침대 옆 서랍장 속에 아주 날카로운 톱니 모양 도축용 칼을 두기 시작했다.

이런 생각이 들었다. 내가 이 칼을 절대 쓸 일이 없다면 좋은 일이야. 그리고 내게 이 칼이 필요한 일이 생긴다면, 하느님께 감사하겠지!

41

드러머드 대 엘크. 피할 수 없이, 이 일이 벌어졌다.

내가 아버지에게 숨기고 싶었던 그 모든 수치, 굴욕, 억울함은 드러머드의 보고서로 짤막하게 요약되어 전달되었다. 오로라대학의 상주 작가, M의 동료이자, 가까운 친구라고 주장했던 사람이 12월에 이타카 갤러리에서 M을 무척 닮은 여성의 '충격적일 정도로 생생한' 누드화를 전시했으며, 그 작품 속에서 M이 목 졸려 죽었다고 암시했다는 내용이었다. 그리고 이 그림들은 각각 1만 3600달러와 1만 6500달러 사이의 가격이 매겨졌고 완판되었다고 했다.

극악무도하고, 혐오스러운 일이다! 그런 음란한 그림이 *팔리다니.*

물론 내게 하이디클라인갤러리에 휘발유 통을 던져 불을 붙일 용기는 없었으니까. 이타카 당국에 전시를 폐쇄해야 한다는 민원을 낼 용기도 없었다. 나는 그렇게 될 리 없으며, 나 자신이 웃음거리가 될 뿐이고, 이 음란한 전시에 관심을 더 끌어모을 뿐이라는 사실을 알았다.

이런 생각도 어렴풋이 들기는 했다. 내가 신탁 기금에 있는 돈으로 아직 팔리지 않은 그림을 직접 사서 파괴해버리면 어떨까. 하지만 이 생각은 내게 혐오감을 안겼다. 엘크는 며칠 안에 전체 전시 작품을 다 팔면 어리석게도 자랑스러워할 테고 나는 풀머가가 이 전시작을 샀다는 정보가 그의 귀에 도로 들어가기를 원치 않았다. 그랬다간 그는 협박용으로 그림을 더 그려낼 테니까.

엘크는 라이더 그림의 복제화를 "쉽게" 그려낼 수 있다고 자랑하지 않았던가? 그렇다면 엘크는 〈⋯⋯의 실종에 관한 단서들〉의 누드 초상화도 쉽게 복제할 수 있을 것이었다. 이 작품은 너무도 조잡하고 선정적이니까.

그래도 엘크가 *그녀*를 배신했을지언정, *나*를 배신했다는 건 믿기가 어려웠다.

전시 이후에 따라온 대단히 부정적인 유명세 이후, 엘크는 다시 한번 형사들에게 심문을 당했지만, 다시 한번 체포를 정당화할 만큼의 정보는 부족했기 때문에, 형사들은 엘크를 놓아줄 수밖에 없었다. 엘크는 그의 미술이 "순수하게 형식적이며, 실험적"이라고, 전시의 마지막 그림에 묘사된 목 졸린 금발 여성, 시체는 실제 세계와는 아무런 관련이 없다고 주장하며, M의 행방불명 사건과의 어떤 연관도 격렬히 부인했다. "그림 속 인물들은 '신체'가 아니라, 신체의 재현이죠. 화가는 *자신* 안에 있는 걸 그리지 세계에 있는 걸 그리진 않습니다."

그래도, 오로라 주민들은 엘크가 M의 실종에 관련이 있다고 믿게 되었고, 거기에는 심지어 엘크의 (별거 중인) 아내와 두 명의 청소년기 아이들까지 포함되었다. 당시 시러큐스에 거주하던 그들은 모든 인터뷰 요청을 거절했다.

(그렇다, 가장 당혹스럽게도 엘크는 *유부남*이었다.)

(나도 이 사실 폭로에 깜짝 놀랐다는 건 고백해야겠다. 유부남이라니! 두 아이의 아버지라니! 그런 *가정이라는 제도 장치*에 굴복하는 건 다른 모든 사람은 몰라도 엘크에게는 전혀 어울리지 않는 일이었다.)

드러머드는 아버지가 너그럽게도 30년 이상 재직해온 오로라대학 이사회의 압박하에 엘크가 '논란' 해결을 위해 오로라대학에서의 직위를 사임하기로 했다는 사실을 보고했다. 그는 오로라에서 뉴욕시의 웨스트 24번가에 있는 원룸 아파트로 이사 가버렸다. 그에게 새로운 작업 계획을 제안한 '세련된' 첼시갤러리에 가까운 곳이었다.

(이사를 가버리다니! 그리하여 나는 아마도 그를 다시는 보지 못할 것이었다. 엘크가 *내게* 사과할 가능성은 없어졌다.)

공교롭게도 엘크의 역겨운 이타카 전시는, 처음에는 "여성혐오적 포르노그래피"로 비난받았지만 첼시의 갤러리로 옮겨 가자《뉴욕 타임스》와《아트 뉴스》의 미술 비평가들에게 재검토되어 필립 거스턴의 카툰 아트와 "신체 공포의 성정치학"을 탐구하는 "최신 리얼리즘"으로 인정받았다. 신디 셔먼이나 앤디 워홀처럼, 엘크는 여성 신체의 "페티시즘을 패러디"했다는 말을 들었다. 주류 여성주의 평론가들은 여

성 미술가에 대한 "착취"로 예술가를 비난했지만, 급진적 여
성주의 평론가들은 미국 대중 미술에서 익숙한 "수사"로 쓰
이는 "깨어지고, 훼손된 여성 신체"를 "굴하지 않고 점검"했
다며 그에게 찬사를 보냈다.

심지어 수집가들이 엘크에게 〈······의 실종에 관한 단서
들〉의 강박적 작업을 계속해달라며 새 작품을 주문했다는
소문도 돌았다. 드러머드는 가격대가 20만 달러에서 50만
달러에 이른다는 말을 들었다.

"비열한 새끼! 맨손으로 그놈을 죽여버릴 수도 있는데!"
아버지가 신랄하게 말했다. 하지만 그 말에 어린 체념의 기
운으로 보아 나는 그래봤자 아무 일도 일어나지 않으리라는
것을 알았다.

예감. 1992년 2월, 주중 오후 밀스트리트의 우체국에서 '독감 증상'이 있다는 사유로 (이 사유를 대면 믿지 않는 사람은 거의 없었다. 그보다 아픈 사람을 빨리 치워버리고 싶은 열망이 더 강하기 때문이다) 일찍 돌아온 나는 집 안에 떠도는 흐트러진 공기, 틀림없는 퀴퀴한 시가 연기와 머릿기름의 냄새를 맡았다. 또 레나의 표정에는 놀람, 죄책감이 있었다.

"누가 집에 왔어요, 레나? 그 드러머드라는 사람?"

이제 겁먹은 레나는 내게 *그렇*다고 말했다. 아버지가 내가 집 안 부지에 없는 때를 틈타 드러머드에게 집을 수색해도 좋다는 허락을 내린 것이었다.

이건 충격이었다. 이건 깨달음이었다. 아버지가 나 모르게 드러머드뿐만 아니라, 레나와 공모하다니.

신뢰할 사람이 아무도 없었다! 이제부터는 아버지도 믿을 수 없었다.

하지만 차분하게 나는 말했다. "알겠어요. 그럼, 아마도 그게 최선이었겠죠. 아버지가 *제일 잘 아시니까요.*"

이런 식으로 완전히 레나를 속였다. 이 여자는 내 마음속에서 불타는 분노는 전혀 알 수가 없을 테니까. 그보다는 레나는 아버지가 내 뒤에서, 내 충고를 거스르고 집에 불법 침입자를 들였다는 데 동정심을 느꼈다.

"그럼 그 사람 이제는 어디 있어요? 내 방은 아니었으면 좋겠는데!"

서둘러 레나는 내게 드러머드가 내 방은 수색하지 않고 "잠깐 들여다보기만 하겠다"고 약속했다고 확인해주었다. 레나가 아는 한, 그는 대부분의 방은 다 끝냈고 지금은 지하 창고에 있을 거라고 했다.

"음, 그러면 나는 지하 창고는 피해야 하겠네요."

이 시점에 이르자 무척 안도한 듯 보이는 레나를 놔두고 그 자리를 떴다.

한낮에 내가 집에 온 건 불안한 예감 때문이었다. 불길한 전조, 불안의 감각. 그 전날 밤, 집 안, M의 방 근처에서 발소리를 들은 것 같은 기분에 잠을 이루지 못했다.

하지만 나는 이 '발소리'를 조사한 적은 없다. *나는 항복하지 않는다.*

한편으로는 이 사람을 조종하는 '탐정'이 아버지를 설득해 수색 허가를 받아낸 게 그다지 놀랍지 않았다. 놀랍지는 않았지만 이 사기꾼이 우리가 숙적임을 인정하며 내 얼굴에 대고 감히 히죽거린 양, 깊은 충격을 받았다.

뒤집어보지 않은 돌이 없다. 조사하지 않은 단서가 없다.

명백히 아버지는 집에 없었다. 그렇다는 건 내게는 아주 중요한 징조로 보였다.

(그렇다, M이 사라진 후, 나는 '징조'를 믿기 시작했다. 특히 다

른 사람은 해독할 수 없는 *내게만* 보내진 징조.)

레나와 무해하게 유쾌한 대화를 나누며 오늘 밤 저녁 식사로 아버지가 가장 좋아하는 메뉴(로즈메리를 뿌려 구운 새끼 감자를 곁들인 양 다리 구이, 물렁물렁하게 익힌 양파, 그리고 집에서 만든 사과 소스)들을 계획하고 있다는 얘기까지 들은 후, 나는 부엌을 나왔다. 레나는 내가 그렇게 심란해하는 듯 보이지 않자 무척 안도하며 내 뒤에서 미소 짓고 있었다. 나는 2층으로 향하는 뒤쪽 계단으로 가서, 레나에게 평소와 다른 건 아무것도 없다는 인상을 반드시 줄 수 있도록 (여느 때처럼) 쿵쿵대며 올라갔다. 거기, 내 방에 들어간 나는 침대 서랍에서 (드러머드가 발견했더라도 손을 대지 않고 놔두었을) 날카로운 톱날이 달린 도축용 칼을 꺼내 옷 사이에 숨겼다. 그러고는 내 방에서 나와 평소와 다르게 날래고 은밀하게 앞계단으로 내려가 그림자처럼 명랑하게 집 뒤로 향하는 복도를 따라갔다. 아무도 내 발소리를 듣지 못했다. 아무도 보지 못했다.

거기, 지하 창고 문이 열려 있고, 불이 켜져 있었다. 시가와 머릿기름의 희미한 냄새가 나의 민감한 콧구멍으로 흘러 들어왔다.

"비열한 새끼! 맨손으로 그 새끼를 죽여버릴 수도 있는데."

(이 말을 누가 했을까? 잘 모르겠다. 그래도 분명하게 들었다.)

    웃으면서, 목표가 있다는 흥분으로 거세게 뛰는 심장을 안고, 나는 아주 조용하게 아래 지하 영역으로 향하는 계단을 따라 내려갔다. 지난해 7월에 내가 내려간 이후 아무도 찾지 않았던 그곳으로.

3부

43

 기념일. 매년 4월 11일이면 여전히 뉴욕주의 핑거레이크 지역에서 발행되는 소도시 신문에는 내 언니의 실종 기일에 대한 짤막한 알림의 말이 실린다. 처음에는 이런 기사들은 신문의 1면에 실렸다. 차츰, 세월이 흐름에 따라, 점점 안쪽 페이지로 떨어져갔다.

 오로라 지역 실종 상속녀 수사 진행 지지부진
 경찰 "단서 없다"고 인정

 그리고

 1991년 4월 이후 오로라 지역 실종 상속녀 가족
 "여전히 희망 품고 있다"

 (실로, 아버지는 고집스럽게도 "여전히 희망을 품고" 있었기 때문이었다.)
 종종 '관련자' 인터뷰가 수반되기도 한다. 오로라에는 여전히 마그리트를 아는 사람들이 많이 남아 있다. 이전 교사들과 동급생들, 옛 친구들과 친구라고 주장하는 이들, 이웃과 대학 동료들, 되는대로 생각나는 추억이 있는 사람이면 실질적으로 모두, 아무나, 그리고 몇몇 눈물 짜는 말들이 기사화되었다. 심지어 M의 이전 피아노 교사였던 로맥스 부인은 그립다는 듯 열일곱 살짜리의 "피아노에 대한 재능"과 "다정한 성격"을 회상했다. 심지어 (이제는 은퇴한) 카유가군 형사들 중 한 명도 자기 경찰 인생에 "가장 도전적인 사건"이었으며 아직도 "자신에게 붙어 따라다닌다"고 회상했다.

감상적이고 흔해빠진 생각들. "그 아름답고 재능 있는 젊은 여성 예술가, 앞날이 창창했는데, 누가 그런 짓을 저질렀는지, 결코 발견되지 않았지만. 세상에는 악이 너무 많네요."

"우리는 마그리트를 위해 기도해요. 결코 잊지 않을 겁니다!"

마그리트가 20대 초반에 찍은 똑같은 옛날 사진. 우리 나머지와는 달리, M은 결코 나이 들지 않는다.

1991년 4월 11일 이후 실종, 방대한 경찰 조서들, 결코 종결되지 않은 수사.

44

단서가 아니라는 단서.

왜인지는 모르겠지만, 얼마 전 나는 월터 랭을 찾아보기로 했다.

그 사실 이후 몇 년이 흘렀다. 하지만 그 사실이란 *무엇이 었을까?*

월터 랭, 한때는 코넬대학의 그렇게 유망한 연구과학자였던 사람이 뉴욕주의 트로이 근처에 있는 렌슬리어기술대학에 교수로 있다는 사실에 놀랐다.

"이렇게 오랜 세월 동안. 아주 가까웠네! 우리는 조의를 표할 수도 있었을 텐데."

(가끔, 나는 입 밖으로 소리 내 말하곤 했다. 딱히 나 자신에게라기보다는 허공에 대고. 누가 듣고 있을까? 녹음할까? 지금, 21세기에는 어디에나 감시 카메라가 있다고들 하니까.)

충동적으로 나는 어린 조카에게 돈을 주고 나를 360킬로미터 떨어진 트로이시까지 태워다 달라고 부탁했다. 이 거래는 비밀에 부친다는 조건도 따랐다. (괴짜) 조진 이모에 대한 뒷말이 친척들에게 전해지지 않도록.

마흔다섯 살의 나이가 되자 나는 종종 운전을 배우지 않은 것을 후회했다. 나는 운전면허도 없고, 내 소유의 자동차도 없었다. (M의 볼보는 여전히 차고에 있었고, 누군가 노력을 기울일 마음만 든다면 22년이 지난 후에도 소생시킬 수는 있을 것이었다.) 그래, 나는 운전을 배우기 위해 더 열심히 노력하지 않은 것을 후회했다. 운전 강사들이 내게 짜증을 내거나, 혹은 운전대 뒤에 앉은 내게 대놓고 두려움을 표현했을 때, 그렇게 쉽게 포기하지 않았더라면. 젊었을 때는 모든 짜증스러운 감정이 중요해서 본인뿐만 아니라 다른 사람들에게도 받아들여져야만 할 것 같다. 그렇게 젊지 않게 되면, 이런 청춘의 짜증은 그저 어리석은 실수처럼 보이기 시작한다.

고등학교 시절 아주 잠깐 동안 M은 내게 운전을 가르치려 했지만 나의 다른 강사들처럼 곧 화를 냈다.

"오, 지지! 너 아버지의 차를 긁고 싶은 것처럼 보이는구나."

그건 사실이 아니었다고, 나는 주장한다. *사실이 아니었으니까.*

물론, 오로라에는 내 조카만큼 내가 원한다면 이용할 수 있는 차량 서비스가 있다. 아버지도 여전히 운전을 하시지만, 해가 진 후에는 하지 않는다. 아직 정신은 날카롭지만, 아니 거의 이전만큼 날카롭지만, 시력이 침침해졌다.

언덕 위 고딕적 아름다움이 돋보이는 전설적인 코넬대학 캠퍼스를 아는 내게 렌슬리어기술대학의 무뚝뚝한 도시적 배경은 충격적이었다. 이 모든 시간이 흘렀어도 나는 월터 랭이 여전히 코넬에 있을 거라고 상상했기 때문이었다.

그리고 학생들이 얼마나 바글바글하던지! 나는 일종의 상실의 감각을 느꼈다. 심장이 쿵 내려앉았다.

약간 먼발치에서 나는 랭 교수가 강의동에서 나오는 모습을 지켜보았다. 덩치가 좀 커지고, 내 기억보다는 키가 작았으며, 둔탁한 겨울 햇빛 속에서 다초점 안경을 쓴 눈이 깜박거렸다.

랭 교수가 그날 아침 언제 어디서 강의하는지 미리 확인해두지 않았더라면, 그 남자를 알아보지 못했을지도 몰랐다. 그의 뻣뻣한 검은 머리가 사라졌다. 프레드 맥머리처럼 호감 있게 어색한 태도를 잃었다. 그는 더는 젊지 않고 무릎 관절과 허리를 신경 쓰며 조심스러운 태도로 계단을 내려왔다.

하지만 그때, 나는 더는 호기로운 젊은 캐서린 헵번이 아니었다. 실은 호기로운 중년의 캐서린 헵번도 못 되었다.

로맨틱 코미디는 불붙지 않았다, 이유를 누가 알까? 우리의 운명은 잔인하게도, 돌이킬 수 없게도, 쓰인 각본에 따라 결정되고, 우리는 그에 대한 인식도 없고, 하물며 통제권은 더더욱 없다.

들고 다닐 수 없을 정도로 무거워 보이는 낡은 가죽 서류 가방을 들었다. 친절한 얼굴, 성마른 눈. 의심할 여지 없이 한때 젊었던 월터 랭은 성실한 남편이자 아버지로 졸아들어 버렸다. 이제는 50대 초반일 테니(계산해보았다), 그의 아이들은 (아마도) 성인이 되었으리라. (그러면 일생의 사랑을 잃은 월터는 누구와 결혼했을까?)

아니면, 봄날의 급류처럼 삶이 그에게로 밀려왔을까? 아니면, 등뼈가 부러진 뱀처럼 천천히 기어 왔을까? 나의 인생처럼?

당신은 결코 내게 기회를 주지 않았죠, 월터. 그 누구도 내게 기회를 주지 않았어요.

그녀가 가로막고 있었어요.

그녀가 (언제나) 가로막고 있었어요.

내 어리석은 심장은 세게, 빠르게 뛰었다.

"실례합니다, 랭 교수님? 월터? 저를 기억하실지 모르겠는데요." 아찔한 열정이 밀려와, 나는 자신의 용기에 스스로 놀라면서도 그 남자를 불렀다.

랭 교수는 화들짝 놀라 잠시 동안 눈을 깜박이며 응시했다. 다음 순간 자신 없이 나를 보며 미소 지었다.

"나, 나는 잘 모르겠는데⋯⋯. 코넬에서 제가 가르쳤던 학생이었나요?"

나는 *그렇다*고 말하고 싶은 유혹을 느꼈다. 얼굴이 붉어져서 기분이 우쭐해져서.

"아니에요. 저는 코넬에 다니지 않았거든요. 저는 교수님이 이전에 알던 여자의 자매였어요, 자매예요. 어린 여동생······."

월터 랭은 난처한 얼굴로 나를 응시했다. 분명히, 나는 어린 여동생이 아니고, 강건한 중년 여성이었다. 탁한 겨울 날씨에 어울리는 갈색 옷을 입었고, 발에는 장화를 신었으며, 코는 추위 때문에 눈에 띄게 붉어졌고, 발목은 부어올랐다.

"······마그리트 풀머? 기억하실지는 모르겠지만······."

이제 월터 랭의 표정이 바뀌었다. 긴장했다. 눈에 떠오른 경계의 빛, 입가의 수축.

"아, 알겠네요. '마그리트 풀머'."

단조로운 목소리, 단조로운 감정. 마네킹이 말을 한다면, 이런 식일 것이었다.

서둘러, 나는 말했다. "내가 당신을 만난 건, 마그리트랑 알고 지내셨던 때, 오로라에 있는 내 아버지를 만나러 왔을 때였죠. 마그리트가 뉴욕시에 있었을 때요. 당신은, 당신은 마그리트에게 무슨 일이 있었는지 궁금해했어요. 당신에게 '작별 인사도 없이' 떠났다고요." 숨이 차서 나는 말을 멈췄다. 심장이 질주하면서 기절할 것만 같이 머리가 아득했다. 월터 랭이 그렇게 *엄하게* 나를 응시하고 있지 않았어도. "코넬에 있었을 때요. 나는 항상 교수님이 코넬에 있는 줄 알았어요. 그래서 여기 렌슬리어기술대학에 있다는 걸 알고 놀랐죠."

나 참 요령 없구나, 생각한다. 어떻게 그렇게 긴장해서 떠들어댔는지.

비꼬는 빛이 마치 거미줄 낀 가면처럼 월터의 얼굴에 떠올랐다. 그의 입술이 조소로 실룩였다.

"글쎄요. 몇 년 동안 나는 마그리트 풀머의 행방불명 사건에서 '용의자'였습니다. 아시는 대로겠죠. 마그리트 풀머의 여동생이시니까."

"'용의자'요……? 그런 것 같진 않은데요."

"공식적 용의자는 아니었죠. 하지만 *사실상* 용의자였습니다. 체포된 적도 없고, 내게 고발이 들어오지도 않았으니까, 제 오명을 벗을 수가 없었죠. 내가 알기로는 아무도 체포된 적이 없다던데요. 그리고 마그리트는 결코 발견되지 않았죠. 맞습니까?"

'마그리트의 시체'라고 말하진 않네. 그도 아직 그녀가 살아 있다고 생각해.

"맞아요. 마그리트는 결코 '발견되지' 않았죠."

"사건은 아직도 진행 중입니까?"

"사건은 아직도 '진행 중'이죠."

우리 둘 사이에는 즉각적인 친밀감이 튀어올랐지만, 우리 각자에게 고통스러운 일이었다. 나는 월터 랭도 나처럼 날카롭게 그 감정을 느꼈으리라 확신했다.

"그런데 누구라고 하셨죠? '여동생'분?"

"조진이에요. 우리 이전에 만난 적이 있었는데."

당신은 우리 집에 마그리트를 찾으러 왔었지만 대신에 나를 찾았죠.

뻣뻣한 얼굴로, 웃지 않고, 월터 랭은 (명백히) 알아보는 기색 없이 나를 주의 깊게 보았다. 그러나, 나는 그가 내가 누군지 정확히 안다는 것을 확신했다.

"그러면 저를 보러 오신 겁니까? 정확히— 왜죠?"

"저, 저는 그저, 어떻게 지내시는지— 보고 싶었어요."

"내가 어떻게 *지내*는지 보려요?" 월터 랭은 씁쓸하게 웃었다. "보시다시피 살아 있습니다. 말하자면요. '여기는 지옥이고, 나는 거기서 빠져나오지 못하네.'(크리스토퍼 말로의 《닥터 파우스투스》 중에서 한 대사.—옮긴이 주) 이게 알고 싶은 거였습니까?"

"아뇨, 전혀요! 저, 저는 안타까운 마음에. 저는 궁금하기도 하고……."

나는 말끝을 흐렸다. 나도 내가 무슨 말을 하는지 몰랐다. 내가 월터를 쭉 생각했다는 것, 그 오랜 세월 동안 생각했다는 건 사실이 아니었다. 어떤 식으로는, 나는 그를 아직도 코넬에서 일하는 30대의 젊은 남자로 상상했다. 다른 식으로는, 그가 더 이상 살아 있지 않다고 상상하기도 했다.

내 언니가 살아 있기도 하고, 살아 있지 않기도 한 것처럼, 그 세월 동안은 아니었다.

"내 인생을 망가뜨렸다고 내게 사과한 사람은 이제껏 없었습니다." 월터는 말했다. "그리고 그 모든 게 내가 마그리트 풀머와 사랑에 빠져서 그녀와 결혼하길 바랐기 때문이었죠. 무슨 농담인지!"

하지만 어째서 그게 농담이었을까? 나는 이 말을 듣고 싶지 않았다.

씁쓸하게 월터는 계속 말을 이었다. "내가 마그리트를 '납치했다'고 암시할 만한 증거는 없었습니다. 전혀요. 나는 깨어 있는 시간은 대부분 실험실에서 보냈고, 그건 다른 사람들도 증언했죠. 하지만 나는 카유가군 경찰, 그리고 뉴욕주 경찰에 반복적으로 심문을 받았습니다. 심문을 받으러 경찰 본부에 불려 갔고 밤새 시시한 범죄자들, 정신적으로 아픈 사람들과 함께 '억류'되어 있다가 풀려나기도 했죠. 그리고 다시 불려 가서 심문받고, 또 밤새 잡혀 있다가 풀려났습니다. 그들의 전략은 내 진을 빼서, '자백'하게 하려는 거였죠. 나는 '자백'할 게 아무것도 없었는데. 나를 아는 사람들도 심문받았습니다. 코넬에서 나를 가르친 교수들도. 내 동료들도. 심지어 내 실험실 학생들까지도. 내 부모님과 이웃까지도! 나는 변호사를 선임해야 했고, 궁극에는 여러 명을 선임

해야 했죠. 그렇게 빚을 졌습니다. 수천 달러의 빚을. 신경쇠약까지 걸렸어요. 일에 집중할 수가 없었습니다. 잠을 잘 수도 없었죠. 코넬에서 3년 계약이 끝나버리고, 재계약은 되지 않았습니다. 내 인생에는 암이 전이된 엑스레이의 그림자처럼 그림자가 졌죠."

월터는 말을 멈추고 눈을 거칠게 닦았다.

"그리고 그 모든 게 내가 당신 언니와 사랑에 빠졌기 때문이었죠. 그녀는 내게 관심이라고는 눈곱만큼도 없었는데."

"하지만, 그건 사실이 아니에요. 마그리트는 당신에게 감정이 있었는데."

"'감정'요! 그랬나요!"

사방에서 젊은 사람들이 밀려와 우리가 투명 인간이라도 되는 양 우리에게 그다지 시선도 두지 않고 스쳐 가버렸다. 실질적으로 모두가 젊은 남자들이었다. 덩치가 크고, 길을 서두르고 있었으며, 배낭을 멨다. 여러 인종이 섞여 있었고 '백인'이 압도적으로 많지도 않았다.

그들 가운데에서 중년의 월터 랭과 나는 다른 시대, 다른 세기에서 온 사람처럼 핏기 없이 늘어져 보일 것이었다.

나는 한 번도 해보지 않은 생각이었다. 나 말고 그래선 안 될 사람이 M 때문에 고통받을 줄이야. M을 사랑해서.

나는 뭔가 월터의 기운을 북돋울 말을 하고 싶었지만, 뭐라고 해야 할지 생각이 나지 않았다.

"……나는 몇 년 후 다른 젊은 여성과 약혼했습니다. 하지만 그 여자는 내가 아직도 풀머 사건에서 '요주의 인물'이라는 걸 알게 되자 약혼을 깨더군요. 내 인생 전부는 망가졌습니다. 그 때문에……."

"월터, 미안해요!"

월터. 우리 둘 사이의 친밀감, 내 가슴을 한껏 조이는 집게. 어떤 영화 장면이라면, 우리는 이 순간 함께 넘어져 서로를 안을지도 몰랐다. 나는 이 불행한 남자를 위로하기 위해 내 두 팔로 그의 몸을 감쌀지도 몰랐다. 하지만 월터는 내 위쪽 계단에 뻣뻣하고 완고하게 그대로 서 있었고, 내려올 마음이 없었다.

"오랫동안 나는 끊임없이 그녀를 생각했습니다. 애도했어요. 그녀를 사랑했으니까. 그녀를 알았다는 사실에 두려움을 느꼈다고 해서, *그녀에게 적대적으로 돌아서지 않았습니다.* 이제 공식 사망 선고를 받았지요? 7년 후에는?"

"네, 7년 후에요."

"하지만 증거는 없죠. 그녀가 실질적으로— 죽었다는……."

"네, 증거는 없어요."

잠시 침묵이 흘렀다. 월터 랭은 수척하고 지쳐 보였다. 이

모든 일을 지긋지긋하게 겪고 이제는 간절히 탈출하고 싶어
하는 것처럼.

　재빨리 나는 물었다. "혹시 마그리트에게 선물을 주신 적
있으세요? 마그리트의 소지품 중에 우리가 출처를 알 수 없
는 게 있어서요."

　"선물요? 그런 것 같진 않은데요."

　"장신구라든가? 옷?"

　"책이라면 그럴 수 있죠. 책 한두 권. 기억이 나는 거 같네
요. 루이스 캐럴의 《스나크 사냥》, 그겁니까?"

　그겁니까! 여기 전적으로 새롭고 기대하지 않은 정보가
있었다. 단서도 아니고, 단서에는 못 미치고, 어쩌면 반-단
서가 될 만한 사실. 잠시 동안 나는 뭐라고 대답할지 몰라 막
혔다.

　"저, 저는 모르겠어요. 《스나크 사냥》은 기억이 나지 않아
요."

　"마그리트에게 한 권을 주었지만, 그래요, 생각나네요, 내
차에 두고 내렸어요……. 나는 그녀에게 물질적인 무언가를
줄 만한 돈이 없었습니다. 저는 지원금으로 살아가는 박사
후 과정생일 뿐이었으니까요. 그리고 마그리트가 나보다 돈
이 많다는 건 금방 명백해졌죠. 그래서 우리 사이가 어색해
졌습니다. 데이트할 때마다 마그리트는 자기 몫의 밥값은 직

접 내겠다고 했죠. '나도 내 몫을 낼 만한 여유가 있어.' 그녀
는 그렇게 말했어요. 나는 실질적으로 상처를 받았습니다.
하지만 그녀의 배려에 감사했죠. 나중에 되돌아보니 'M. 풀
머'는 내게는 너무 특별했어요. 내 힘닿는 범위를 넘어섰죠.
그녀의 조각, 그녀의 인생. 나는 이카루스처럼 너무 높이 올
라간 거죠. 그러다가 파리처럼 탁 파리채를 맞고 납작해진
겁니다."

"아, 그런 말씀 마세요."

한 손을 가슴에 댔다. 심장이 아팠다.

월터 랭은 내 언니의 사상자였다. 그녀의 인생에 일어난
드라마에 상해를 입은 2차 피해자였다. 그 불쌍한 남자는 그
의 인생을 설명할 서사를 창작해냈다. 인생의 잃어버린 가능
성들.

정확한 서사가 아니었다. 그래도 나는 그에게 왜 그게 정
확하지 않은지는 설명할 길이 없었다.

"당신은 우연한 희생자예요, 월터. '너무 높이' 올라간 게
아니에요. 내 아버지는 당신을 좋아하셨잖아요."

"아버님이요? 그러셨습니까?"

"기억 안 나세요? 아버지가 '아들'이라고 부르셨잖아요?"

"아뇨……."

참 이상하기도 하지. 내가 기억하는 일을 월터 랭은 기억

하지 못하다니. 내가 감상으로 잘못 기억하는 게 아니라면.

그리고 이제 그는 묻겠지. 아버님은 어떻게 지내십니까?
내가 다시 방문해도 될까요?

하지만 월터는 당황해서 할 말을 잃었다. 처음으로 그는 나를 실제로 똑바로 바라보는 것 같았다. *나를 보았다.*

이제 나는 그에게 준비한 질문을 할 용기를 냈다. "마그리트에게 디올 드레스를 준 적이 있어요?"

"'디올 드레스'요? 그게 뭐죠?"

"디올, 유명한 디자이너요. 프랑스제 같아요."

월터는 *아니*라며 고개를 저었다. 이제 그는 빈정대듯 미소지었다.

"마그리트가 그런 선물을 허용했을지가 의심스럽네요. 너무 비싸서가 아니라, 너무 친밀하잖아요. 마그리트는 친밀한 관계를 맺는 데 어려움이 있었어요……. 나도 그랬다는 생각이 듭니다. 하지만 지금 생각을 해보면, 마그리트는 이타카의 할인 상점에서 쇼핑하는 걸 좋아했어요. 중고 상점, 골동품점들요. 내던져진 물건들을 찾는 걸 좋아했죠. 마그리트는 아주 헐값에 옷을 사는데도, 사람들은 그녀가 고급 '위탁 판매' 상점에서 사치스러운 옷에 돈을 쓴다고 생각한다면서 웃곤 했어요."

"정말요! 나는 그건 몰랐어요."

(하지만 내가 알았던가? 어쩌면.)

나는 M의 이런 성격은 별로 생각해본 적이 없었다. 검소한 천성. 사치품에 돈을 쓴다고 생각하며 언니를 싫어하는 편이 훨씬 더 쉬웠다.

"이제 기억이 납니다. 우리는 길을 따라 걷고 있었어요. 마그리트가 중고 할인 상점 중 한 군데로 나를 데려가더군요. 아주 태평하고 재미있게 굴 수 있는 사람이었죠. 소녀처럼요. 그녀는 '디자이너 브랜드' 칸을 쭉 살펴보더군요. 원래 가격의 몇 분의 일로 할인하는 비싼 물품들요. 어쩌면 그날 '디올'을 샀을지도 모르겠네요……."

"그게 어떻게 생겼죠? 하얀색인가요?"

"그랬을지도 모릅니다. 하지만 아주 비단 같은 흰색, 일종의 반짝이는 흰색이었어요. 그래요."

"'슬립 드레스'였나요? 길이가 아주 짧고 가는 어깨끈이 달린 거요?"

슬립 드레스, 가는 어깨끈.

우리 인생의 이런 때에 그렇게 사소한 일을 회상하고 있다니, 얼마나 기묘한지.

"놀란 얼굴이네요." 월터는 머뭇거리며 말했다.

그 말에 억지로 웃음을 짜내며 말했다. "난 아니에요."

실망했다면 맞아요. 이 모든 세월이 흐른 후에 단서가 단

서가 아니었으니까.

눈이 쓸고 간 음울한 보도, 기술대학의 도시 캠퍼스. 내 상상 속에서는 소년 같고 상냥하게 상처받았던 모습으로 오래 머물러 있었지만 이제는 건장해진 중년이 된 월터 랭. 우리 집 앞 보도에서 고통스러운 눈으로 나를 응시했었는데. 그리고 아버지가 그를 *아*들이라고 불렀는데.

이제 월터의 어깨에 서린 패배의 표정, 중력으로 인해 무거워진 몸.

"그래요, 마그리트는 '할인 판매'를 좋아했습니다. 장난치기를 좋아했어요. 그녀는 자기 조각에 대해 토의하는 건 싫어했지만, 한번은 그 조각들도 또한 '장난스러운', '게임'이라고 말한 적이 있었죠. 지금 기억이 나는데, 어느 날, 나한테 스테이트스트리트에서 넥타이를 사준 적이 있었어요. 그것도 비단이었고, 디자이너 브랜드 물건이었죠. 100달러짜리가 20달러가 된 거였죠." 월터는 기억을 되살리며 슬프게 미소 지었다. "하지만 그걸 맨 적은 별로 없어요. 나한테는 너무 화사해서."

우리 사이의 그러한 친밀감이라니! 전율이 나를 뚫고 지나갔고, 나는 월터의 팔, 손목을 간신히 건드릴 만한 용기를 그러모았다.

우리 사이에 할 말은 그렇게 많았다. 그렇게 오랜 세월이 흐른 후에야 서로를 발견했다.

우리는 진지하게 이야기를 나누며 공원을 함께 걸을 것이었다. 모호크강이 가까웠고, 나는 그 옆에 산책로가 있다는 것을 알아차렸다. 우리는 그날 저녁을 함께할 것이었다. 우리는 과거에 대해 솔직하게, 움츠러들지 않고 이야기를 할 것이었다. 월터 랭은 결국에는 결혼하지 않은 것처럼 보였으니까. 그를 기다리는 아내도 없었고, 아이들도 없었다. 우리는 우리가 잃어버린 아름다운 젊은 여성을 위해 함께 눈물 흘릴 것이다. 우리는 서로를 위로할 것이다.

나는 그날 밤, 조카를 집에 먼저 돌려보낼 것이었다. 이타카에 있는 호텔에서 그날 밤을 보낼 것이었다.

상냥하게 월터는 말하겠지. "고마워요, 조진. 그렇게 오랜 고독의 세월이 흐른 후에 내 인생에 들어와줘서."

그러면 나는 말할 것이다. "너무 늦지 않았길 바라요, 월터."

"하지만 소울메이트를 발견하는 데 너무 늦은 때는 없죠. 마그리트도 우리 둘을 위해서 기뻐할 겁니다."

하지만 내가 번잡한 캠퍼스에서 멀어져서 좀 더 개인적 이야기를 나눌 수 있게 산책을 하면 어떻겠느냐고 제안하자, 월터는 격렬히 고개를 흔들어 거절했다. 그는 교정해야 할 연구 노트가 스물네 권 있다고 했다.

이제 그는 좀 더 무뚝뚝하게 말하고 있었다. 환각 상태에서 깨어나 정신을 차린 사람처럼. 더는 나를 보지 않고 내가 있는 자리 너머를 보았다. 조급한 분위기도 풍겼다.

나는 가까운 가게로 가서 '술'이나 '커피'라도 한잔하면 어떨까요? 하고 제안했다. 하지만, 아니, 월터는 지금 당장은 더 시간이 없었다. 그는 교정해야 할 연구 노트가 있고, 다음 날 강의도 준비해야 했다. 매 학기당 세 과목이 그의 몫으로, 그는 더 이상 연구과학자가 아니라 학부생을 가르치는 강사였다.

*학부생*이라는 단어를 발음할 땐 잔인할 정도로 비꼬는 투가 섞여 있었다.

하지만 월터는 시간이 좀 더 있을 때 다시 만나자는 제안은 하지 않았다.

그다음에는 감정을 실어 "안녕히"라고 말했다. 내 대답을 기다리느라 어정거리지 않고, 서류 가방이 허벅지에 쿵쿵 부딪치도록 빨리 걸어가버렸다. 몇 년 전, 훨씬 젊은 남자였을 때 그는 서둘러 낡은 구형 포드에 올라타 카유가애비뉴를 따라 내려갔었다. 우리 집 앞 보도 위에 홀로 잊혀져 버려진 M의 여동생 G를 남겨두고 뒤 한 번 돌아보지 않고.

그때는, 1987년, M이 아직 살아서 뉴욕시에 살고 있을 때였을 것이다. M은 우리, 월터와 나의 만남에 대해선 아무것도 몰랐다. 그리고 그녀가 '지지'를 돌보기 위해 다시 돌아오지 않았더라면, 지금, 이날까지도 살아 있을지도 몰랐다.

월터 또한 살아 있었을지 모른다. 지옥에 사는 게 아니라.

괴로워하며, 나는 월터 랭이 도망가는 걸 바라보았다. 두 번째로. 끔찍한 충동이 내게 떠올랐다. 그를 뒤에서 부르고 싶은 충동. *월터! 기다려요! 아직 당신에게 할 말이 너무 많아요.*

물론, 나는 그렇게 하지 않았다. 나는 한마디도 하지 않았다. 나는 심지어 나와 부딪친 호리호리한 젊은이에게 욕도 하지 않았다. 그가 부딪치는 바람에 나는 계단 위에서 비틀거리다 굴러떨어질 뻔했는데도, 그는 어깨 너머로 말로만 사과를 던졌을 뿐이었다. "어어. 죄송합니다!"

45

금욕주의자. 그 세월 동안, 아버지는 금욕주의자가 되었다. 이제 80대 초반에 접어든 아버지는 여전히 솟대처럼 꼿꼿하게 걷고, 백발은 숱이 많고 촘촘했으며, 눈썹은 우울이 고인 눈 위로 우둘투둘하게 자랐다. 피부는 그 나이 남자치고 상대적으로 주름이 없었지만, 점점 얇아져 쉽게 피가 흐를 듯 보였다. 뇌졸중을 막고자 피를 '묽게' 해주는 처방 약을 먹기 때문에 팔뚝과 손등에는 종종 멍이 들어 있었다.

아버지는 마그리트의 상실을 공공연히 한탄하지 않게 되었고, 그와 마찬가지로 딸의 실종 사건을 너무 금방 "미해결로 동결되게 놔둔" "허울만 그럴듯한" 경찰 수사를 신랄하게 불평하지도 않게 되었다. 하지만 이따금 아버지는 드러머드에 대해서 아쉬워하듯 말할 때가 있다. 나는 이유를 전혀 알 수 없다. 어쩌면, 드러머드는 아버지가 품은 최후의 희망을 상징했던 것 같다.

뭐, 그 사기꾼은 평화롭게 잠들어 있겠지. 다른 사람들과 함께, 거미줄이 은세공처럼 떠다니는 오래된 나무 기둥 아래 단단히 다져진 흙 속에서.

아니, 나는 미안하지 않다. 전혀 미안하지 않은데 왜 그래야 하지?

흙에서 흙으로. 눈에는 눈으로.

아버지는 마침내 약간 마지못해 메인스트리트에 있는 사

무실을 접었다. 이젠 그렇게 자주 가지 않기도 하고, 관절염 때문에 손발이 뻣뻣해진 탓이었다. 하지만 아버지는 여전히 자선사업, 그리고 자산 투자로 바쁘다. 시장의 부침에 따라 가끔은 만족스러운 결과가 있기도 하고, 가끔은 그렇게 만족스러운 결과가 나오지 않을 때도 있지만, 아버지는 명랑하게 무관심하다. 실로, 금욕적이다.

풀머가의 재산에 대해서는 나는 아주 어렴풋한 개념만을 가지고 있을 뿐이다. 아버지가 자산 관리사들의 충고에 따라 어떤 주식과 부동산을 '양도했다'는 것만 안다. 아버지의 소유 재산이 2008년 가파른 하향세를 겪은 이후에 어느 정도 줄었다는 것을 나는 감지했지만, 우리는 결코 그런 문제들을 논의하지 않았다. 몇 년 전 아버지는 내가 이 거대한 옛집에 혼자 살게 되면, 그리고 그때는 반드시 올 테니까 내가 재정적 안정을 확실히 누릴 수 있도록 신탁 기금을 설립해두었다. 마그리트에게도 돌아와 권리를 주장할 때를 대비해서 동일한 신탁이 설립되었다는 말이 있었다.

(그렇다. 친척들은 아버지의 완고한 낙천주의를 인지하면 고개를 절레절레 젓곤 했지만, 이것이 단순히 *내기에 졌을 때를 대비한* 금욕적인 방책임을 깨닫지 못했다.)

최근 몇 년 동안 아버지는, 놀랍게도, 한때 멸시했던 예배 참석 습관을 재개했다. 어머니의 때이른 죽음 이후 수십 년 동안 끊었던 습관이었다. 밀턴 풀머는 우리의 지역 성공회 교회의 '기둥'이 되었고, 교회 내 풀머가 친척들 무리 사이에서 익숙하게 보이는 인물이 되었다. 아버지는 차츰 친척들을 참을성 있게 받아줄 수 있게 되었지만, 나는 여전히 그들을 피한다. 그렇게 자주는 아니지만, 가끔, 삐딱한 기분이 들면 일요일 아침에 아버지와 동행하곤 한다. 오지랖 넓은 친척들과 이웃들을 무시하면 만족스러운 기분이 들기도 하니까. 특히 나는 풋내기 사촌 데니즈를 인정사정없이 무시한다. 그녀는 늘 내 쪽으로 영문을 몰라 하는/바라는/비난하는 시선을 보낸다. 풀머가 가족석에서는 내 옆에 아버지가 말없이, 침울하게 침착한 태도로, 무릎 위에 펼치지 않은 찬송가 책을 두고 앉아 있다.

한번은, 특히 지루했던 예배가 끝나갈 때쯤 아버지가 자신이 어디에 있는지 잘 모르겠다는 듯 눈을 깜박이며 주변을 둘러보더니 내 귀에 대고 중얼거렸다. "기억 좀 되살려다오. 어째서 네 언니가 교회를 떠나 결혼했지? 언니가 '교회를 떠나' 결혼한 게 맞나?"

이런 난처한 질문에 충격을 받은 나는 우물거릴 수밖에 없었다. "나, 난 마그리트를 대신해서 말할 순 없어요. 누구도 못 해요."

아버지가 M의 생일날에도 실종 기일에도 M의 이야기를

별로 하지 않는다는 것 자체는 확실히 일종의 진전이지만, 나는 아버지의 눈이 회한과 슬픔으로 촉촉해지면 언니 생각을 하고 있다는 걸 안다.

그럴 때면 나는 아버지의 차갑고 야윈, 멍 들고 반점이 생긴 피부의 손을 꼭 잡아드리고, 아버지는 건성으로 부성애를 보이며 대응한다. 그런 다음에 아버지의 놀란 시선이 나를 향한다. "오, 안녕!" 마치, 한순간 내가 누구인지를 잊었던 것처럼.

46

'자백.' 2013년 3월, 아연실색할 만큼 놀라운 사건.

뉴욕 다네모라의 클린턴 교정 시설에서 가석방 없는 두 건의 종신형을 복역하는 66세의 수감자가 갑자기 교도소 내 천주교 신부에게 자기가 1984년부터 1991년까지 뉴욕주 북부에서 '열몇 명'이나 되는 여성들을 살해했다고 고해한 것이었다. 그 피해자 중에 마그리트 풀머가 있을 가능성이 있었다.

악명 높은 '울프스헤드호수 살인범'으로 알려진 (그런 자에게 이름을 부여함으로써 괜한 권위를 주고 싶지는 않지만) 이자는 매독에 의한 치매 증세를 겪으며 자신의 죄악을 용서받고 싶은 절박한 마음에 애디론댁산맥과 캐츠킬산맥 지대와 더불어, 뉴욕주의 핑거레이크 지역의 여성들과 소녀들을 납치하고 강간하고 살해했다고 자백했다. 오랫동안 이러한 사건 몇 건의 용의자였던 그는 재판을 받았지만 오로지 두 건에서만 유죄가 선고되었다.

형사들에 따르면, 이자에게 미해결 사건의 여성 피해자들 사진을 보여주니, "망설이지 않고" M의 사진을 골라내며 "그 여자들 중 하나요"라고 했다고 했다. 하지만 면밀하게 심문하니, 그는 어디서, 언제 그녀를 마주쳤는지, 어디서 그녀를 차에 태웠는지, 어떻게 시체를 처리했는지 등 구체적인 상황에 대해서는 얼버무렸다. 처음에는 도시에 있는 대학 캠퍼스에서 납치했다고 주장했다. 버펄로일 수도 있고, 로체스터일지도. 후에 그는 이야기를 바꾸어 (아마도) M을 다른 '금발 여성'과 혼동했다고 주장하며 M을 '시골길'에서 납치해서 시체에 돌을 달아 가까운 호수에 빠뜨렸다고 우겼다.

커다란 호수는 아니었어요. 그것 있잖아요— 뭐라고 부르더라— 작은 호수들. "핑거스……."

카유가호수였느냐고 묻자, 그는 그 이름은 전에 들어본 적 없다는 듯 얼굴을 찡그리다가 힘차게 고개를 끄덕였다.

카-유-가. 그래요.

어째서 (명백히) 알지도 못하는 이 여자들을 죽였느냐고 묻자, 이 혐오스러운 무뢰배는 진지하게 *그게 그들의 관심을 끌 수 있는 유일한 방법이었으니까요*라고 설명했다.

울프스헤드호수 살인범은 다 해서 최소한 열두 명의 여자들과 소녀들을 스토킹하고, 납치하고, 강간하고 살해했다고 주장했다. 그가 기억할 수 있는 건 그 정도였다. 교도소 신부는 그가 진실을 말한다고 확신했지만, 형사들은 회의적이었다. 이런 사건들에서 연쇄 살인범이 자신의 피해자 수를 부풀리는 건 명백히 드물지 않은 일이었다. 그는 '그의 영혼을 드러내는' 것일 수도 있지만 그만큼 귀를 기울이는 사람에게 자랑하며 허세를 부리거나, 그들에게 깊은 인상을 주려고 하는 것일 수도 있었다. 그가 몇몇 피해자를 죽였을지도 모르지만, 모두는 아니었다. 그는 동료 수감자나 한패가 저지른 살인을 자기 짓인 척할 수도 있었다. 잘못 기억하고 있을 수도 있었다. 분명히 이 사람의 뇌는 악화되고 있었고, 그의 기억력은 부식되는 중이었다. 그는 살인 사건만 떼어내서 (난잡한) 세부 상황을 회상할 때는 "쉽게 흥분"했으나, 희생자들의 신원에 관해서는 "혼란"을 드러냈다고 보고되었다.

그는 맞다, 자기가 그들 모두를 죽였다고 우겼다. 그는 생각에 잠겨 갈라진 목소리로 말했다. 그는 "훌쩍이는 아기처럼" 울었다. 그는 (아마도) 암과 같은 소모성 질환을 앓는 것처럼 체중이 엄청 많이 줄었다고 했다. (이런 최고 보안 시설에 들어가는 주 예산으로는 대장 내시경 같은 비싼 의학적 조치는 허락되지 않았고, 그래서도 안 된다. 우리 납세자들은 이미 충분히 세금을 내고 있다.) 그는 빠르게 말하고, 더듬거리고, 헛기침을 해대면서 너무 늦기 전에, 죽어서 지옥에 가기 전에 죄를 자백하고 '싶어서 필사적'이었다.

그 사람들 참 많았죠. 내가 그들을 다 죽였어요. 예수님이 나를 용서해주시길. 나는 그 사람들을 물속에 묻었어요. 물은 부드럽고 상처 입히지 않으니까요. 잠깐 침묵.

주님이 용서해주실까요? 예수님이? 나를 용서하실까요?

조잡한 TV 경찰 프로그램에서나 볼 아주 어리석은 감상이었다. 그리고 역겨웠다.

운 좋게도 뉴욕주 경찰에 있다는 B 형사에게서 전화가 와서 (나는 누구든 간에 형사 이름을 기억하는 데 노력을 들이지 않는다) 밀턴 풀머를 찾았을 때, 내가 가로채서 아버지는 전화로 낯선 사람과 통화하는 것보다 더 중요한 사업적 문제들이 있다고 설명했다.

"하지만, 제가 밀턴 풀머 씨를 대신해서 통화할 수 있도록 위임받았어요." 나는 설명했다. "내 언니 마그리트에 관련된 '실종자들' 사건에 대해서는 완전히 잘 알고 있으니까요."

해충들을 상대하기 위해 하마들에게 고무같이 두꺼운 피부가 갖춰졌듯이, 나 또한 마그리트 풀머 '미해결 사건'의 터무니없는 전개를 상대할 준비가 갖춰져 있었다. 사실을 전하는 목소리로 나는 B 형사에게 아버지의 건강은 연세에 비해서는 무척 좋으시지만, 그래도 *젊은이는 아니라고* 설명했다. 고령에는 트라우마나 충격을 안기면 상황이 급격히 변할 수 있다. 나는 아버지를 어떤 충격에서도 지키겠다고 굳게 다짐했다.

그래서 단호하게 말했다. 이 인물이 실제로 경찰을 시체가 있는 곳까지 안내할 수 있지 않는 한, 그리고 이 시체와 내 언니를 *확정적으로* 연결할 법의학적 증거가 있지 않는 한, 나는 아버지에게 알리지도 않을 것이며, 심지어 이 허튼소리에 귀를 기울일 뜻이 없다. 만약 이 (매독 치매에 걸린) '연쇄 살인범'이 그가 내 언니의 살인자임을 증명할 수 있을 만큼 충분히 구체적인 내용을 말하지 않았다면, 그건 분명히 모두 책략일 뿐이고 내 시간 낭비였다.

놀란 듯한 침묵! 전화선 건너편에서는 숨을 헉 들이켜는 소리가 들릴 정도였다.

살인 피해자들의 친척들은 아마 전반적으로 나보다 좀 더 다루기 쉽고 속기 쉬울 것이다. 그런 한심한 영혼들은 돈만 많이 받으면서 하는 일은 별로 없는 경찰 '전문가들'이 던져주는 빈약한 빵 부스러기도 감사하며 받아먹고, 나처럼 통화 중에 분명하게 의심을 표현하는 일이 없는 건 물론, 그들이 들은 진지한 헛소리를 의심할 생각도 안 하기 때문이다.

그러자 B 형사는 내가 마치 승리 패를 내놓은 것처럼 수긍했다. "그자는 그들에게서 빼앗은 '보물'이 있다고 하더군요. 스타킹, 옷가지, '모두 은으로 된' '근사한' 시계 같은 것요. 그렇지만 그것들을 저장해놓은 보관함이 어디 있는지는 기억을 하지 못합니다. 우리가 이 물건들을 찾아내지 못한다면, 풀머 양 말이 맞죠. 이자가 언니분이 자기 희생자 중 한 명이었다고 한 말이 진실인지는 알 도리가 없습니다. 그는 우리를 시체가 있는 곳으로 안내해야겠지만, 그럴 수가 없습니다. 지금 이 시점에서 우리는 오직……."

전화를 끊어버렸다. 분개심과 분노로 손이 떨렸다.

왜냐하면 나는 '올프스헤드호수 살인범'이 진실을 말하고 *있지 않다*는 것을 알기 때문이었다. 실로 그가 한 말 모두는 *허튼소리*였다.

47

묻어버릴 시간. M이 아직도 있는 것처럼 M의 방에 몰래 들어간다. 레나가 아래에서 듣고 있을 경우를 대비해 내 무거운 발소리는 의식적으로 '더 가볍게' 했다.

빗줄기가 갈기는 창문을 통해 호수를 바라본다. M은 저 격렬하게 파도가 치는 물속으로 스스로 뛰어들었을까? 우리 집 뒤가 아니라, 다른 곳, 몇 킬로미터 떨어진 곳, 아무도 찾으려 하지 않는 곳에서?

꽤 가능성이 있다. 개연성이 높다.

세월이 지난 후에도 그런 이야기들은 아직도 돌고 있다.

그 '상속녀'가 사라진 사건 기억하니, 사람들이 그러는데 그 여자는 실연하고 스스로 물에 빠져 죽었대……

수수께끼의 고통은 우리가 그걸 풀도록 강요당하는 것이니까.

수수께끼의 좌절은 우리가 언제나 그걸 풀 수는 없다는 것이니까.

M의 방에 조용히 들어간다. 레나의 노력에도 불구하고 엷게 먼지 때가 낀 거울을 찬찬히 살핀다.

(하지만 아니다. 레나는 우리 살림을 떠났다. 레나의 자리는 [아직] 다른 사람으로 대체되지 않았다.)

벽장 문을 그렇게 열어본다. 화장대 거울이 비치게. 두 거울이 무한히 서로 비추도록.

보기가 끔찍하다! 단순하기 그지없는 반사상이, 반사상 속에서 무한으로 사라져버리다니.

수년 동안 매번, 벽장 속 쑤셔 넣은 자리에서 옷걸이에 걸린 그 드레스를 꺼낸다.

실크 같은 하얀 디올 슬립 드레스. 은세공품처럼 가볍고, 란제리처럼 가볍다. 옷을 들어 불빛에 비춰본다. 수년 동안 시간의 향기 그 자체가 되어버린 그 향기를 들이켠다.

오늘, M의 드레스를 창문으로 가져가본다, 그 가벼움에 경탄한다. 실크같이 하얗고, 레이스로 가장자리를 둘렀으며, 가는 어깨끈이 달린 드레스. 그 옷이 오래된 상아처럼, 말라버린 소변처럼 희미하게 노란색으로 변한 것을 보고 충격을 받는다.

연인에게 받은 선물이 아니었다. *단서도 아니었다. 그랬던 적도 없었다.*

충동적으로 나는 생각한다. *이것도 묻어버리겠어!*

단단히 다져진 흙 속, 아무도 가지 않은 지하 창고의 오래된, 오래된 구역. 가장 먼 구석까지 나아가려면 허리를 구부리거나 무릎을 굽혀 기어가야 하는 자리.

48

4월 새벽, 부름. 침대 옆 창문을 거세게 톡톡 두드리는 소리에 깊은 웅덩이 같은 잠에서 깨어난다. 얼음 섞인 비, 우박. 새벽 전 어렴풋하게 동이 트는 시각에 다시 잠들 가망이라곤 전혀 없이 번쩍 깨어난다.

(곱게 짠) (얼음처럼 차가운) 침대 시트 속에서, 나의 (얼음 같은) 발까지 해진 플란넬 잠옷을 감싸며 *여긴 어디, 언제지?* 가늠하려 애쓴다. 나는 무척 겁을 먹었기 때문이다.

4월, 아직 무척 춥다. 낡은 집은 높은 파도가 치는 바다에 뜬 범선처럼 바람에 흔들린다. 전기가 세동하는 심장처럼 깜박거린다. *꺼지기* 직전이다.

소용돌이치며 몰아치는 눈. 갑작스런 4월의 눈보라. 높은 창문 너머로 나는 흰색의 격동을 응시한다. 무척 외롭다! 혼자다.

한 시간 후, 눈이 좀 잦아들기 시작한다. 어쩌면 우리는 안전할 것이다. 아버지와 나는. 서리가 창문을 긁어내듯, 하늘은 군데군데 환한 파란색으로 맑아진다.

꼼짝 못 하게 못 박힌 듯, 떨어져 나갈 수가 없다. 내 창문 아래는 인간이나 동물의 발이 밟지 않아 흠 하나 없이 흰색으로 조각된 바다 같다.

그리고 그때 나는 어째서 내가 창문 앞에 있는지, 어째서 내가 조각된 흰 바다 속을 내다보고 있었는지를 깨닫는다.

그녀를 봤기 때문이다. 검은 옷을 입은 내 언니 마그리트가 침착하고도 고요히 눈 속에 있다. 거기 한참 있었던 양 움직이지 않고, 참을성 있게, 우리 집 뒤 잔디밭의 가장 큰 주목 아래에서 기다린다.

§

나의 충동은 M이 나를 보기 전에 재빨리 뒤로 물러서는 것이다. 하지만 물론 M은 나를 본다.

22년 동안 나는 수없이 많이 M을 '보았고', 이건 사실은 그렇게 충격도 아니다. 충격이 아니어야 했다. 그렇게 겁먹지 않았어야 했다. 하지만 이날 아침 M은 초연하게 경멸하듯 돌아서지 않고 그저 나를 향해 눈을 들어 계속 바라보고, 나는 숨지 못하고 모습을 드러낼 수밖에 없는 창문 안에 그대로 서 있다.

심장이 빠르게 뛰기 시작한다. 나는 아버지를, 혹은 레나를 부르고 싶지만, 목이 죄어서 말할 수 없다. 공포가 너무 커서 일종의 평화 같고, 조수의 파도가 내게 덮쳐온다. 이제, 이 일이 벌어졌구나. 오랜 세월 기다렸는데.

나는 M에게 충실했다. 그녀를 배반하지 않았다.

(소위) 울프스헤드호수 살인범이 가명으로 임차한 보관함

은 지저분한 레이크조지 상점가에 위치해 있었고, 여성의 물건들이 꽉꽉 들어찬 낡은 여행 가방이 그 안에서 발견되었을 때 나는 그 책략에 넘어가지 않았다. 나는 형사들을 만나기로 동의하지 않았고, 그들이 내 언니의 것이라고 믿는 몇몇 물건들—실로 물건이라기보다는 '소도구'들—을 '식별해주지' 않았다. 론진 손목시계, 헴프백, 화가의 스케치북에서 찢어낸 페이지.

심지어 그 물건들을 봐달라는 요청에도 동의하지 않을 것이었다. 나는 그들의 아첨에 굴복하지 않을 것이니까.

내 결정에 여느 때처럼 당혹감이 돌았다. 친척들은 동의하지 않았고, 혐오를 보였다.

조진은 도대체 왜 안 하는데—?

그냥 하지 않았다.

이 소동극에서 역할을 맡기를 거부했다. 우둔한 광인이 내 아름다운 예술가—상속녀—언니를 납치해서 고문하고 강간해서 살해했다니, *그럴 리 없다.*

언니의 시체를 쓰레기처럼 처리했다니, *그럴 리 없다.*

협조하지도 않고 하지 않을 것이었다. *그럴 순 없다.*

비닐처럼 싸구려 합성 재질로 만들어진 여행 가방에는 야한 '보물들'이 꽉꽉 들어차 있다고 했다. 여성의 (찢어진, 피묻은) 속옷, 반지, 목걸이, 짝이 맞지 않는 신발 몇 개, 손목시계 몇 점. 그 시계 중 하나, 의심할 바 없이 가장 아름답고 비싼 시계는 한때 마그리트 풀머의 소지품이 분명하다고 믿어졌지만, 경찰은 증거가 없었다.

아버지는 동의했다, 물론. 아버지는 협조했다. 아버지는 인정했다. 그렇다, (금이 간) 뿌연 표면에 아주 작은 숫자판이 달린 론진 시계는 M의 것이었다, 아마도. 헴프백은 그에게 익숙해 보였다, 아마도. 화가의 스케치북에서 찢어낸 페이지는, 확실히 세밀한 선으로 그린 연필 드로잉이었다.

다른 친척들은 그 물건들을 자세히 살폈다. 그중에는 우리 사촌 데니즈도 포함되어 있었는데, 그녀는 시계를 보자 눈물을 터뜨렸다(는 말이 전해졌다).

("말이 전해졌다"는 건 내가 거기 있지 않아서 목격하지 않았기 때문이다.)

지금, 마그리트가 *내게* 왔다. 의심할 여지 없이 내 생각대로, 이 소동은 충분히 오래 지속되었다.

그들은 생각하고 싶은 대로 생각하게 놔두라지. 우리는 그보다는 더 잘 아니까.

갓 내린 눈 속, 바깥에서 나를 기다린다. 내가 서투르게 허둥지둥 옷을, 두툼한 오리털 재킷과 코듀로이 바지를 껴입을 때 얼굴에는 화가 난 인내의 표정이 떠올라 있다. 장화에 발을 쑤셔 넣는다. M의 우아한 가죽 부츠가 아니라, 견고한 고

무를 덧댄 내 장화다. 두꺼운 모직 양말을 신은 나의 10사이
즈 발에도 잘 맞을 만큼 크다.

내 손은 심하게 떨리고 있다. 나는 더듬더듬 문손잡이를
잡는다.

그리고 갑자기 나는 바깥, 집 뒤에 있다. 바람이 불고 놀랍
도록 춥다. 축축한 공기. 바람에 날린 하얀 꽃송이처럼 얼굴
로 밀려드는 눈송이.

9미터가량 떨어진 자리에 서서 고요히 나를 향하고 있는
M에게 간청할 때 입김이 피어오른다. 나는 너만큼 젊지 않
다. 나는 마흔다섯 살이다. 관절에는 염증이 있다. 윗다리는
말랑해지고, 발목은 굵어지고 부어올랐다. 이 차가운 바람
속에 내 눈에서는 가장 우스꽝스러운 눈물이 새어 나온다.

생각에 잠긴 듯한 마그리트는 나를 바라본다. 그녀의 왼쪽
뺨에 있는 작은 눈물방울 흉터가 축축한 공기 속에서 반짝
인다. 그냥 *나와 함께 가자, 지지. 이제 시간이 됐어.*

나를 안내하려 돌아선다. 익숙한 길을 따라. 풀은 얼어붙
은 듯 뻣뻣하고, 발 아래서 바스락거린다. 내가 시련을 견딜
만큼 강해질 것이라는 (잔인한?) 약속이 있다. 나는 내 힘을
넘어서 시험받지 않을 것이다.

이전에는 한 번도 *나의 삶*이 초에 맺힌 불꽃처럼 살아 있
고 연약하다는 것을 깨닫지 못했다. 그런 바람 속에서 *꺼지*

기 직전이라는 것을.

예기치 않게도, 나는 추위에 신이 난다. 산소가 뇌로 밀려 들어오면 아찔해질 수 있다. 겁을 먹긴 했지만, 마침내 나는 마그리트가 어디 있는지 알았다는 사실에 뿌듯하기도 하다.

M이 어딘가 '묻혀 있을지'도 모른다고 생각하다니 황당무계하다.

그런 아둔한 광인이 내 언니를 *그의 것*이라 주장할 수 있다고 생각하다니 황당무계하다.

자물쇠가 떨어졌을 때처럼 만족감을 느낀다. 온 세상에서 나 혼자만이, 다른 사람에게는 알려주지 않은 이 정보를 알 수 있게 허락받았다.

이제 분명하다 마그리트는 아무 데에도 묻혀 있지 않다. 물속에도, 흙 속에도.

바보 같은 지지! 와서 내 손을 잡아.

우리는 풀머가의 부지를 통과해서 나아간다. 조상이 내려 준 땅. 절단된 팔다리처럼 떨어진 나뭇가지들이 사방에 널렸 다. 지난겨울이었나, 그 전해 겨울이었나 번개로 갈라진 향 나무는 가지를 쳐내진 않았지만, 더 갈라지도록 그냥 놔두었 기 때문에, 마치 머리카락을 사방에 펼치고 무릎 꿇은 소녀 처럼 땅 위에서 뻗어가고 있다.

나의 장화는 단단히 굳은 눈 속에서 몇 센티미터 깊이까지 빠진다. 나는 M만큼 그렇게 우아하지가 않다.

벌써, 눈 위에는 발자국이 만들어졌다. 작은 동물들, 새들. 사슴, 날카로운 발굽을 볼 수 있다.

하지만 마그리트의 발자국은 어디에 있지? 그건 보이지 않는다.

하지만 나는 마그리트를 선명하게 볼 수 있다. 그녀를, 그림자처럼 미끄러지는 날씬하고 검은 형체를 시야에서 놓치지 않고 따라가는 게 중요하다.

M이 우리의 삶에서 사라진 후 몇 년 동안 카유가애비뉴 위쪽 동네는 그 위용을 잃었다. 이웃 주택들은 팔렸고, 지대 구분이 재편되었으며, 셋집 아파트로 나뉘었다. 풀머가의 친척들은 조용히 이사했지만, 나는 어디로 갔는지 확실히 모른다. 그들이 우리를 초대한 적이 없었으니까.

아버지와 나는 커다랗고 오래된 주택에서 둘만 산다. 내가 잊어버렸었다. 레나는 몇 년 전 죽었다. 우리는 그 이후로 그녀를 대신할 사람을 줄곧 찾고 있다.

집에서 우리는 방 몇 개만 쓴다. 대부분의 방은 닫아두었다. M의 방은 손대지 않은 채로 남아서 그녀가 귀환하기를 기다린다.

내가 M의 방에 들어가는 일도 더는 없다. 나는 그 방을 완전히 외워두었기 때문이다. 벽장 문 뒤의 거울은 이제 계속 닫힌 채로 있다. 내가 제대로 자리만 잡으면, 이 거울을 통해서 화장대 거울을 볼 수 있다. 하지만 화장대의 거울은 이제 더는 아무것도 비추지 않는다. 우리 모두가 떠났으니까.

벽장에는 M의 아름다운 옷가지들이 그대로 온전하게 있는 것 같다. 다만, 모직 옷들에는 좀이 슬었을 것이다. 낙타털 코트, 캐시미어 스웨터. 어쩌면 쥐들이 선반에 작은 둥지를 틀었을지도 모른다. 벽장 문을 열면, M의 비싼 신발들이 바닥에서 함께 뛰어놀 것만 같다.

아니, 나는 몰랐다. 그 유방 촬영 검사의 결과로 무엇이 드러났는지. 만약 그 유방 촬영 검사로 일상에서 벗어난 무언가가 드러났더라도.

내가 어떻게 알겠는가? M은 G에게 비밀을 털어놓지 않는다.

단서가 아니다. 나는 그렇게 생각하지 않았다. (아마도) 내가 급하게 내다버린 M의 물건 사이에 어머니의 여러 검진 결과와 다르지 않을 관련 서류, 의료 검사 인쇄물이 있었겠지만, 이를 알 길은 없고, 내 언니가 겁을 먹을 만한 진단 결과를 받았다고 추정하는 건 소용없다. 내 언니가 몇 달 동안 고군분투했을지 모른다는 것. 혹은 살날이 몇 달밖에 남지 않았을지 모른다는 것.

단서들이 아니다. 나는 그것들을 철회한다.

§

이리 와, 지지! 그건 잊어버려!

우리 다 끝났어. 그 모든— 시체들하고······.

오르막길의 꼭대기에서 M은 멈춰서 나를 기다린다. M에게서는 희미하게라도 입김이 피어오르지 않는데, 나는 줄곧 숨을 헐떡이고 입김이 계속 흘러나와 차갑고 축축한 공기 속에서 금방 흩어진다는 건 이상한 일이다.

거의 깨닫지도 못한 채, 우리는 벌써 오로라시가 소유한 무주 지대를 건너갔다. 여기에는 흩어진 나무들, 덤불, 쓰레기가 있다. 드럼린로드 가까운 여기, 사람들이 이 땅을 공동 쓰레기장으로 쓰고 있다는 걸 보고 충격을 받는다. 언제부터 이렇게 되었지? 어떤 유의 추접스러운 시민들이 깨진 변기, 더러운 매트리스, 망가진 자전거, 찢어진 폐타이어들을 여기에 내던진단 말인가? 나는 M이 이 광경을 봐야 한다는 게 안타깝다.

어쩌면, 이런 이유 때문에 M이 나를 다른 대체 경로로 이끈 것이리라. 쓰레기에서부터 멀어져 부서진 키 큰 참나무와 주목 들 사이로, 눈이 더 깊고, 아무도 방해할 리 없는 곳.

가슴이 저린다! 나는 이제 갓 내린 눈 속에 있는 것, 거기 눕는 것이 얼마나 달콤한지 느낀다. 눈으로 무거워진, 날개

처럼 뻗친 주목 가지 아래 나 자신을 위한 작은 둥지를 만드
는 일이.

그러한 고독을 나는 이제야 느낀다. 이제까지는 깨닫지 못
했다.

M이 결연하게 앞으로 걸어가는 동안. 나는 그녀를 잃지
않으려고 미친 듯 괴로워진다. 나는 너무, 너무 외롭기 때문
이다.

이게 내 인생이었을까? M 이래로? M이 우리를 떠날까 두
려워한 이래로.

뉴욕주 북부의 긴 겨울 동안 나는 몸이 좋지 않다. 혈압이
높고, 고막은 터질 것 같다. *나는 사람들이 생각하는 그런 존
재가 아니야.* 하마처럼 강하고, 채찍처럼 똑똑하고.

오직 너만이 알지, 친애하는 언니, 나를 용서해줘.

오, 어째서 M은 저리도 빨리 걷는 것일까, 내가 따라잡을
수 없다는 거 알면서! 언니가 나를 기다리기만 한다면. 내 손
을 잡아줘. 언니는 소녀 때처럼 나를 안아줄 텐데. *어째서 울
고 있니, 바보 같은 지지!*

얼음 같은 눈 속에서 발을 헛디뎌 미끄러진다. 내가 이 언
덕에서 떨어지기라도 하면, 다리가 몸 아래서 비틀릴 것이
다. 세게 떨어진다면, 무언가에 내 갈빗대가 부서질 것이다.
날카로운 갈비뼈가 심장 벽을 뚫고 들어갈 것이다.

나는 아주 고요히 누워 있을 것이다. 나는 눈 속에 나 자신을 위한 작은 둥지를 만들 것이다. 얼어붙을 듯한 눈이 나를 구하며 내 위로 불어올 것이다. 낡은 항해선의 뼈대처럼 삐걱거리는 내 뼈, 점점 더 느리게, 느리게 뛰는 내 심장에서 새어 나오는 분노.

천천히 떠오르는 태양, 고통스러울 정도로 정확히 머리 위에서 뜨는 차가운 푸른 눈.

친애하는 언니, 기다려! 나도 거의 다 왔어.

언니의 실종에 관한 48 단서들

초판 1쇄 인쇄 2024년 9월 24일
초판 1쇄 발행 2024년 10월 2일

지은이 조이스 캐럴 오츠
옮긴이 박현주
펴낸이 최순영

출판2 본부장 박태근
스토리 팀장 김소연
편집 이은정
디자인 김태수

펴낸곳 ㈜위즈덤하우스 **출판등록** 2000년 5월 23일 제13-1071호
주소 서울특별시 마포구 양화로 19 합정오피스빌딩 17층
전화 02) 2179-5600 **홈페이지** www.wisdomhouse.co.kr

ISBN 979-11-7171-292-2 03840